«Risotto al salto» da Camilla's Cucinotta

Sobras de risotto alla milanese
1 pequena noz de manteiga
1 memória triste
1 desejo ardente

Derreta a manteiga numa frigideira de metal. Espalhe o risotto no fundo da frigideira de modo a formar uma panqueca. Cozinhe em lume baixo a médio até obter um tom dourado e depois tapar a frigideira com uma tampa sem rebordo. Vire a caçarola e a tampa — o risotto deve ficar agora na tampa. Leve a caçarola de novo ao lume. Deixe escorregar o risotto da tampa de volta para a panela e cozinhe o outro lado até ficar dourado.

Se este prato não resultar como esperava, terá simplesmente de tentar de novo e não desistir até alcançar o resultado desejado.

Vai e Volta!

DE QUE SÃO FEITOS OS SONHOS

Melissa Senate

DE QUE SÃO FEITOS OS SONHOS

Tradução
Dina Antunes
Eugénia Antunes

noites brancas

info@noitesbrancas.com

© 2010, Melissa Senate
© 2011, Noites Brancas (uma marca do Clube do Autor, S. A.)

Título original: *The Love Goddess' Cooking School*
Autor: Melissa Senate
Tradução: Dina Antunes e Eugénia Antunes
Revisão: Silvina de Sousa
Paginação: Maria João Gomes,
em caracteres Horley Old Style
Impressão e acabamento: Multitipo – Artes Gráficas, Lda.
ISBN: 978-989-97116-3-1
Depósito legal: 328068/11

1.ª edição: Junho de 2011

*Em memória dos meus avós,
Ann e Abe Steinberg*

*Tinha trinta e dois anos quando comecei a cozinhar;
até essa idade limitava-me a comer.*

Julia Child

1

Segundo a falecida avó de Holly Maguire, venerada em Blue Crab Island, no Maine, tanto pelos seus dotes de adivinhação como pelos seus dotes culinários, o grande amor da vida de Holly seria uma das poucas pessoas à face da Terra a gostar de *sa cordula*, uma especialidade italiana. Confeccionado à base de intestinos de borrego e guisado com cebolas, tomates e ervilhas num apetitoso molho de manteiga que em nada escondia o facto de o prato parecer exactamente aquilo que era.

— Então, quer dizer que saberei se um rapaz é «o tal» se gostar de tripas de borrego guisadas? — perguntara Holly repetidas vezes ao longo dos anos. — É isso? É essa a minha sina? — Esperava sempre que a avó dissesse: *Estou a gozar! Claro que não é isso,* bella. *A tua verdadeira sina é esta: serás muito feliz.*

Holly teria ficado satisfeita com uma resposta desse tipo.

Não que Camilla Constantina alguma vez dissesse *estou a gozar*. Ou que brincasse com esse assunto.

— É isso mesmo — respondia a avó de todas as vezes que lhe era perguntado, os seus reluzentes olhos negros não revelando mais nada. — As pedras falaram.

Um mês antes, com a mão a tremer e o coração aos pulos, Holly colocara um prato de *sa cordula* na frente de John Reardon, o homem que amava. Uma vez que vivia na Califórnia, a centenas de quilómetros da avó, e num sótão sem fogão, teve de pagar à tia-avó italiana de oitenta e seis anos do carniceiro para lhe confeccionar o prato. Holly e John eram um casal há quase dois anos. Ela era praticamente a madrasta de Lizzie, a filha de quatro anos de John. E mais do que qualquer outra coisa, Holly queria fazer parte daquela família.

Porque é que a avó a sobrecarregara com uma sina daquelas? Quem poderia gostar de *sa cordula*? Holly provara três vezes e era tão... peganhosamente horroroso que mesmo o seu avô, que, lendariamente, comia até os «acepipes» mais revoltantes, o detestara. Mas não era suposto o amor da vida de Camilla gostar daquilo. O seu Grande Amor deveria ter cabelo loiro e olhos azuis e, quando em 1957 a jovem e solteira Camilla de vinte e dois anos recusou mais um elegível rapaz de olhos escuros e cabelo preto da sua pequena aldeia perto de Milão, toda a gente ficou preocupada que ela tivesse enlouquecido como a sua solteirona tia Marcella, que passava os dias a resmonear num quarto das traseiras. Porém, uns meses mais tarde, o impetuoso Armando Constantina, com o seu cabelo cor de manteiga e olhos da cor das águas do Adriático, chegou à aldeia, arrebatando-a para a América, e a reputação de Camilla como adivinha ficou restaurada.

O pai de Holly, Bud Maguire, provara o *sa cordula* num jantar de Acção de Graças em 1982 e, desde esse dia, recusara-se a provar qualquer coisa que a sogra cozinhasse a menos que a reconhecesse e soubesse do que era feita. Bud gostava de esparguete simples abundantemente regado com *Ragu* e acompanhado por um pedaço de pão de alho, o que agradava à mãe de Holly, Luciana Maguire, que gostava de ser chamada de Lucy e não tinha o menor interesse na sua herança italiana ou em culinária. Nem sequer em adivinhação. Principalmente porque a alegada fonte de conhecimento de Constantina era um trio de pequenas e macias pedras que ela escolhera nas margens do rio Pó quando tinha três anos. «Acreditava mais depressa numa bola de cristal comprada no corredor dos saldos do Walmart», costumava dizer a mãe de Holly com o seu habitual desdém.

Camilla Constantina esperara até Holly completar dezasseis anos para lhe revelar a sina. Durante toda a adolescência, Holly pedira à avó vezes sem conta que se sentasse com as pedras e lhe dissesse o que mais desejava saber: iria Mike Overstill alguma vez convidá-la para sair? Teria uma boa nota no teste de História americana que valia oitenta e cinco por cento da nota final? Iria a mãe alguma vez deixar de ser uma desmancha-prazeres? Camilla limitava-se a pegar-lhe nas mãos e a garantir-lhe que tudo ia ficar bem. Mas por fim, no décimo sexto aniversário de Holly, quando Mike Overstill não apareceu às seis e meia para a acompanhar ao baile de finalistas (telefonaria vinte minutos mais tarde para dizer: «Desculpa... esqueci-me de que já tinha convidado outra pessoa»), a avó, que estava sentada, alcançou a sua bolsa de cetim branco (sem que a mãe de Holly visse, claro) e disse *si*, chegou a hora. Camilla retirou as três pedras polidas da bolsa e fechou as mãos em seu redor. Enquanto Holly sustinha a respiração em expectativa, a avó segurou-lhe na mão com a sua mão livre e fechou os olhos durante um bom meio minuto.

E a longamente esperada revelação era, afinal, que o grande amor da vida de Holly haveria de gostar de intestinos de borrego com ervilhas. Em molho de manteiga.

Isto vindo de uma mulher que predissera com exactidão os destinos de centenas de residentes e turistas de Verão de Blue Crab Island e nas vizinhas cidades do continente, que tinham atravessado a ponte e pagado vinte e cinco dólares para se sentarem no recanto do pequeno-almoço da afamada cozinha de Camilla Constantina e escutarem as suas sinas.

Holly afirmara ter a certeza de que havia mais qualquer coisa. Talvez a avó pudesse fechar os olhos durante mais tempo? Ou fazer tudo de novo? Camilla limitara-se a dizer que, por vezes, a sina não era compreensível de imediato e que podia encerrar algum significado escondido. Até ao dia em que Camilla Constantina faleceu, há apenas duas semanas, a sina não mudara. Nem o seu significado se tornou mais claro com o tempo. Holly levara-o à letra desde a primeira vez que se apaixonara, aos dezanove anos. Depois de novo aos vinte e quatro. E uma vez mais quatro anos depois, aos vinte e oito, quando perdeu a cabeça por John Reardon.

Uma vez que não podia e nunca serviria intestinos de borrego a um homem pelo qual estava perdidamente apaixonada, esperaria até saber que estava prestes a perdê-lo; e sabia-o pelo modo como ele deixara de a observar, como começara a impacientar-se, a deixar de estar disponível. E a ser cruel.

E assim, para se consolar pelo facto de aquele homem não ser o seu Grande Amor, servir-lhe-ia *sa cordula* como entrada — uma pequena porção para não desequilibrar os braços da balança a seu favor (quem gostaria de uma grande porção de tripas de borrego?). E alcançava sempre um sucesso agridoce. O amor que estava a perder não era o seu Grande Amor. Era apenas um tipo que não gostava de *sa cordula* — e não a amava verdadeiramente. Tornava as coisas mais fáceis quando ele punha fim ao namoro.

Desta vez, no entanto, este amor, era diferente. Apesar do afastamento de John. Apesar da sua impaciência. Apesar de ter deixado de lhe telefonar à meia-noite para lhe dizer que a amava e lhe desejar bons sonhos. Amava John Reardon. Queria casar-se com John Reardon, aquele homem pelo qual se apaixonara numas férias solitárias em São Francisco, para onde tinha ido para esquecer um amor menor. Aquele homem pelo qual ficara, desenraizando-se de Boston, esperando encontrar finalmente o seu... destino, aquilo que deveria fazer com a sua vida. E acreditou tê-lo encontrado naquela minifamília de duas pessoas. Queria passar o resto da vida a fazer bolos com Lizzie nos fins-de-semana em que ela visitava o pai; queria esfregar champô naqueles caracóis dourados, empurrar a criança nos baloiços e vê-la crescer. Toda a gente, especialmente a sua mãe, lhe dissera que era doida por namorar com um recém-divorciado com uma filha. Mas

Holly adorava Lizzie, gostava de ser quase sua madrasta. E gostava de John o suficiente para esperar. Embora nos últimos meses ele tivesse deixado por completo de dizer «um dia».

E nas últimas semanas havia estado mais distante do que nunca. Ficavam sempre juntos às quartas-feiras à noite, por isso ali se encontrava Holly, a vestir o pijama do George, *o Curioso*, a Lizzie depois do banho, enquanto John a evitava. Ora estava ao telefone (primeiro com o irmão, depois com o patrão), ora a enviar mensagens escritas a um cliente, ora a mandar um ficheiro por correio electrónico ou à procura da caneca da Hello Kitty de Lizzie. Estava em todo o lado menos junto de Holly.

Acomodou-se no sofá de pele castanha da sala de estar, com Lizzie de pernas cruzadas sentada ao seu lado, enquanto lhe penteava os longos e húmidos caracóis cor de mel e cantava a canção do alfabeto. Lizzie sabia todas as letras com excepção do *LMNOP*, que ela combinava em «elopê». Habitualmente, quando Holly dava banho a Lizzie antes do jantar e lhe penteava o bonito cabelo e lhe cantava poesias infantis que faziam Lizzie rir, ou quando chegavam ao «elopê», John ficava com *aquela* expressão, que dizia a Holly que ele a amava, que estava profundamente emocionado com a relação que ela tinha com a sua filha. Que um dia, algum dia, talvez em breve, a pediria em casamento. E era com este desejo que ela vivia, adormecia e acordava, ansiando transformá-lo em realidade.

Infelizmente, não se tratava de um conto de fadas e Holly sabia muito bem que John não ia pedi-la em casamento. Nem num futuro próximo, nem nunca. Sabia isso com noventa e cinco por cento de certeza, embora não tivesse os poderes adivinhatórios da avó.

Mas como poderia desistir de John? Desistir daquilo que mais desejava? De se casar com aquele homem, de ser a madrasta da filha dele e de começar uma nova vida ali na sua pequena e bonita casa azul numa colina de São Francisco? Sim, as coisas não estavam bem entre ela e John, embora ela não soubesse muito bem porquê. Porém, isso não significava que as coisas não pudessem ser resolvidas. Todas as relações longas tinham os seus altos e baixos. Aquele era por certo um momento baixo, mas passageiro.

Só havia uma maneira de saber.

Assim, quando Lizzie ficou entretida com o seu livro de colorir e uma caixa nova de lápis de cor, Holly dirigiu-se desanimadamente à cozinha para fazer o jantar que prometera a Lizzie, *cheeseburgers* com a forma da cabeça do Rato Mickey (o único prato que ela cozinhava bem), e para aquecer o teste do Grande Amor. Com os *cheeseburgers* na frente deles, um acompanhamento de *linguini* em molho de manteiga com ervilhas para Lizzie (que se parecia um pouco com a *sa cordula*), e dois pequenos pratos de *sa cordula* à frente dela e de John, Holly sentou-se ao lado daquelas duas pessoas das quais tanto gostava — e esperou.

Se John gostasse de *sa cordula*, podia relaxar e aceitar a desculpa que ele dera, de que estava apenas «cansado, absorto com o trabalho», *et cetera, et cetera*. Ele era o seu Grande Amor. E se ele não gostasse, então o que faria? Não, não podia pensar daquela maneira. Susteve a respiração quando John colocou o guardanapo no colo e pegou no garfo, observando a *sa cordula*. Dali a momentos, tudo mudaria entre eles, e contudo John estava igual a sempre, ali sentado, à mesa do jantar, frente à janela saliente, tão belo, o seu abundante cabelo ruivo penteado para trás com a mão, as ligeiras rugas ao canto dos olhos cor de avelã, o queixo anguloso com uma ligeira sombra de barba. Holly inspirou silenciosamente e meteu uma pequeníssima garfada na boca, mantendo uma expressão neutra — apesar da textura arenosa e peganhenta da *sa cordula*. Os intestinos de um borrego não «sabiam tal qual o frango». Não sabiam a outra coisa senão ao que pareciam. Com molho de manteiga ou não. E nem as ervilhas eram uma grande ajuda.

John picou um pouco com o garfo e examinou-o por momentos.

— O que disseste que isto era? — perguntou ele.

— Um antigo prato italiano que a minha *nonna* costuma fazer — explicou Holly, tentando não olhar para o garfo de John.

Lizzie rodopiou o garfo em volta do *linguini* tal como Holly lhe ensinara.

— Gostava de ter uma *nonna*.

— E tens, querida — disse Holly, imaginando Camilla Constantina a ensinar Lizzie a fazer *pasta* com um pequeno rolo da massa. — Tens duas. A mãe da tua mãe e a mãe do teu pai.

— Mas se tu e o papá se casarem, então terei também uma *nonna* Holly.

Da boca das crianças sai a verdade. Holly sorriu. John ficou com uma expressão constrangida. Lizzie enrolou o *linguini*.

E depois, como se em câmara lenta, John levou o garfo, cheio de intestino de borrego e uma ervilha, à boca. Primeiro ficou um pouco pálido, fazendo uma enorme careta, e depois cuspiu tudo para o guardanapo.

— Desculpa, Holly, mas isto é a coisa mais repugnante que eu já comi. Não querendo ofender a tua avó.

«Ou a mim», pensou ela, com o coração partido.

Talvez a avó estivesse errada desta vez.

Mas quarenta minutos mais tarde, depois de Holly ter ajudado Lizzie a lavar os dentes, lhe ter puxado o cobertor até ao peito, lido metade da história «A Cachos Dourados e os Três Ursos» e por fim beijado o cabelo com perfume a maçã da menina adormecida, John abeirou-se dela e confessou que lamentava muito, e que a culpa não era dela, mas sim dele, e que, apesar de não o ter planeado, se apaixonara pela sua assistente, que tinha também um filho pequeno, e que se entendiam um ao outro. E não, não achava boa ideia que ela continuasse a ver Lizzie, ainda que fosse só uma vez por mês, para irem passear ao parque ou comer um gelado.

— Ela tem quatro anos, Holl. Daqui a duas semanas já te esqueceu. Não compliquemos as coisas, está bem?

Mas Holly queria complicar as coisas. Desejava complicar aquela separação. E, assim, pugnou pela sua causa, recordando-o dos dois anos que haviam passado juntos, da ligação que estabelecera com

Lizzie, dos planos que haviam feito para o futuro. Planos esses que, Holly tinha de admitir, nos últimos tempos se haviam limitado a uma possível ida ao Jardim Zoológico de São Francisco no fim-de-semana depois do seguinte. E quando ele ficou simplesmente a olhar para ela, sem dizer nada, e a olhar para o relógio pelo canto do olho, ela percebeu que John estava à espera de que ela saísse para telefonar à nova namorada e dizer-lhe que já o tinha feito, que já terminara tudo com Holly.

Como que em câmara lenta, Holly dirigiu-se para a casa de banho, com medo de olhar para ele, com receio de olhar para qualquer coisa, não fosse desatar aos gritos como uma louca. Fechou a porta e escorregou por ela até ao chão, tapando o rosto com as mãos enquanto chorava. Inspirou profundamente e depois obrigou-se a levantar-se e a passar água pela cara. Mirou-se ao espelho por cima do lavatório, olhou para os olhos castanho-escuros, para o cabelo castanho-escuro e para a pele clara, tão semelhante à da avó, e disse para si mesma: «Ele não é o teu grande e verdadeiro amor. Não te estava destinado.» Era um fraco consolo.

E se ele tivesse gostado da *sa cordula*? Então, como seria? Como podia ela lutar por um grande amor com alguém que dissera que não a amava com a mesma facilidade com que apelidara a *sa cordula* de revoltante?

Depois de um gentil mas impaciente: «Holly, não podes ficar aí fechada a noite toda», ela saiu da casa de banho. John entregou-lhe um saco de supermercado com algumas peças de roupa e a escova de dentes, os seus pertences, que ele obviamente emalara naquele dia já planeando dar-lhe com os pés. Garantiu uma vez mais que lamentava muito e que nunca desejara magoá-la. Holly deixou-se ficar um pouco mais à porta do quarto de Lizzie, vendo o peito da menina subir e descer a cada respiração.

— Adeus, minha linda menina — sussurrou. — Aposto que, se te tivesse dado a *sa cordula* a provar, terias pedido mais.

2

Um mês e cinco mil quilómetros mais tarde, Holly encontrava-se frente ao fogão na cozinha da avó — agora a *sua* cozinha, tinha de se recordar constantemente desse facto. A separação, o último beijo de boa noite soprado a Lizzie enquanto dormia era a Memória Triste que adicionava à tigela de *risotto* sobre a bancada.

Apesar de já viver na casa da avó há um mês, experimentando as receitas mais simples de Camilla Constantina, ainda não se tinha habituado a pedir desejos a uma caçarola de molho *marinara* fervente ou a recordar um acontecimento que a fizera chorar enquanto martelava um generoso peito de galinha. Não estava habituada a martelar peito de galinha, ponto final. Não estava habituada a nada — a ficar sozinha naquela cozinha com lambrim de tabuinhas amarelo-toscanas nas paredes e ilha central de azulejos brancos, as caçarolas de cobre e as frigideiras pretas de ferro fundido penduradas numa armação por cima da sua cabeça. O fogão de seis bicos. E, principalmente, o livro de receitas. Aquilo que a salvara, dando-lhe algo para fazer, algo em que se concentrar.

Não seria derrotada por uma tigela de *risotto*. Se é que podia chamar-se *risotto* àquela mistela peganhenta na tigela. Não sabia sequer ao afamado *risotto alla milanese* que a avó confeccionava. E agora, Holly, que não podia sequer apelidar-se de cozinheira sofrível, a menos que se contasse com as omeletas, os *cheeseburgers* com a forma do Rato Mickey, o esparguete (quando não o cozia demasiado) e a galinha frita que às vezes fazia para Lizzie, tentava cozinhar *risotto al salto* quando não era capaz sequer de fazer panquecas sem queimar uma parte e deixar a outra malcozida.

Deu uma rápida vista de olhos ao dossiê da Camilla's Cucinotta, composto por folhas soltas com receitas anotadas à mão, que estava aberto na página vinte e três: *Risotto al salto*.

«*Risotto al salto*»

Sobras de *risotto alla milanese*
1 pequena noz de manteiga
1 memória triste
1 desejo ardente

Todas as receitas de Camilla Constantina incluíam desejos e memórias, tristes ou alegres ou indefinidas. Eram tão essenciais a Camilla como o alho picado ou a colher de sopa de azeite. A avó contara-lhe que, quando começara a cozinhar, ainda muito nova, ao colo da mãe, dera início à tradição de adicionar desejos e memórias, coisa que encantara os mais velhos. «Está a recitar as suas orações para o osso buco», diziam a mãe, a avó e as tias, fazendo festas na cabeça da pequena Camilla. E como a pequena Camilla desejava sempre que o pai regressasse são e salvo da guerra — coisa que aconteceria —, a tradição acabou por se estabelecer. Muito mais tarde, Camilla haveria de desejar que o marido recuperasse do ataque cardíaco, embora tal não tivesse ocorrido. Ainda assim, explicou o melhor que pôde à neta que a magia estava mais no desejar do que no receber. E as memórias, as tristes em especial, tinham propriedades curativas, tal como o manjericão e os orégãos que usava regularmente nos seus cozinhados.

Durante o mês que passara, a memória do adeus a John, de ver Lizzie dormir pela última vez, de sentir saudades de ambos com uma ferocidade que a impedia de respirar, havia produzido cem pratos de massa demasiado cozida, incontáveis molhos excessivamente doces ou muito salgados e três pratos muito duros de escalopes de vitela *alla* qualquer coisa. Tentara não pensar em John e em Lizzie e na separação que a levara à casa da avó numa tarde chuvosa de Setembro. Ou no que acontecera depois — na fria manhã de Outubro em que acordou e descobriu a avó morta na cama, um minúsculo quadro das três pedras do rio Pó a contemplá-la por cima da cabeceira de ferro. Mas a nova vida de Holly — e o dossiê branco que continha as suas receitas — insistia em memórias.

Não, não queria pensar em John, que estaria muito provavelmente a deitar Lizzie naquele momento (era o fim-de-semana dele, um calendário que decorara fazia tempo), nem na própria Lizzie, que deveria estar a pedir-lhe que lhe lesse *Green Eggs and Ham*[1] pela terceira vez. Porque se Holly se permitisse recordar demasiado, acabaria por se lembrar dela mesma naquele cenário, de esperar todos os fins-de-semana por um pedido de casamento, por um anel de noivado, que nunca chegaram. E a dor do que perdera acabaria por a derrubar, como fizera já tantas vezes desde que abalara para casa da avó. O lugar onde sempre se refugiara. E agora a casa estava ali, mas a fonte de todo o consolo desaparecera para sempre.

O que sobrara fora a cozinha e o livro de receitas, a avó sob a forma de paredes e tecto e fogão e centenas de utensílios — e receitas. Receitas muito *originais*.

Retirou uma frigideira preta de fundo largo da parede de tachos e panelas contígua ao fogão (no outro dia tivera de escrever *frigideira de fundo largo* no Google para ver uma imagem, porque a avó tinha muitas), pô-la ao lume e atirou uma noz de manteiga para o centro. *Risotto al salto* era simplesmente (*simplesmente?*, pois sim) uma fina

---

[1] Aclamado livro infantil publicado em 1960 pelo escritor Theodor Geisel sob o pseudónimo de Dr. Seuss. *(N. das T.)*

panqueca feita com sobras de *risotto*. Alcançou o livro e verificou na receita em que tipo de lume a deveria cozinhar e durante quanto tempo a panqueca fritaria naquela espiral de manteiga. Tinha de fazer aquilo bem. A Camilla's Cucinotta agora pertencia-lhe, devia geri-la em lugar da avó, que lhe deixara a casa e o negócio — o popular curso de culinária italiana e a minúscula loja de *pasta* para levar. Não havia tempo para chorar encostada ao frigorífico, lamentando-se por tudo o que perdera. Tinha de fazer massas e molhos para o dia seguinte. Tinha receitas para aprender de modo a poder ensiná-las aos seus alunos tal como a avó fazia.

Tinha de aprender a cozinhar.

Embora Holly tivesse passado um mês de cada Verão da sua infância com a avó em Blue Crab Island, ajudando-a na cozinha, estendido massa fresca até ficar tão fina quanto papel e soubesse que massas iam com que molhos, não era cozinheira. Poderia ter sido, não fora o caso de quase ter matado a avó com uma experiência culinária aos sete anos. Preparara-lhe uma sanduíche com um amontoado dos ingredientes mais ridículos, que é como quem diz, uma fatia de queijo, uma colher de gelado, duas fatias de salame, banana esmagada e, inconscientemente, veneno de rato. A avó ficara internada no hospital durante quase duas semanas e, apesar da sua garantia de que se tratara de um acidente que qualquer criança de sete anos poderia cometer e de que a sanduíche até teria ficado deliciosa, Holly ganhara medo à cozinha, ao que espreitava por trás dos armários e no interior da comida, como os gorgulhos contra os quais a mãe sempre a alertara. Perdera o amor pela culinária. Nos verões seguintes, Holly continuou a ajudar na cozinha e não deixou de gostar de se sentar à mesa a descascar batatas enquanto observava a avó a cozinhar ao mesmo tempo que cantarolava uma qualquer ópera italiana que estava sempre a tocar no leitor de CD. Todavia, nesse dia deixara de confiar nela mesma enquanto cozinheira e nunca conseguira recuperar essa confiança. Agora, no entanto, tinha de confiar em si mesma. O saldo bancário da avó, uma conta que incluía o negócio e o seu dinheiro pessoal, perfazia um total de 5213 dólares, quando o imposto sobre o rendimento era para ser pago em Dezembro. Quando o óleo combustível estava a 2,57 dólares o galão. Quando meio quilo de vitela custava mais de seis dólares. A avó sempre dissera que estava bem financeiramente, mas era óbvio que o dinheiro mal chegava para as despesas. Se Holly não fosse capaz de manter o curso e o pequeno negócio de massas a funcionar, a Camilla's Cucinotta desapareceria com a avó.

Holly lançou a mão a uma espátula da fila de latas que continham todos os utensílios possíveis e imaginários, ainda sem saber se deveria usar a de plástico, a de madeira ou a de metal. O que a levara a pensar que era capaz de fazer aquilo? Tinha trinta anos — *trinta* — e nunca tivera nada que se assemelhasse a uma carreira, excepto quando o trabalho tinha que ver com crianças, como manter o aquário do museu das crianças limpo durante a licença de maternidade da educadora marinha (Holly memorizara o nome de cada uma das criaturas, desde as anémonas-do-mar às estrelas-do-mar, e encantara as crianças), e era uma boa empregada de mesa, trabalho com o qual ganhara a vida quando morara em São Francisco, mas numa cafetaria pretensiosa que servia café normal a oito dólares e sanduíches criadas por um *chef gourmet* a quinze dólares cada uma. O facto de ser capaz de fazer esparguete com molho *marinara* de frasco acompanhado por pão de alho, uma lasanha aceitável e vitela *parmigiana* (para os menos exigentes, como ela) não a qualificava para dar o famoso curso de cozinha italiana da avó. A avó que nem sequer considerava a lasanha e a vitela *parmigiana* verdadeira comida italiana. «Isso são pratos americanos», zombara.

— Como vou eu manter a Camilla's Cucinotta a funcionar se nem sequer sei fazer um molho de tomate decente? — perguntou a *Antonio*, o velho gato cinzento da avó que se lambia no tapete vermelho ao lado da porta.

O curso começava dali a uma semana. Uma semana. Tinha uma semana para aprender as receitas para o curso de Outono de oito semanas e dar a entender que sabia do que falava. Olhou para o *risotto*, nada mais do que um pedaço de arroz, e disse para si mesma que era capaz. «Segues a receita», costumava dizer a avó. «Cozinhar é apenas isso.» Havia um mundo de diferença entre Holly Maguire e Julia Child[2]. Até mesmo entre Holly Maguire e Julie Powell[3].

Olhando para a receita, manuscrita a tinta vermelha com a bonita letra arredondada da avó, descobriu que se havia esquecido de um dos ingredientes principais: o desejo ardente. Estivera tão concentrada a estudar todos os passos para espalhar o *risotto* na frigideira, depois interrompera o que fazia e fora procurar no Google o que era dourado, a fim de entender exactamente o que queria a avó dizer com *rebordos dourados da panqueca de* risotto, que se perdera na Memória Triste e esquecera-se por completo do último ingrediente essencial. Quando confeccionara o *risotto alla milanese* ao início do dia (simultaneamente salgado e sensaborão), a receita pedia um desejo, um simples desejo, não o mais ardente, e uma memória, nem alegre nem triste. Apenas uma velha e simples memória.

E assim, depois de adicionar o vinho branco seco ao caldo de medula (não apreciara o que lera das três vezes que tentara fazer o *risotto*, mas habituara-se) e de ter deixado o arroz absorvê-lo, fechou os olhos e pensou num desejo, e o que lhe veio à mente, de forma bem vívida, foi que a avó regressasse. Estaria de novo na ilha no centro da cozinha do bangaló, a mexer, a cortar, a conversar.

— *Nonna*, o meu desejo mais ardente é que estejas a olhar por mim, guiando a minha mão para que eu não faça asneiras — disse Holly enquanto espalhava o pegajoso *risotto* na frigideira.

Não podia estragar aquilo. Não a cozinha da avó, aquele lugar mágico.

Voltou a ler a receita para ver dali a quanto tempo teria de virar a panqueca. Não que o *risotto al salto* fosse ficar alguma coisa de jeito;

---

[2] *Chef* americana, autora de livros de culinária e apresentadora de televisão, conhecida por ter introduzido a culinária francesa nos Estados Unidos com o seu livro *Mastering the Art of French Cooking*. (N. das T.)

[3] Autora do livro *Julie & Julia*, acerca das suas tentativas de criar todas as receitas do livro culinário de Julia Child *Mastering the Art of French Cooking*. (N. das T.)

seria tão bom quanto o *risotto* de que era feito, ao qual Holly daria um firme 3. Mas sairia melhor do que as suas primeiras cinco tentativas. O *risotto* e o *risotto al salto* faziam parte da lista da avó para a segunda semana do curso de culinária que teria início na semana seguinte, mas Holly iria mudá-los para mais tarde. Os seus alunos sabiam que não seria Camilla Constantina a ministrar o curso de Cozinha Italiana da Camilla's Cucinotta naquele ano (com excepção de um aluno, que Holly não conseguia contactar). Sabiam que haveria alterações ao menu de receitas proposto na pequena brochura que a avó mandara imprimir, e que Holly vira espalhada por toda a cidade.

No funeral, a mãe de Holly ficara de boca aberta ao saber que a filha ia ficar à frente do curso. «Pelo amor de Deus, Holl, vende a casa e acaba com isso.» Mas Holly não podia — e não queria — fazê-lo. Não venderia a casa nem o negócio que herdara. Recusava-se a vender a avó, que havia sido tão gentil com ela enquanto crescia. Para além de que a cozinha da avó era o único lugar onde sentia que pertencia, onde em criança mal conseguia descascar uma batata sem cortar um dedo. A Camilla's Cucinotta fora a vida da avó. Fora a alma e o coração da avó. E apesar de ser apenas uma cozinheira mediana, Holly estava determinada a dar continuidade ao que a avó iniciara em 1962 enquanto jovem viúva a braços com uma criança pequena. Nas últimas duas semanas, desde que a avó falecera, passara os dias rodeada de farinha e de ovos e de alhos e de cebolas e de vitela, seguindo as receitas para as massas e para os molhos tão à letra que haviam começado a sair aceitáveis. Progresso. Não tinham a qualidade extradeliciosa da avó, mas serviriam para satisfazer qualquer apreciador de *penne* em molho de vodca do Maine.

E Holly tinha quatro alunos inscritos — o mesmo número que Camilla tivera no seu primeiro curso de culinária em 1962. Os outros doze haviam pedido a restituição do dinheiro ao saberem da morte de Camilla, mas Holly entendia perfeitamente. Afinal, ela não era Camilla, a Deusa do Amor milanesa de setenta e cinco anos, cujo *maccheroni* em molho secreto tinha presumíveis propriedades afrodisíacas, dona de uns exóticos olhos negros e de umas pedras italianas que podiam determinar o homem certo para alguém, o *destino* de alguém. A mulher cuja essência lhe havia merecido o título de Deusa do Amor e o seu negócio o de Escola de Culinária da Deusa do Amor.

Holly como deusa do amor. Era para rir. E para chorar também.

Holly tinha alunos em número suficiente para formar uma turma. Suficientes para premeditadamente comprar ingredientes frescos no supermercado e nos mercados de lavradores em Portland. No funeral da avó, e mais tarde no bangaló, alguns vizinhos e antigos alunos haviam-lhe garantido (embora não tivesse a certeza se não estariam apenas a ser simpáticos) que a magia da avó também lhe corria no sangue e que, se o desejasse, também conseguiria os mesmos resultados. Holly queria desesperadamente acreditar naquelas palavras, mas nem todos os *tiramisus* de treino, nem os *ravioli* de abóbora com os ingredientes secretos de desejos e memórias haviam feito o que quer que fosse por *ela*: John não regressara com o anel de diamantes, dizendo que cometera o maior erro da sua vida, que queria construir o futuro com ela e que Lizzie sentira imenso a sua falta. Na verdade, não voltara a saber nada dele. A mensagem chorosa sobre a morte da avó que lhe deixara no atendedor de chamadas desencadeara apenas uma mensagem de texto na manhã seguinte: «Lamento a morte da tua avó.»

Talvez não tivesse precisado da *sa cordula* para saber que aquele homem não era de facto o seu grande amor.

Holly preparava-se para acender o fogão quando um bater repetido interrompeu a quietude da cozinha. Por momentos pensou que o vento tivesse arrancado a porta mosquiteira. Nos inícios de Outubro, o vento soprava de Casco Bay em direcção ao centro da cidade, onde a pequena casa se encontrava, ao fundo da rua, aninhada por entre uma fileira de árvores de folha perene que a separava um pouco das restantes habitações e lojas que ladeavam a rua principal.

O bater continuou e Holly espreitou pela arcada que dava acesso à entrada, espantada por ver alguém à porta, nós dos dedos encostados ao vidro. Era uma rapariga, talvez com uns onze ou doze anos, segurando algo nas mãos com a expressão confiante e esperançosa de uma criança que se prepara para vender uma assinatura de revista ou um pacote de bolachas do seu agrupamento de escuteiras, que Holly teria todo o prazer em comprar. Uma mancheia de bolachas de chocolate com recheio de hortelã e um copo de *Chianti* enquanto via um filme antigo soava-lhe muito bem como programa para mais tarde. Holly lançou uma vista de olhos rápida ao relógio de parede. Passava pouco das oito da noite. «*Risotto al salto*, terás de esperar».

Holly deslocou-se até à porta, deslizou o ferrolho prateado e ficou de imediato encantada com a aparência da rapariga. O seu comprido e brilhante cabelo era da cor das castanhas que Holly usara para confeccionar o bolo italiano na manhã anterior, e os seus olhos exibiam o mesmo bonito tom azul-escuro dos mirtilos. A rapariga lembrava a Holly um dos seus clientes preferidos (em termos de aspecto): um homem que fora à loja várias vezes desde que ela chegara à ilha. Estava sempre com pressa e invariavelmente pedia duas embalagens de *penne* e outras duas de molho de vodca. Devia ter trinta e poucos anos. Era alto, magro, mas musculado. Tinha os mesmos olhos cor de mirtilo, embora o cabelo fosse mais escuro.

«O molho não tem vodca de verdade, pois não?», perguntara ele da primeira vez que aparecera, acompanhado por uma mulher envergando um fato muito franzido e muito cor-de-rosa e sapatos de salto alto de verniz. «Tonto», dissera a mulher, sorrindo e colocando a sua mão, com as unhas pintadas igualmente de cor-de-rosa, sobre o braço dele. «A vodca desaparece quando é cozinhada.» Virara-se para Holly e acrescentara: «Homens», com um deleitado aceno de cabeça. E Holly sorrira e aviara os pedidos, surpreendida por aquele homem, aquele estranho que nunca vira antes na ilha, ter aparecido no seu radar.

— Posso ajudar-te? — perguntou Holly à rapariga.

— Isto é tudo o que tenho. — Estendeu uma nota de vinte dólares. Na outra mão trazia o panfleto do curso de cozinha italiana da Camilla's Cucinotta. — Eu sei que não chega, mas posso lavar a loiça ou varrer o chão. Sempre que eu ou o meu pai tentamos cozinhar lá em casa, metade acaba no chão, por isso é bem capaz de precisar de um varredor para os seus alunos. E posso ir buscar coisas, tipo à despensa ou aos mercados ou a outros sítios. Todos os boletins de notas que tenho recebido dizem que sou uma boa ouvinte.

Holly sorriu. Os seus boletins de notas declaravam sempre o contrário.

— Estás a querer dizer-me que gostarias de frequentar as aulas mas não tens dinheiro suficiente?

A rapariga mordeu o lábio inferior e virou a cara, e Holly percebeu que ela se esforçava por não chorar.

— O meu pai vai casar-se com aquela *Barbie* de cor-de-rosa se eu não aprender a cozinhar.

Os seus olhos cor de mirtilo encheram-se de lágrimas. Ah, então o pai dela sempre *era* o das duas embalagens de *penne* e das duas de molho de vodca.

— E que tal entrares e sentares-te um pouco? — sugeriu Holly, apontando para o banco das degustações, à direita da porta.

O vestíbulo do bangaló, de inspiração toscana, constituía a loja de comida para fora da Camilla's Cucinotta. Nove metros quadrados que incluíam um quadro de ardósia com a lista das massas daquele dia e uma parede na qual fora embutido um expositor refrigerado de onde os clientes podiam escolher as massas e os molhos. Uma arcada larga e aberta separava a entrada da cozinha. Camilla havia percebido que as pessoas gostavam de a ver cozinhar e que isso impulsionava o negócio.

— O teu pai sabe que estás aqui? — perguntou Holly, olhando de novo para o relógio na parede.

— Só tenho de estar em casa às oito e quinze e eu moro logo ao fundo de Cove Road — explicou ela, virando a cabeça para a janela e apontando com o dedo para o outro lado da rua, onde a Blue Crab

Road conduzia à baía. — Quando fizer doze anos, no próximo mês, posso ficar na rua até às oito e trinta. Não que haja muita coisa para fazer nesta porcaria de ilha. Quando nos mudámos de Portland para aqui, há alguns meses, pedi ao meu pai se podíamos ir procurar caranguejos-azuis. Sabia que não existem caranguejos-azuis no Maine? Toda a ilha é uma mentira. Tal como a *Barbie*.

Holly não conseguiu conter um sorriso. E conhecia bem a história de Blue Crab Island, contada tantas e tantas vezes pela avó, que achava a história hilariante.

— Bem, uma vez que ainda tens quinze minutos, que tal uma caneca de chocolate quente? — convidou Holly. — Chamo-me Holly Maguire, e herdei recentemente da minha avó esta casa, a escola de culinária e a loja de massas. É ela a Camilla da Camilla's Cucinotta. — Apontou para a pequena fotografia da avó no panfleto.

— O que quer dizer *cucinotta*? — quis saber a rapariga. — Ah, e eu chamo-me Mia. Geller. E adoro chocolate quente. Mas odeio aqueles *marshmallows* pequenos e duros.

Holly soltou uma gargalhada.

— Eu também os detesto. E *cucinotta* significa cozinha em italiano. Cozinha pequenina, na verdade. E é um prazer conhecer-te, Mia.

A rapariga sorriu e guardou o panfleto no bolso. Holly foi para a cozinha e passados poucos minutos regressou com duas canecas de chocolate quente e fumegante. Sentou-se na antiga cadeira de baloiço frente ao banco, a mesma onde a avó se sentava sempre para falar das massas do dia com os seus clientes. Holly queria manter a rapariga bem à vista da janela grande, não fosse o pai procurá-la.

Mia beberricou o chocolate quente.

— Uau, este não é de pacote, pois não?

Ora, ora. Mais um para juntar à sua lista de pequenos sucessos na cozinha.

— A minha avó daria voltas no túmulo.

— Sabe quem utilizaria uma mistura instantânea com aqueles *minimarshmallows* duros e enjoativos? Jodie, a *Barbie*. E quer saber uma coisa, o nome verdadeiro dela escreve-se Jodi com apenas um *i*, mas ela acrescentou o *e* porque acha que fica «mais interessante», o que eu não acho nada... é *falso*. Porque não vê o meu pai isso? Oh, espere, eu sei porquê. Porque ela usa aquelas minúsculas saias cor-de-rosa e aquelas camisas justas cor-de-rosa. Será que ela alguma vez ouviu falar do feminismo?

Mia deu outro gole no chocolate quente e encostou a cabeça ao parapeito da janela, o seu cabelo cor de castanha caindo-lhe para trás dos ombros estreitos.

— Quando pergunto ao meu pai se planeia casar-se com ela, ele diz sempre que não sabe, que *talvez*, que não podemos continuar a viver dos seus maus cozinhados e péssimas capacidades de limpeza, e que seria bom para mim ter uma figura materna que entendesse raparigas com quase doze anos. Como se Jodie, a Falsa, percebesse alguma coisa além de batons com factor de protecção solar e se a cor da roupa dá com os sapatos.

Holly começava a apreciar cada vez mais aquela rapariga. Beberricou também o seu chocolate quente.

— E ela *sabe* cozinhar?

— Fez uma lasanha fantástica no outro dia — respondeu Mia, deixando cair os ombros. — Estava tão boa que repeti. E teria tirado mais, mas reparei que o meu pai sorria para a Jodie só porque eu comi a lasanha dela. Meu Deus, sou uma traidora da minha própria causa. Por isso, *tenho* de aprender a cozinhar, principalmente comida italiana, a preferida do meu pai, para que ele não precise de se casar com ela. Além disso, eu *sei* que a minha mãe vai voltar. Talvez até para o meu aniversário. Ela casou-se com um tipo rico e vive em Los Angeles e em França tipo metade do ano, mas eu sei que ela vai voltar, de vez, quando se fartar daquela vida de luxo, ou lá o que é. Já se passaram dois anos, o que é bastante tempo.

Após uma fatia de bolo de castanha, em que Mia deu apenas uma dentada e depois ignorou, Holly ficou a saber que o pai da rapariga, que se chamava Liam Geller, era um arquitecto que se especializara na pouco atraente arte de desenhar quintas de lacticínios e de gado, com os seus anexos e celeiros e capoeiras. Pelos vistos, a capoeira de galinhas no pátio das traseiras da antiga casa de quinta dos Geller em Portland, que fora a cedência de Liam à vida citadina, embora não habitassem na Baixa, fora a gota de água que empurrara a esposa para fora de casa há dois anos. Mia tirou da mochila uma fotografia da mãe e do pai em dias mais felizes, Mia ainda pequena aos ombros do pai.

E ali estava ele. Mais jovem. Com um olhar um pouco mais esperançoso naqueles olhos azul-escuros. Era um homem tão atraente. Havia qualquer coisa na expressão séria dele, em combinação com o olhar distraído, ausente, que conseguira encantar Holly e acordá-la da tristeza das últimas semanas. Liam Geller entrara na Camilla's Cucinotta cinco ou seis vezes no último mês — apenas uma vez com a namorada — e a sua presença sensual, sempre com pressa, mal reparando no que se passava em seu redor, ou se o *penne* estava demasiado duro e o molho muito ou pouco doce — ou na mulher que usava o avental amarelo e azul da Camilla's Cucinotta — havia motivado Holly a pôr um pouco de maquilhagem e uns borrifos de perfume da vasta colecção da avó.

— Um homem muito atraente, *si*? — comentara a avó, com o seu sorriso de Mona Lisa, na manhã em que Holly descera as escadas com um pouco de rímel nos olhos e de batom nos lábios, os seus longos cabelos negros penteados num rabo-de-cavalo, ao invés de apanhados no cimo da cabeça, como sempre se apresentara nas primeiras duas semanas.

Holly sorrira pela primeira vez desde que tinha chegado. Não era tanto pelo homem, mas pelo que ele representava. Esperança. Optimismo. Aquela sensação agradável e inebriante que se experimenta quando se tem um fraquinho por alguém.

Por duas vezes, a exigência de desejos nas receitas da avó havia-se transformado em algo inesperadamente erótico ao pensar nele. Ele era a sua paixoneta secreta, e, porque se sentia vazia por dentro, estava grata pela falta de atenção e de interesse que ele revelava por ela, mesmo enquanto a pessoa que lhe vendia o *penne*. Não queria gostar dele para além daquela paixoneta inofensiva e inconsequente.

Ainda mais agora que sabia que ele tinha uma namorada — e uma filha. Outro homem *e* outra criança para amar e perder? Holly não queria sequer entrar por aí.

— Então, posso ser a sua assistente? — perguntou Mia, quase despejando as palavras, os seus olhos cor de mirtilo com uma expressão suplicante. Mordeu o lábio por um instante. — Faço tudo o que for preciso. Até me arrisco a cheirar a alho. Embora isso não vá agradar nada ao Daniel. Bem, apenas em História Americana, que é a única aula em que ele se senta ao meu lado. Não que ele alguma vez tenha falado comigo. Nem sequer sabe que eu existo.

— Daniel? — repetiu Holly, matutando no pedido da miúda.

Até precisava de uma ajudante. Mas uma rapariga pré-adolescente não estava propriamente nos seus planos.

— É um rapaz da minha escola. É tão giro que às vezes nem consigo olhar para ele. Sabe como é?

— Sei sim — disse Holly, sorrindo. — Sei exactamente como é. E digo-te mais. *Preciso* de uma ajudante, de uma aprendiza. Nessa qualidade, podes frequentar o curso sem pagar nada.

A expressão de Mia iluminou-se e guardou de imediato a nota de vinte dólares.

— Oh, meu Deus, obrigada!

— Se todas as segundas-feiras à tarde, das seis às sete e meia, interferir com os teus trabalhos da escola, podes vir depois das aulas sempre que desejares e praticares as receitas da semana e, se quiseres, podes até ajudar-me a confeccionar as massas do dia e os molhos. Eu preciso de toda a ajuda que conseguir.

Mia lançou os braços em redor do pescoço de Holly e apertou-a.

— Isso é fantástico. É como se fosse a minha professora particular de culinária! A *Barbie* vai passar à história!

Holly fez um esforço para não rir. Gostava da exuberância de Mia, e bem que tal lhe fazia falta.

— Mas tens depois de me dizer se o teu pai concorda.
— O quê? Ele vai ficar delirante. Vou finalmente «interessar-me por alguma coisa, ter um passatempo, algo que é só meu». Há! Quem haveria de dizer que o meu passatempo vai ajudar-me a livrar-me da cabeça oca da sua namorada?

Holly não conseguiu conter uma gargalhada. A miúda tinha verve. Camilla Constantina não só aprovaria o que Mia tentava fazer, como inventaria a sua própria mistura de desejos para acrescentar ao *penne* com molho de vodca.

3

Quando Mia saiu, Holly voltou a sua atenção para o *risotto al salto*. Embora já tivesse formulado o seu desejo, murmurou «por favor, não te queimes» para o ambiente com olor a alho, e depois acendeu o fogão, em lume médio-baixo. Deixou-se ficar junto do fogão, a olhar para a panqueca de *risotto*, que começou a crepitar ligeiramente, e em seguida inclinou-se para o balcão e releu as instruções. *Derreter a manteiga numa caçarola de metal. Feito. Espalhe o risotto no fundo da panela, formando uma panqueca. Feito. Deixe cozinhar em lume médio-baixo até a panqueca ficar dourada, depois tape com uma tampa sem rebordo. Vire a panela e a tampa — o risotto deve passar agora para a tampa. Leve a panela de novo ao lume. Deixe escorregar o risotto da tampa de volta para a panela e cozinhar até o outro lado ficar dourado.*

Tudo corria bem até Holly ter virado a frigideira. Aquela era a quarta vez que tentava fazer *risotto al salto*, e a panqueca ficava colada à tampa e recusava-se a escorregar de volta à caçarola. «Se o prato não resultar como esperava, tente de novo», era o conselho que a avó dava sempre aos seus alunos. E a Holly.

Era precisamente isso que Holly apreciava na cozinha. O poder fazer-se de novo. Não havia repetições no amor, nos relacionamentos, a menos que o Não És Tu, Sou Eu estivesse disposto a isso. Mas com o *risotto*, com as massas demasiado cozidas, com os molhos pouco temperados, havia não só segundas oportunidades, como centenas.

Depois de lavar os pratos, as frigideiras, as panelas e os restantes utensílios, limpou a ilha central, os balcões e o fogão e varreu o chão até ficar imaculado. Por fim, certificou-se de que a tigela de *Antonio* estava cheia, desligou as luzes da cozinha e subiu as estreitas e íngremes escadas até ao primeiro andar, composto por dois quartos e uma enorme casa de banho com uma banheira vitoriana. Deixou-se ficar a relaxar durante quinze minutos nos calmantes sais de banho de alfazema da avó, o que fez maravilhas aos seus músculos cansados, depois vestiu o pijama mais confortável que possuía e apanhou o cabelo molhado num rabo-de-cavalo.

Eram apenas nove e meia, mas Holly sentia-se exausta e desejava meter-se sob as cobertas, esquecer as panquecas de arroz arbóreo e talvez deixar a sua mente vaguear por um homem sensual e alto com olhos cor de mirtilo e uma ligeira fenda no queixo. Contudo, ao invés de ir para a cama, foi atraída para o quarto da avó.

O quarto era simultaneamente parco e acolhedor, dominado pela grande cama de ferro, a sua cabeceira preta decorada com a pequena pintura a óleo das três pedras do rio Pó. A cama estava coberta por um edredão branco com quatro confortáveis almofadas. A um canto erguia-se um enorme guarda-vestidos de mogno cinzelado e no outro um toucador de ferro forjado com um enorme espelho redondo e uma cadeira forrada com veludo branco. Havia uma cómoda junto da janela, dominada por uma bandeja de vidro com frascos de perfume antigos e rodeada por fotos de Holly e dos seus pais. Adorava aquele quarto. Holly caminhou até ao toucador e pegou na foto que a avó encaixara na moldura do espelho. Era uma fotografia dela e da avó tirada no dia anterior ao da morte dela e que a avó fizera segurando a máquina com o braço esticado. Para Holly, aquela foto era uma preciosidade.

Desligou as luzes e acendeu apenas o candeeiro da mesa-de-cabeceira. Depois meteu-se debaixo das cobertas e pegou na bolsa de cetim branco que continha as pedras e se encontrava ao lado do candeeiro. Deixou escorregar as pedras para a palma da mão, fechou os olhos e esperou, ansiando que as pedras lhe dissessem alguma coisa, lhe revelassem algo. Qualquer coisa como: *Vais ficar bem. Irás acordar um dia e não sentirás mais esse torturante vazio no coração e no estômago. E não desapontarás a tua avó. Ela deixou-te a Camilla's Cucinotta porque acreditava que serias capaz de dar continuidade ao seu legado, à tua maneira.*

Teria ela, no entanto, uma maneira própria de fazer as coisas? Essa era a grande questão. Frequentara a Universidade de Boston e licenciara-se em Literatura Inglesa; porém, nunca tivera a menor ideia do que queria fazer da sua vida. Assim, tentara um pouco de tudo. Fora assistente de um detective privado, trabalho que envolvia muitas pesquisas no Google, passeara e tomara conta de cães. Vendera anúncios nas últimas páginas de um jornal. Fizera voluntariado num hospital, lendo para crianças que esperavam por intervenções cirúrgicas. Tivera empregos temporários em quase todo o lado, desde uma agência literária, em que enviava cartas que diziam *Isto não é bem o que procuramos*, a uma agência imobiliária. E nada lhe prendera a atenção. Nem mesmo os três meses durante os quais encantara as crianças com factos acerca do mundo marinho no museu infantil. Até gostara de ser empregada de mesa, excepto quando alguém, habitualmente algum tipo a tentar a sua sorte, lhe perguntava: «Então, fazes o quê? És empregada de mesa e...?» E Holly era obrigada a responder: «Sou apenas empregada de mesa.»

— Mas gostavas de fazer o quê? — perguntara-lhe John, certo dia, irritado.

Ele era banqueiro de investimentos e sempre se interessara por dinheiro, desde o primeiro curso de finanças na escola.

Holly encolhera os ombros. Sabia que gostava de Blue Crab Island e da avó; no entanto, em vez de se mudar para o Maine após o fim do curso, permanecera em Boston por causa de um tipo pelo qual se apaixonara perdidamente. E depois por causa de outro. Até ter seguido John Reardon para a Califórnia, a cinco mil quilómetros de distância. Deixara os relacionamentos tomarem-lhe conta do coração, da mente e da alma. Talvez porque nunca havia encontrado o seu nicho, o seu lugar.

Então, o que gostava ela de fazer? Gostava de tomar conta de gatos, até de gatos velhos e preguiçosos, como *Antonio*. Gostava de atravessar pontes. Adorava sentar-se na pequena alcova da cozinha da avó, a beber chá e a observar Camilla Constantina, uma sósia da Sophia Loren que usava vestidos todos os dias para todas as ocasiões, estender massa fresca, rechear os *gnocchi*, inspirar o perfume dos seus molhos com uma expressão de contentamento.

— Então talvez devesses ir para uma escola de culinária — sugerira John. — Tenho a certeza de que absorveste o básico por osmose. Podias frequentar aquela famosa escola francesa, Le Cordon Bleu.

Esse havia sido um dos primeiros sinais de que John Reardon não iria ficar devastado se um oceano os separasse.

«Não sou uma cozinheira», pensara naquele momento e pensava agora, a memória da avó a apertar-lhe o estômago porque a Holly de sete anos queria abrir passagem à força para a sua mente. Desejou poder regressar ao que sentira naquele dia na cozinha, quando não se apercebera de que polvilhava veneno de ratos na sanduíche da avó. A maravilha, a paixão, as possibilidades e o divertimento associados à escolha dos ingredientes. Desejava... o quê? Sentir-se exactamente como se sentira na cozinha da avó nesse dia. Completamente absorvida por aquilo que fazia. Apaixonada pelo que estava a realizar. Confiante, apesar da sua incapacidade de estender a massa finamente sem a rasgar, coisa que a avó nunca fizera. E como se pertencesse, apesar de tudo. Nunca sentira isso em mais lado algum a não ser na Camilla's Cucinotta. E agora que lhe pertencia, tinha medo. Apesar de não fazer a menor ideia de como se cozinhava, de como ensinar outras pessoas a cozinhar, sentia-se inexplicavelmente segura naquela casa, naquela cozinha.

Holly apertou as pedras com mais força na palma da mão. *Digam-me que eu consigo fazer isto. Digam-me apenas isso.* Mas as pedras não disseram nada. Também não esperava que o fizessem, claro, mas teria apreciado alguma espécie de sinal. Um tremelicar das luzes, quiçá.

Suspirou, arrumou as pedras na bolsa e voltou a pô-la na mesa-de-cabeceira. Dormira sempre no outro quarto desde que chegara à ilha, há um mês, e nas duas últimas semanas desde que Camilla falecera. O quarto em que dormira todos os verões da sua infância. Era o mais pequeno dos dois quartos do andar superior, mas Holly ainda não se sentia preparada para se mudar para o bonito e espaçoso quarto da avó, com a cama ornamentada que ela trouxera de Milão quando viera morar para Blue Crab Island. Durante as duas últimas semanas, Holly mantivera as portas de ambos os quartos abertas para que o espírito de Camilla pudesse vaguear pelo seu quarto. E também porque Holly gostava de o espreitar, adorava sentar-se na cama com a sua colcha imaculadamente branca, gostava de contemplar o quadro das pedras do rio Pó e a pintura maior que representava o próprio rio e que todas as noites ajudara a sua avó a adormecer.

Holly olhou para as fotografias na cómoda, dos seus pais, uma da mãe ainda miúda e outra quando adolescente, e tentou imaginar a mãe a ter aversão por aquela casa mágica, à espera que o tempo passasse depressa para poder partir, aos dezoito anos. O quarto de infância da mãe, que se havia transformado no quarto de Holly, não tinha nada de Itália ou da sua herança; estava decorado com mobília branca típica do Maine e tigelas de vidro com conchas. A mãe de Holly considerava Camilla e os seus vestidos sensuais, a adivinhação e as tendências casamenteiras da mãe um verdadeiro embaraço e abandonou a «arrepiante» ilha assim que conseguiu para se instalar num subúrbio de Boston, onde vivia com o seu pai, que não tinha a menor estima pela exótica sogra nem por Blue Crab Island. Luciana Maguire não era capaz de entender por que razão Holly queria passar o máximo de tempo possível na ilha quando ela mal vira o dia de a abandonar, mas também nunca afirmara entender ou fizera grande esforço para compreender a filha. E, assim, Holly passava todas as férias da escola e o Verão com a avó e adorava a ilha e toda a sabedoria que rodeava Camilla. Crescera com reconfortantes garantias do que estava para vir (um constante «vais ficar bem», no qual Holly acreditava, ao passo que a mãe, uma autoproclamada realista que não acreditava «nesses disparates», não passava de uma grande cínica).

Enquanto crescia, quando costumava passar um mês inteiro em Blue Crab Island, os habitantes locais tinham por hábito perguntar-lhe se herdara o dom da «sapiência» da avó. Mas não herdara. Não conseguia, ao contrário de Camilla Constantina, avaliar uma pessoa e saber que o seu verdadeiro amor não era o homem ao seu lado, mas o próximo que encontrasse, quem sabe até no supermercado. Ou que não deveria usar as botas novas de pele no dia seguinte porque ia chover ao fim da manhã, apesar do que a previsão meteorológica anunciara.

Holly tinha herdado o dom da «ignorância» dos Maguire. Recordava-se de a avó lhe ter dito no ano anterior, no Dia de Acção de Graças, que não estava certa de que John fosse o homem certo para ela, que ele, bem lá no fundo, não era sério em relação a Holly. John e Lizzie haviam sido convidados para o almoço de Acção de Graças, mas John preferira passar o dia com os seus pais e Holly não fora convidada. Ainda assim, no dia seguinte, John dissera a Holly que a amava, e ela, como muitas vezes fazia, embora se sentisse mal com isso, ficara a pensar que talvez a avó não soubesse *realmente*, que talvez tudo não passaria de sabedoria antiga e de preocupação maternal.

Mas é claro que a avó sabia.

Na noite em que John terminara com ela, Holly pegara no telefone para ligar à avó e descobrira que Camilla lhe havia deixado uma mensagem. «A pensar em ti, como sempre.» De algum modo, ela soubera. Telefonara à avó e explicara-lhe que servira a *sa cordula* a John, que ele a detestara e cuspira para o guardanapo, mas que de pouco consolo lhe servia que John não fosse o seu grande amor, porque era mesmo. E a avó disse-lhe que alterasse a data do voo para o Maine para o dia seguinte, apesar de os planos que tinham feito fossem para a neta ir visitá-la dali a apenas duas semanas. E quando Holly telefonara ao patrão na manhã seguinte a avisar que estava doente (bem, de coração partido, para falar verdade), perguntando-lhe se podia alterar as férias, este dissera-lhe que planeara ter uma conversa com ela quando fosse trabalhar precisamente naquele dia, que era uma empregada muito lenta e tinham de a despedir, e que lamentava muito. Também não tardaria a ficar sem lugar onde morar, pois o namorado da sua companheira de casa, que nos últimos tempos estava quase sempre lá, ia mudar-se oficialmente para lá. Visto que a companheira de quarto era a dona do apartamento, Holly recebera o aviso de que tinha de sair com duas semanas de antecedência, mais uma vez acompanhado de um «lamento muito». Acreditara que John a convidaria para morar com ele, mas ele também lamentara muito — e apenas isso.

Toda a gente lamentava e Holly ficara sem lugar para onde ir.

Por certo a avó soubera que ia morrer e por isso pedira a Holly que fosse em Setembro. A fim de se sentir confortada pela neta antes de falecer. E para estar lá.

Camilla Constantina não era verdadeiramente medianímica; em trinta por cento da vezes, estimativas da própria Camilla, errava, mas por norma envolvendo coisas que lhe eram perguntadas — «Irei casar-me?» (Pamela Frumm, que geria a Blue Crab Island Books, tinha quarenta e dois anos e ainda não encontrara o seu par mesmo depois de a avó lhe andar a dizer há dez anos que «sim, claro que te casas». Contudo, por vezes Holly interrogava-se se a avó não estava apenas a ser simpática. Para quê dizer que não? Que bem teria isso feito a Pamela Frumm, que, com frequência, era vista de sapatos altos e batom à espera do par que escolhera no Match.comdate, e que *podia* finalmente ser o tal?) E a avó também tivera a certeza de que o cancro da tia-avó Giada a levaria por alturas do Natal, e, dois anos mais tarde, ela continuava a levantar-se todos os dias às cinco da manhã para estender massa para o restaurante do filho em Milão.

Porém, Camilla acertava setenta por cento das vezes. Quer fosse sobre os Red Sox ou sobre o amor verdadeiro de alguém ou até em relação a um tornado. Holly questionara-se muitas vezes se saber seria mais difícil do que não saber.

Levantou-se da cama, deslocou-se até à cómoda e abriu a gaveta de cima, onde sabia estarem os diários da avó, uma pilha de quatro livros de apontamentos de capa preta e branca que ela escrevera em inglês. Retirou-os e colocou-os sobre a cómoda, parando para abrir um dos frascos de perfume e deixando pingar uma gota para o pulso, o odor do perfume preferido da sua avó, sendo tão reconfortante quanto os seus abraços. Holly encontrara os diários no dia do funeral de Camilla, quando subira para fugir dos olhares reprovadores da mãe por se recusar a vender a casa, do pai, que não parava de enfardar prato atrás de prato de asas de galinha fritas, e de uma cozinha cheia de comida na qual a avó nunca teria tocado, trazida por vizinhos pelos quais ela tanto fizera. Holly hesitara em ler os diários da avó, não estava certa se o devia fazer ou até se queria, mas agora a vida de Camilla pertencia-lhe, e Holly esperava encontrar um segredo ou dois escondidos naquelas páginas, algo que fizesse aquela nova vida parecer mais sua — e que a ajudasse a entender a sua própria mãe, da qual Holly se afastava cada vez mais. A mãe perdera a sua própria mãe, e embora Holly a tivesse visto a chorar no funeral, as suas lágrimas pareciam ter menos que ver com a sua dor do que com outra coisa qualquer — o intransponível fosso que existia entre elas, cogitou Holly. Luciana Maguire raramente falava da sua infância em Blue Crab Island, excepto para dizer que sempre fora infeliz desde que se lembrava.

Holly tinha a sensação de que, se a avó não desejasse que ela lesse os diários, não os teria deixado mesmo no centro na gaveta do cimo da cómoda quando sabia muito bem que ia morrer. Tirou o primeiro livro, com a bonita caligrafia da avó declarando: *Este livro de apontamentos pertence a Camilla Constantina*. Recostou-se na cama e abriu-o.

Agosto de 1962

Querido diário,
*Há alguns dias colei o anúncio (*APRENDA A FAZER COMIDA ITALIANA*) no espaço vago entre o pedido de Annette Peterman para uma babysitter (a pobre criança está com cólicas e ninguém respondeu ao anúncio, segundo o proprietário, apesar de Annette estar disposta a pagar três dólares por hora) e uma fotografia a preto e branco autografada do presidente Kennedy. O quadro de avisos da mercearia é também a caixa de sugestões de Blue Crab Island e o departamento de queixas.* Por favor diminuam o som dos rádios dos vossos carros quando atravessarem a Blue Crab Boulevard *era uma das queixas.* Há alguém em Shelter Road que não apanha a porcaria do seu cão *era outra. O póster de Kennedy é tranquilizador. Armando adorou-o, o primeiro presidente católico do nosso novo país. «Estás a ver», disse ele, «pertencemos.»*
Mas agora ele já cá não está. Passou um ano desde que Armando morreu de um ataque cardíaco enquanto arrancava ervas daninhas na horta. O conselheiro da dor em Portland sugeriu que eu começasse a escrever um diário para me ajudar a expressar o que sinto, principalmente porque não tenho muita gente com quem falar. Não estava interessada em escrever sobre a minha dor, mas estranhamente, hoje, no dia em que dou início àquilo que me parece a minha terceira vida (sendo a primeira em Itália, a segunda com Armando na América e a terceira como viúva com uma filha pequena para criar), comprei este livro de apontamentos na mercearia aqui em Blue Crab Island. É espantoso que há apenas um mês tenha acordado com a ideia de ir a Blue Crab Island, onde Armando e eu passeámos de bicicleta ao longo da baía num bonito dia de Verão. O sentimento foi tão forte que soube que este era o meu destino, soube que tinha de

trazer Luciana, que tem agora cinco anos, para a ilha, onde não há caranguejos-azuis, mas existe este bangaló, esta cabana de gengibre com primeiro andar, cor de damasco, ao fundo da rua principal, aninhada por entre árvores e arbustos sempre--verdes. Soube de imediato que estava destinada a ser a nossa casa. É pequena, tem apenas dois quartos, e está a precisar de obras, mas a cozinha é a maior divisão da casa, e há um pequeno quintal nas traseiras onde posso cultivar ervas aromáticas e vegetais.

No instante em que atravessei a ponte que liga Portland a Blue Crab Island, senti o meu dom regressar. Neste último ano sem Armando, acordei todas as manhãs sem mais nada na cabeça, no coração e nos ossos para além daquilo que a minha querida Luciana podia facilmente ver: que eu estava dominada pela dor. Mas já vivemos há cinco anos na América, em Portland, e eu ficarei bem. Sei isso sem precisar da ajuda das minhas preciosas e reconfortantes pedras. Chegou a hora de levar Luciana para longe desta casa de dor e para uma casa de recomeços. Agora, apenas um mês passado, os quartos estão pintados com as cores refrescantes do Mediterrâneo, a cozinha encontra-se bem abastecida e preparada. E eu sinto-me pronta para experimentar esta ideia nova de ensinar cozinha italiana. Tenho um bom dinheiro de parte, mas quero tentar ganhar o meu próprio sustento e mostrar à Luciana que uma mulher pode ser empreendedora.

Hoje dei a minha primeira aula. Quatro alunas. Quatro surpreendentes alunas. São as mulheres da alta sociedade de Blue Crab Island: Lenora Windemere, cujo tetravô comprou Blue Crab Island nos finais de 1800, e é proprietária da mercearia, e as suas amigas. Quando colei aquele anúncio, não fazia ideia de quem, ou se alguém, viria às minhas aulas; consultei as pedras e fui invadida por uma grande paz, o que significava que disponibilizar o curso era a coisa certa a fazer, mas não sabia até que ponto.

As minhas alunas chegaram hoje todas juntas, num glorioso dia de Primavera, estas mulheres que passaram por aqui no dia em que comprei a velha e deteriorada cabana ao fundo de Blue Crab Boulevard (como se uma estrada pavimentada na rua principal da cidade fosse uma avenida). «De que país veio?», queriam saber. «O que aconteceu ao seu marido? A sua filha fala inglês? Usa sempre vestidos até para fazer limpezas?»

Sempre senti os seus olhares quando saía de casa, com Luciana pela mão, para ir comprar mantimentos à mercearia. A loja não tem tudo, mas ao longo destes cinco anos descobri que talhos e mercados em Portland vendem vegetais, peixe e carne tão bons quanto os da minha terra. Estas mulheres não gostam de mim porque sou italiana e falo inglês com um forte sotaque. Porque uso vestidos bonitos todos os dias, até quando faço limpezas. Porque um dos maridos delas, não sei qual, disse em plena cafetaria, que serve um café horrível ao qual eu nunca me conseguirei habituar: «Sabe com quem é parecida? Com a Sophia Loren.»

Creio que sou um pouco parecida com a Sophia Loren, excepto que o meu cabelo e os meus olhos são quase pretos. Tenho o mesmo penteado, a figura, o sotaque. Outra razão pela qual as mulheres de Blue Crab Island não gostam de mim.

Por isso fiquei surpreendida quando, pontualmente ao meio- -dia de quinta-feira, aquelas quatro proeminentes mulheres me apareceram à porta com as suas notas de dez dólares. Entrou uma de cada vez, por ordem de importância, entendi isso de imediato. A primeira foi Lenora Windemere, com a sua poupa loira cheia de laca, camisola de angora creme e calças justas e curtas cor de pêssego. Seguiu-se Annette Peterman, também loira, também de calças curtas e justas, que até seria uma mulher bastante atraente não fossem as olheiras e o ar cansado. Por causa das cólicas do bebé, presumo. Jacqueline Thibodeux, presidente da Associação de Pais, esposa do vereador, com os seus caracóis castanho-aloirados e delicados traços fisionómicos, assemelhando-se a uma boneca de porcelana. E, por último, Nancy Waggoner, que raramente falava e concordava com tudo o que as outras três diziam.

— Bem-vindas à Camilla's Cucinotta! — cumprimentei, com o meu ensaiado sorriso de orelha a orelha. — Vou ensinar-vos todos os segredos da cozinha italiana.

— Peguei nos aventais que comprara para a turma e ofereci-os.

— Não há pressa, pois não? — disse Lenora, não aceitando o avental, e é claro que as outras trataram logo de baixar as mãos.

— Que perfume é esse que usa? Não o reconheço e estou sempre a experimentar novas fragrâncias. Trouxe de Itália?

— Na verdade, foi feito por mim, misturando alguns óleos — expliquei. — Posso fazer-lhe um pouco para a próxima aula.

Ela fitou-me.

— Que simpática. É interessante o modo como estende o eyeliner na pálpebra superior, mas não usa nenhum na inferior. Porquê?

O meu eyeliner?

— Porque não veste calças? — queriam elas saber. — Compra os seus sutiãs aqui? Que marca de champô usa? Usa rolos de cabelo normais? Ou isso é permanente?

O que não tardei a perceber foi que elas estavam interessadas em aprender os meus segredos sem se darem ao trabalho de me elogiarem. Queriam estudar-me de perto, ver como usava a maquilhagem, penteava o cabelo e me vestia. Não estão interessadas em aprender a cozinhar; já sabem cozinhar, ou melhor, pensam que sabem.

— Muito bem, minhas senhoras, é melhor começarmos a aula de hoje — disse-lhes. — O osso buco ainda leva algum tempo a preparar...

— Osso buco? — interrompeu Annette. — Isso soa tipo, qual é a palavra? Exótico. Estamos interessadas em fazer pratos *italianos como os que são servidos nos restaurantes. Sabe, vitela parmigiana.* Lagosta fra diavolo.

Vitela parmigiana? Vitela com queijo por cima?

Planeara um menu típico de três pratos: uma pequena entrada de massa para começar, tagliatelle *com um simples molho de tomate, o osso buco. E, assim, ignorei Annette e comecei a ensinar a preparar um clássico jantar italiano, o pequeno prato de massa, o osso buco, uma salada e fruta fresca para sobremesa.*

— *Estava mesmo interessada em aprender a fazer vitela* parmigiana — *referiu Annette.* — *Lasanha, também; mas principalmente vitela* parm. *É o prato preferido do meu marido e estou a planear dar uma festa de arromba para comemorar o seu quadragésimo aniversário. Está toda a gente convidada e...*

Por fim lá se calou, porque nem toda a gente estava convidada.

— *Muito bem. Vou então ensinar-vos a fazer uma deliciosa vitela* parmigiana — *concordei.*

Vitela eu tinha, claro. E havia sempre queijo parmigiano-reggiano *no meu frigorífico. E com isso as mulheres lá puseram os seus aventais e reuniram-se em redor da ilha central, aprendendo a temperar a vitela, a confeccionar o molho e a saber quando deveriam adicionar o queijo. Mas assim que Annette Peterman colocou o queijo sobre a vitela na frigideira, eu soube que o seu marido não estaria presente na festa. Era apenas a ausência dele que eu sentia. Ele ia morrer. Não fazia ideia como nem quando. Só sabia que ele não iria estar naquela festa.*

Suspirei, sentindo um aperto no coração por Annette, com o bebé cheio de cólicas, que falava incessantemente do marido. O Bob diz. O Bob e eu. Não gosto dela — nem das outras três. Mas elas estavam ali de má vontade para aprenderem os meus segredos e isso deixava-as vulneráveis. E agora saberia mais coisas sobre elas, coisas que me fariam preocupar e interessar. Sabia muito bem como era perder subitamente o marido.

E assim deixei que aquelas mulheres que detesto me ensinassem a maneira americana de confeccionar comida italiana. E aprendi alguma coisa. Bastantes coisas até.

A entrada terminou e Holly queria continuar a ler, descobrir o que acontecia a seguir, se o marido de Annette sempre morrera, se as mulheres tinham voltado na semana seguinte; porém, estava exausta e os seus olhos começavam a fechar-se. Retirou as três pedras da bolsa que deixara sobre a mesa-de-cabeceira e encostou-as ao peito, apagando a luz e contemplando a Lua em quarto crescente no céu escuro, um último pensamento sobre John e Lizzie aparecendo para uma visita inesperada, John encantado com a ideia de se mudar para o Maine e aprender fotografia, Lizzie caminhando pelo bosque, apanhando mirtilos. Puxou o edredão até ao queixo, interrogando-se como seria saber.

.

4

Holly espreguiçou-se na cama da avó — a sua cama, voltou a lembrar a si mesma —, o intenso sol da manhã atravessando as transparentes cortinas brancas. As pedras haviam caído no tapete redondo ao lado da cama e Holly esperou não ter partido alguma coisa dentro delas. Não que lhe fossem de alguma utilidade. Se havia magia naquelas pedras, ela funcionava apenas com Camilla Constantina.

Guardou mais uma vez as pedras na sua bonita bolsa branca, depois levantou-se e tomou um duche prolongado, apreciando o aroma dos champôs dos anos 70 da avó, coisas como o *Wella Balsam* e o *Revlon Flex* ainda com o preço da época. Vestiu umas calças de ganga, uma camisola creme, calçou as suas fiéis botas *Frye Harness* e dirigiu-se para o mercado dos lavradores em Portland munida da sua lista de compras — para receitas que precisava de dominar nas primeiras duas aulas. Tinha algum dinheiro seu, não muito, de parte, e, considerando os quatro meses de que dispunha para manter a casa e o negócio a funcionar, precisava de ter muito cuidado com os gastos.

Enquanto atravessava a bonita ponte de oitocentos metros que ligava a ilha ao porto de Portland, sentiu a mesma paz que sempre a invadia quando contemplava a reluzente água azul, os barcos ancorados ao longo da costa onde Holly conseguia ver cabanas e mansões aninhadas por entre o arvoredo sempre-verde. Estacionou num parque junto ao porto, em Commercial Street, as gaivotas rodopiando em redor dos barcos e da movimentada rua.

Ziguezagueou até ao seu mercado de lavradores preferido numa zona aberta entre dois edifícios baixos. O mercado estava a abarrotar de vendedores e de compradores. Holly transformava-se aos poucos numa cliente regular, ao ponto de haver um vendedor de verduras, que exibia uma tatuagem enorme retratando uma cobra no bicípite, que já a reconhecia e acenava sempre que a avistava. Passou por camionetas que descarregavam o que pareciam couves, caminhou por entre enormes cestas de coloridos pimentos e rondou as pilhas de cebolas, tentando lembrar-se do que a avó lhe havia dito sobre as cebolas. As grandes eram as melhores? As pequenas? Doces? Amarelas? Havia tanto para saber, e tanto para reter na cabeça. Já ali estivera cinco vezes na última semana e não conseguia recordar-se de que tipo de cebolas devia comprar. E o manjericão — devia escolher folhas que já tinham florido ou não?

— O que é aquilo, papá? — interrogou uma voz de criança.

Holly virou a cabeça para o lado e viu uma menina da idade de Lizzie sentada aos ombros do pai com uma banana meio descascada na mão. Apontava para um cesto de beringelas.

— São beringelas — respondeu o pai.

Bem, pelo menos Holly sabia mais sobre vegetais do que uma criança, pensou, à laia de consolo.

— Parecem os pés do avô Harry — declarou a miúda.

Holly soltou uma gargalhada e o homem e a menina sorriram-lhe antes de continuarem o seu caminho. Fechou os olhos ao sentir aquela pontada no coração. Lizzie já a teria esquecido? E John? Imaginou Lizzie empoleirada nos ombros de John, a comer algodão-doce, a assistente administrativa a caminhar ao lado deles, no lugar onde Holly deveria estar.

Deixou-se ficar por entre os cestos e as pilhas de vegetais e frutos, de todas as cores e tamanhos imagináveis, de ovos orgânicos e de pães feitos artesanalmente, e o que parecia frasco atrás de frasco de doces e compotas, e era tudo tão avassalador que Holly teve de fechar os olhos por momentos e recordar-se de que estava ali apenas para comprar tomates, manjericão, salva e cebolas. «Pede ajuda», disse para si mesma. «Pergunta ao vendedor tatuado que cebolas são as melhores para pratos italianos.» A avó dissera-lhe certa vez que uma das melhores lições da vida era não ter medo de parecer palerma — fazer simplesmente a pergunta.

Esperou que a mulher que escolhia umas coisas vermelhas e redondas e umas folhas verdes e compridas pagasse as suas compras para anunciar que não sabia escolher cebolas sem ajuda.

— A velhinha e vulgar cebola amarela — respondeu o homem, atirando uma ao ar e apanhando-a ao mesmo tempo que atendia outro cliente. — Faz o seu trabalho sendo ela mesma. Um bom lema de vida, não é?

Holly sorriu. Era bem verdade. Sempre tentara ser ela mesma; porém, parecia não saber muito bem o que isso era. Tinha apenas a certeza de ser do sexo feminino. E de não ter a menor sorte no que se refere ao amor.

Uma hora mais tarde, com todos os artigos da lista em sacos na bagageira do fiel e pequeno *Toyota* da avó, Holly voltou a atravessar a Blue Crab Island Bridge, o cartaz de boas-vindas a Blue Crab Island uma visão agradável, como sempre. Aquela era agora a sua casa. Seguiu pela Bridge Road, à espera da curva que nunca deixava de lhe encher os braços de pele galinha, por boas razões, quando a cerrada vegetação deixava ver as águas azuis de Casco Bay. Holly conduziu até ao centro da cidade, desceu a rua principal com um quilómetro de comprimento (a ilha tinha apenas três quilómetros de largura e outros três de comprimento) até à encantadora Baixa, composta por uma pequena biblioteca fundada pela abastada família Windemere, pela minúscula câmara municipal, pela padaria, que havia sido expandida de modo a incluir um pequeno café, pela mercearia, por um bistrô chamado Avery W's (pertencente à pouco simpática neta de Lenora Windemere), por um estúdio de ioga/loja de tricô, por uma livraria de livros usados e por uma marisqueira. Havia ainda um hotel de luxo, o Blue Crab Cove Inn, a um quilómetro do centro da cidade.

Ao lado do estúdio de ioga/loja de tricô (duas coisas que Holly não sabia fazer), e mesmo no centro da Blue Crab Boulevard, Holly avistou um cartaz na montra do Avery W's.

AULAS DE CULINÁRIA — INÍCIO A 22 DE OUTUBRO. INSCREVA-SE JÁ! CADA SEMANA UMA REGIÃO DIFERENTE, DA ADORADA COZINHA FRANCESA DE JULIA CHILD ÀS ESPECIALIDADES ITALIANAS DE GIADA DE LAURENTIIS[4], AOS SEUS PRATOS CHINESES PREFERIDOS! AULAS A CARGO DE AVERY WINDEMERE — POSSUI CERTIFICADO DE CULINÁRIA DA USM!

Holly franziu o sobrolho. Nunca existira concorrência para as aulas de culinária em Blue Crab Island. E, claro, a sua súbita rival era Avery Windemere, que, na companhia das amigas, em especial da perversa Georgiana Perry, havia todos os verões feito a vida negra a Holly, desde que ela tinha sete anos, idade suficiente para ser deixada sozinha, os pais indo buscá-la um mês depois. Holly recordava-se ainda da forma como Avery a tratara, como se tivesse acontecido no Verão anterior.

«Olhem só que calças tão estúpidas!», dizia Avery, por entre risadinhas, a algumas das outras raparigas, rodeando Holly no alpendre da frente, onde ela se sentara para descascar cenouras e abrir ervilhas. «Não tens, tipo, *oito* anos? Ninguém usa roupas com pequenas lagostas estampadas.» Gargalhadas. «Meu Deus, ela usa mesmo um lenço com riscas vermelhas, verdes e brancas?»

São as cores da bandeira italiana, apetecera-lhe gritar, mas Holly aprendera na escola que era melhor ignorar os agressores do que reagir.

---

[4] *Chef*, escritora e apresentadora de televisão ítalo-americana. *(N. das T.)*

Como Holly continuava impávida a descascar as ervilhas, Avery acrescentara: «A tua avó é uma bruxa; é o que a minha mãe e a minha avó dizem. E só são simpáticas para ela porque têm medo que lhes lance um feitiço e fiquem assim esquisitas como tu.»

E quando se fartavam de implicar com ela e voltavam a montar nas suas bicicletas e a desaparecer por entre as árvores do bosque, onde provavelmente pisavam esquilos e lesmas por diversão, Holly corria para dentro de casa e contava à avó como elas haviam sido ruins e pedia-lhe que lhe garantisse que a vida delas ia ser um inferno. A avó abraçava-a e afiançava que toda a gente recebia o que merecia, e que havia uma coisa chamada carma que se encarregava das pessoas mazinhas.

Os ataques verbais pararam quando Holly atingiu a adolescência, por volta dos dezasseis anos. Avery e as amigas ignoravam-na simplesmente quando se passeavam pela cidade com os seus *tops* e calções reduzidos, de mãos dadas com os rapazes mais giros. Desde essa altura, e sempre que Holly visitava a avó — e até mesmo no último mês —, Avery limitava-se a fazer de conta que não conhecia Holly. Por ela, tudo bem.

Um certificado de cozinha. Pois sim. Não que Holly alguma vez tivesse frequentado algum curso de cozinha. Mas aprendera ao colo da avó e isso valia bem mais do que um canudo.

Ainda assim, se Holly perdesse as suas quatro alunas para Avery, nunca teria oportunidade de provar o que valia, jamais poderia começar do nada uma campanha boca a boca de que herdara as capacidades culinárias da avó. Ninguém compraria as massas e os molhos. Ninguém frequentaria os cursos. E a Camilla's Cucinotta transformar-se-ia numa memória.

Holly não deixaria que isso acontecesse. Não ao legado da sua avó. Desceu a Blue Crab Boulevard, parou o carro à porta de casa e depois percorreu o pequeno e ondulante caminho empedrado até ao alpendre, segurando nos braços os sacos com os ingredientes. À porta havia uma réplica de uma estátua italiana que segurava um letreiro de pedra que anunciava:

CAMILLA'S CUCINOTTA:
AULAS DE COZINHA ITALIANA
Diariamente massas frescas & molhos para levar
Benvenuti! (Bem-vindos!)

Holly adorava entrar na Camilla's Cucinotta, adorava a entrada de inspiração toscana, com as suas paredes de um amarelo dourado e o chão de madeira pintado de azul, o bonito tapete redondo. O quadro de ardósia listava as duas massas do dia (Camilla sempre disponibilizara três, mas Holly não conseguia acompanhar esse ritmo) e os molhos. Naquele dia havia *penne* e *gnocchi*, e os molhos eram o de vodca, o *bolognese* e o famoso molho de alho e azeite de Camilla. Fora um carpinteiro quem embutira o expositor refrigerado com portas francesas. Assim, os clientes entravam, escolhiam o que desejavam, tocavam a pequena campainha e conversavam um pouco com Camilla enquanto pagavam. A antiga caixa registadora no balcão ainda funcionava. Por vezes, quando os clientes ali paravam para comprar massas, perguntavam a Holly se também predizia o futuro, e ela tinha de lhes dizer que não.

Olhou para a pilha de folhetos que estavam sobre o balcão. Antes de a avó falecer, Holly ajudara-a a planear as ementas para o curso de Outono. Desde as últimas três temporadas que Camilla disponibilizava o mesmo tipo de aulas e estava com vontade de fazer algo um pouco diferente, de regressar às origens, quase como fizera quando tinha começado a ensinar. Quando Camilla chegara a Blue Crab Island em 1962, viúva e com uma filha pequena, e oferecera aulas de cozinha italiana aos residentes a partir da cozinha da sua casa, não havia receitas escritas, apenas memória e instinto. Mas Camilla obrigara-se a escrever os ingredientes, as quantidades, os passos, de maneira a que as suas alunas pudessem entender (aparentemente, haviam sentido dificuldade em compreender a sua caligrafia das primeiras vezes).

Quando Holly chegara à ilha, no mês anterior, Camilla falara várias vezes da vontade que sentia em oferecer um curso que atraísse os que frequentavam o bistrô americano de Avery Windemere, que abrira na Primavera anterior e fora um sucesso instantâneo junto dos turistas de Verão, não que Blue Crab Island atraísse veraneantes da mesma forma que Peaks Island. As aulas de Camilla haviam sido sempre tão populares entre os habitantes que nunca tivera rivais, excepto em trabalhos de *catering* que não envolvessem pratos italianos. Mas Avery regressara à ilha com o marido e inaugurara o bistrô. Agora oferecia aulas de culinária. E um segmento de cozinha italiana.

Na noite anterior à morte da avó, Holly cozinhara ao lado dela, fazendo *gnocchi* recheados com batata e queijo. Acrescentara o alho à panela, enquanto a avó atendia a campainha, que não parava de tocar e vendia oito embalagens de massa e outras tantas de molho.

— Tenho de acompanhar os tempos, sim? — inquirira Camilla, regressando lentamente à cozinha. Tinha setenta e cinco anos e aparentava estar de boa saúde, mas cansava-se com facilidade e por vezes precisava de se sentar para recuperar forças. — Eles aparecem para comprar as minhas pastas e molhos feitos à moda antiga, mas talvez as aulas de culinária precisem de algo diferente, como no Canal de Culinária?

— Devias ter o teu próprio programa no Canal de Culinária, *nonna* — afirmara Holly. — É da tua comida que as pessoas gostam realmente. É clássica e autêntica.

Camilla sorriu.

— Espero que tenhas razão. — Olhou para a panela e deu uma palmadinha na mão de Holly com a sua minúscula e enrugada mão. — Onde vamos?

Holly deu uma vista de olhos rápida no livro, aberto na receita que estavam a confeccionar.

— Uma memória feliz.

— Ah, adoro as memórias felizes — revelou ela. — Já que estamos a cozinhar juntas, vou partilhar a minha.

Holly esperava que a avó se recordasse de uma das duas que preferia: o dia em que Holly, com quatro anos, havia feito tombar uma folha de massa fresca, que aterrara sobre ela e tivera de ser penteada para fora do seu cabelo sob o chuveiro durante duas horas. Ou o dia em que Holly fizera de conta que cozinhara para os muito tradicionais progenitores de um namorado e depois revelara durante a sobremesa que fora a avó quem confeccionara tudo. O namorado ficara envergonhado e acabara por terminar a relação na semana seguinte, pois «agora assim já não posso casar contigo». Holly telefonara à avó, mal conseguindo chegar à parte do fim do namoro, de tanto rir. «Está visto que não é o teu grande amor», dissera Camilla.

— Uma memória feliz que sempre haverei de guardar no coração é a noite em que chegaste, há duas semanas — declarou Camilla enquanto mexia o molho. — Tinhas o coração partido, *si*, mas estavas em casa, Holly.

Em casa. Nunca pensara em Blue Crab Island como o seu lar, já que passava lá tão pouco tempo, exceptuando o anual mês de Verão e algumas férias da escola. Entretanto, os seus amores e o tentar descobrir onde pertencia e o que deveria fazer com a vida sempre a haviam mantido de um lado para o outro, primeiro em várias redondezas de Boston e depois para oeste, para Seattle e Portland, em seguida para leste, para Filadélfia, e de novo Boston, e logo a seguir para São Francisco, onde vivera durante os últimos dois anos. Até muito recentemente, nunca se dera conta da felicidade que sentia quando atravessava a ponte que ligava Portland à ilha.

«Não a deixarei ficar mal, *nonna*. Estarei pronta na segunda-feira, quando os meus alunos chegarem. Não permitirei que Avery Windemere leve a Camilla's Cucinotta à falência.»

E assim, com o avental da Camilla's Cucinotta atado firmemente em redor da cintura, o que sempre a fizera sentir como se estivesse dentro de uma armadura, começou a preparar uma das massas especiais, que também ia voltar a testar para a terceira semana de aulas:

ravioli al granchio, com caranguejo fresco, uma homenagem de Camilla ao estado natal que adoptara.

As primeiras tentativas de Holly haviam sido um fracasso. Da primeira vez não selara bem as pontas dos quadrados de *ravioli*, e a carne do caranguejo aparecera a boiar na água a ferver. Da segunda, esquecera-se de uma etapa completa, de deixar a massa descansar durante meia hora para o glúten assentar, e a massa acabou por ficar arruinada. E da terceira vez fizera tudo bem, mas os resultados não haviam sido muito satisfatórios. Mesmo assim, pelo menos uma vez por dia, havia alguém que passava a perguntar se planeava ter os *ravioli* no menu brevemente.

Holly gostava de fazer a sua própria massa, de abrir o buraco no cimo do monte da farinha e partir lá para dentro os ovos, e de a amassar e de a torcer até ficar elástica. Enquanto estendia a massa no enorme balcão de madeira da ilha central, recordando-se de a tender fininha, mas não de modo a rasgar-se, olhou para o dossiê branco, aberto ali ao lado na receita dos *ravioli al granchio*. O ingrediente final era Uma Recordação Triste.

Suspirou, colocando de parte a fina e brilhante folha de massa para repousar. Recusava-se a pensar em John Reardon. Ou em Lizzie. Obrigou-se a fazer uma pausa para beber uma *Diet Coke* e contemplou a paisagem pela enorme janela por cima do lava-loiça, a sua mente demasiado concentrada nos passos seguintes dos *ravioli* para deixar entrar uma memória triste. Regressou à massa e cortou os quadrados com uma chávena de café, tal como a sua avó sempre fizera. Enquanto Holly colocava um dedal da mistura de caranguejo em cada quadrado e depois os cobria cuidadosamente com outro quadrado, pressionando as pontas de forma a selá-las bem, a recordação triste assaltou-a com tamanha intensidade que os seus olhos se encheram de lágrimas.

Duas semanas aos cuidados mágicos e afectuosos da avó quase deixaram Holly a sentir-se melhor, quase a conseguiram fazer acordar sem sentir aquela dor entorpecedora sempre que se lembrava que

John e Lizzie continuavam as suas vidas sem ela, e que nunca faria parte delas. Toda as manhãs essa dor era menos aguda, e isso graças ao amor e carinho da avó, tudo porque descia as escadas e sentia o aroma do forte café milanês, ao qual tinha de acrescentar meia chávena de leite, e o subtil perfume da massa, e encontrava Camilla na cozinha num dos seus vestidos rodados e sapatos *Clarks*, uma ópera a tocar em pano de fundo, *Antonio* a arranhar o seu rato de brincar, e porque tinha um objectivo que exigia seguir indicações, acrescentar farinha, ir buscar duas latas de tomate, levar a lista de Camilla ao supermercado ou ao mercado dos lavradores.

Contudo, na manhã fatídica, há duas semanas, Holly acordara no quarto branco e escutara apenas o silêncio. Descera as escadas e percebera que Camilla não estava acordada, a fazer *gnocchi* ou *tourte milanese* ou no alpendre, onde tomava o chá da manhã, com *Antonio* junto aos pés, a discutir com alguém os três passos essenciais na cozinha clássica italiana. A tranquilizante cozinha, com o seu chão de tábuas largas cor de abóbora, balcões de azulejo branco, o azul toscano dos armários e o amarelo pálido das paredes que não eram das cores da Milão da *nonna*, mas que ainda assim deixavam a *nonna* feliz, estavam como na noite anterior, quando Holly descera para beber uma chávena de chá, uma vez mais incapaz de dormir, sem saber para onde ir ou o que fazer com a sua vida. Quiçá ficasse ali para sempre, cogitara, inspirando a paz absoluta daquela cozinha, o consolo de saber que a avó estava logo ali, a dormir, um bálsamo para o seu coração.

Algumas manhãs, dependendo da hora a que Holly acordava, o coração tão magoado que chegava a dormir até às dez ou onze, a avó estaria na rua, a passear junto à baía com *Antonio*, que se meneava a seu lado como um cão e que em dezasseis anos nunca fugira. Mas era demasiado cedo para os passeios da avó, e, por isso, bateu suavemente na porta do quarto, entrando logo em seguida.

— *Nonna*, sentes-te bem?

Silêncio.

E quando Holly entrou, lá estava Camilla estendida, as três pedras do rio Pó espalhadas ao seu lado. Havia falecido durante o sono. A perda abanara Holly e acordara-a para a necessidade de tomar conta do negócio da avó, de manter o seu conhecimento e legado vivos. As semanas anteriores, estudando as receitas que a avó planeara para o curso de Outono, tentando recordar-se das palavras de Camilla enquanto cozinhava ao seu lado, haviam salvado Holly de ficar para sempre na cama com os cobertores puxados por cima da cabeça.

Na noite anterior à sua morte, a avó havia-se sentado ao lado dela nas cadeiras de baloiço do alpendre, segurando a mão de Holly enquanto beberricavam ambas o vinho especial da *nonna*. Ao ver a já habitual expressão triste e melancólica da neta, Camilla dissera:

— Ele é um palerma, Holly, por isso tens sorte que não seja o teu grande amor. Confia em mim.

Holly acenara afirmativamente com a cabeça.

— Será que *alguém* vai gostar de *sa cordula*?

— *Si*, o teu grande amor — respondera ela, retirando os ganchos da trança enrolada e deixando-a cair até ao ombro.

Holly não estava certa de continuar a acreditar em grandes amores. Como podia uma pessoa pensar que o tinha encontrado, quando um ano ou dois depois ou, nalguns casos, vinte e cinco, descobria que se havia enganado? «Esquece os grandes amores e concentra-te em grandes cozinhados», ordenou a si mesma, o ingrediente final pairando sobre os *ravioli*. Quando era pequena, costumava acreditar que as recordações tristes na comida iriam deixar tristes os que a comiam, mas a avó garantira-lhe vezes sem conta que apenas o apelo do coração ia para a comida e não a memória ou o desejo em si. Holly demorara algum tempo a entender o que a avó queria dizer com aquilo.

Já tratara da recordação triste. Agora, com a receita do molho a pedir um desejo, não foi capaz de se conter. O seu coração falou primeiro para a panela de tomates temperados a saltearem numa infusão de alho e azeite.

«Volta para mim.»

Foi assaltada pela imagem de John, Lizzie encavalitada nos seus ombros, as mãos dele esticadas para a ajudar a equilibrar-se. «Volta para mim. Diz-me que estavas enganado. Que não era amor que sentias pela tua assistente. Que o sabes agora. Implora pelo meu perdão.»

«Mas ele não é o teu grande amor», recordou novamente a si mesma. Isso segundo um prato do qual nunca ninguém haveria de gostar. E a avó nem sempre acertava nas suas profecias. Apenas setenta por cento das vezes. Contudo, Holly confiava nas capacidades da avó. Cem por cento das vezes.

Ele não era o seu grande amor. Sabia muito bem disso; sabia-o há meses. E a sua vida era *aquela* agora, ponderou, olhando para o fervilhante molho e reparando que se havia esquecido de retirar o alho antes de acrescentar os tomates.

A sineta da porta fez-se ouvir. Holly deu um salto; imaginando por momentos que podia tratar-se de John e Lizzie magicamente transportados pelo seu desejo. Mas o mais certo era ser um cliente que viera saber quais as massas disponíveis para o almoço. Ou outra aluna a pedir o dinheiro do curso de volta. Enquanto Holly estivera no mercado dos lavradores, uma das suas quatro alunas havia deixado uma mensagem no atendedor de chamadas da Cucinotta. *Peço desculpa, mas afinal não vou poder frequentar o curso. Por favor, envie-me o dinheiro para...* Felizmente, isso ainda lhe deixava quatro inscritos, uma vez que Mia era tanto sua aluna como sua assistente.

Holly reduziu a intensidade do lume, limpou as mãos à toalha e dirigiu-se à porta. Era Liam Geller quem entrara. O seu cabelo negro estava ainda húmido nalgumas partes e vinha bem vestido, de calças cinzento-escuras e camisa branca, sem gravata. Trazia uma pasta a tiracolo e um tubo comprido salientava-se logo ao lado. Plantas, supôs Holly.

Ao vê-la, Liam sorriu através do vidro e Holly fez deslizar o ferrolho.

— Desculpe incomodá-la tão cedo — disse ele —, mas vi-a a cozinhar do outro lado da janela, por isso pensei que não faria mal.

Holly sorriu também.

— Não tem importância.

— Ia para o trabalho e queria confirmar consigo... A minha filha Mia esteve aqui ontem à noite, e disse-me que a tinha convidado para ser a sua aprendiza?

Tinha uns olhos deslumbrantes. De um azul-escuro tão intenso, como os mirtilos do Maine ou as zonas mais escuras do mar das Antilhas. E tão parecidos com os da filha.

— Sim, é verdade. Eu disse-lhe que adorava tê-la aqui como minha aprendiza, se não se importar. As aulas decorrem todas as segundas-feiras à noite, das seis às sete e trinta.

— Não me importo nada. Vai ser muito bom. Ela precisa mesmo de arranjar um pequeno passatempo, algo para além da escola e dos amigos. A Mia parece ainda não ter encontrado nenhum interesse extracurricular.

«Ai já encontrou, já», disse Holly para os seus botões. «Ver-se livre da tua namorada. Pobre homem.»

— Ela vai ser uma grande ajuda — declarou ele, consultando o relógio. — Bem, tenho de ir andando. — Olhou para a tabuleta de madeira pintada à mão, CAMILLA'S CUCINOTTA, pendurada na parede por cima da caixa registadora. — É a Camilla, certo?

Holly fitou-o. Liam já havia sido servido por Camilla pelo menos umas cinco ou seis vezes nas duas semanas que Holly ali estivera com a avó. Como podia ele não saber quem era Camilla Constantina?

— Camilla era a minha avó. Uma senhora idosa, italiana, muito bonita, com olhos negros e um coque grisalho.

Os seus deslumbrantes olhos iluminaram-se com o súbito reconhecimento.

— Oh, sim, ela serviu-me algumas vezes. Diga-lhe que eu disse que o molho que ela sugeriu para o *macaroni* era fantástico; eu ia escolher o habitual, mas convenceu-me a levar outro.

«É assim tão distraído?», Holly teve vontade de lhe gritar.

— A minha avó faleceu há duas semanas.

Como podia ele não saber? Era uma ilha pequena, e ele já se havia mudado há alguns meses, segundo Mia. Vivia no seu próprio mundo, distraído, alheado. Holly conseguia imaginá-lo a enfrentar todas aquelas alterações, casar-se com uma *Barbie* que era superficialmente gentil para a sua filha, a menina a experienciar todo aquele sofrimento emocional.

Era interessante como as paixões podiam acabar daquela maneira.

A sineta voltou a agitar-se e entraram duas atraentes mulheres, de vinte e muitos ou trinta e poucos anos, cujas expressões lembravam a Holly a sua mãe. Estavam vestidas de forma semelhante, de casacos justos e calças de ganga de cintura descaída metidas para dentro do cano das botas. Comeram Liam com os olhos.

— Liam, não é? — perguntou a ruiva. — Conhecemo-nos na escola das nossas filhas no outro dia. É novo em Blue Crab Island, verdade?

— Mudei-me há alguns meses — respondeu ele.

Olharam-no fixamente, observando-lhe a cara, os músculos. Aproximaram-se ambas um pouco mais.

— Divorciado? — inquiriu a loira, tocando-lhe no dedo da aliança.

Meu Deus, eram tão bisbilhoteiras. E desagradáveis.

Ele respondeu com um aceno de cabeça e um pequeno sorriso à Hugh Grant.

— Posso ajudar alguma das senhoras? — interrogou Holly.

— Façam favor — disse-lhes Liam, afastando-se, e elas sorriram-lhe sedutoramente e aproximaram-se do balcão, atrás do qual Holly se encontrava.

A do cabelo ruivo disse:

— Comprei esta embalagem de *penne* ontem e estava demasiado cozido. E o molho *bolognese* estava... nem sei bem, faltava-lhe qualquer coisa. Parecia não ter carne suficiente ou alho, talvez. Queria que me devolvesse o meu dinheiro.

— *Al dente* é uma coisa, mas elástico é outra completamente diferente — acrescentou a amiga loira.

Holly sentiu as bochechas enrubescerem. Aquela era a terceira vez nas últimas semanas que alguém se queixava das massas ou dos molhos e pedia a restituição do dinheiro.

— A sério? — disse Liam para a mulher. — Eu comprei o *penne* ontem e achei que estava uma maravilha. — Aqueles olhos da cor dos mirtilos pareciam sinceros. — E a *bolognese*? Não sobrou nem um restinho. É melhor deixar de vir aqui tantas vezes ou terei de acrescentar um quilómetro à minha corrida diária.

Diabos. Ele era alheado e parecia gostar de *Barbies* cor-de-rosa e andava tão distraído que nem notava que o *penne* estava demasiado cozido e o molho sensaborão, mas era bem *simpático*. Holly sentiu a sua paixoneta aumentar um pouco mais.

.

5

Nos últimos dias, Holly passara todo o tempo na cozinha, tentando conservar a presença da avó ouvindo ópera italiana e falando com o gato como se ele se importasse ou estivesse interessado. «Muito bem, *Antonio*, agora recheamos os *ravioli* com os espinafres e os três queijos.» Vendera metade das massas e dos molhos que fizera e tivera apenas três pedidos de devolução do dinheiro ou de troca. Ao molho *marinara* ainda faltava qualquer coisa (era irónico que a coisa mais simples de fazer estivesse entre as mais complicadas) e a massa parecia sempre demasiado cozida ou muito dura, mas estava a melhorar. Os seus *gnocchi* com caranguejo haviam saído bem melhor, de tal forma que pensava incluí-los na terceira semana do curso. E agora, a primeira aula chegara finalmente. Seria naquela noite e Holly não se sentia tão nervosa quanto pensara.

Ora, mas quem pensava ela que enganava? Estava uma pilha de nervos.

Passara toda a tarde a esfregar a cozinha e a verificar se tinha os ingredientes necessários para a aula. Abrira e voltara a abrir o frigorífico umas dez vezes para garantir que os escalopes de vitela estavam lá. Que o livro de receitas continuava encostado a uma grossa tigela de cerâmica cheia de pinhas que cheiravam a canela. E depois, às cinco e quarenta e cinco, foi lá fora e mudou o quadro de ardósia um pouco para mais perto da estrada. Aquela extremidade de Blue Crab Boulevard não atraía muitos compradores, pois ali não havia grande coisa para além de árvores e de caminhos que levavam até à água, mas ocasionalmente lá aparecia alguém que vinha correr até à baía ou que percorria toda a avenida. Até àquela hora ainda ninguém perguntara pelo curso, nem mesmo as três pessoas que haviam entrado para comprar massa e molho.

— O curso de culinária de Outono começa hoje — informara alegremente todos os que haviam entrado na loja, passando-lhes folhetos para as mãos.

Porém, tudo o que conseguira em resposta haviam sido sorrisos simpáticos e «que maravilha» e «tenha um bom dia».

Tinha quatro alunos. Isso perfazia uma turma. Fora assim que a sua avó começara e os resultados finais não tinham sido nada maus.

Ora. Holly teria sorte se conseguisse chegar ao fim da noite sem que os alunos lhe pedissem o dinheiro de volta. Inspirou profundamente e mudou o quadro mais para a beira da estrada, colocando-o de modo a ser visto por todos os que passassem.

CAMILLA'S CUCINOTTA
CURSO DE COZINHA ITALIANA
Início hoje às 18h00
Vagas ainda disponíveis!

Cada aula seria dedicada a uma entrada e a um aperitivo, e, se houvesse tempo, a uma sobremesa. Holly alterara um pouco o curso; tivera de o fazer. Não estava preparada para confeccionar osso buco, por isso transferira-o para a sexta semana. *Risotto alla milanese* — sétima aula, pelo menos. O programa do novo curso não afirmava ser o da avó, o da famosa Camilla Constantina. Dizia apenas ser o de Holly, que aprenderia ao mesmo tempo que os seus alunos.

Voltou para dentro e olhou em redor da brilhante cozinha. Baixou o volume da ópera, inspirou novamente e alisou os quatro aventais pendurados na parede.

A sineta fez barulho e apareceu uma mulher sob a arcada. Uma mulher pouco satisfeita, pensou Holly, admirada com a forma como ela parara na entrada e olhara para o chão por momentos, como que a ganhar coragem. Vinha toda vestida em tons de cinzento — calças de algodão, uma *T-shirt* de manga comprida e até as sabrinas de lona eram cinzentas. O seu bonito cabelo castanho, pouco comprido para o rabo-de-cavalo, parecia despenteado, como se a mulher tivesse acordado de uma sesta, percebido que estava atrasada, e o enrolasse à pressa com um elástico. Não estava maquilhada, não havia o menor artifício nos seus bonitos e delicados traços fisionómicos. A única coisa que brilhava nela era o anel de diamantes, por cima da aliança. Brincava com o fio de ouro em redor do pescoço, que desaparecia no V do decote da sua *T-shirt*.

Holly reviu mentalmente o nome dos seus alunos. Juliet Frears, Tamara Bean, Simon March e a sua aprendiza, Mia Geller, a única que já conhecia. A mulher parecia-lhe familiar, embora o nome nem por isso. Enquanto a mulher permanecia ali de pé, enrolou os dedos em volta de um pendente, que deixou por cima da *T-shirt*. Um medalhão de ouro rodeado por pequenos rubis. Holly arquejou. *Conhecia* aquele medalhão.

— Juliet? — disse Holly suavemente, temendo que qualquer som mais elevado ou movimento súbito fizesse aquela mulher sair porta fora.

Estava certa tratar-se de Juliet Andersen — a única amiga que fizera na ilha quando ali passava o Verão. Mas Juliet mudara-se quando tinham doze anos e passado um ano haviam perdido o contacto. Por momentos a expressão da mulher pareceu alegrar-se.

— Holly?

— Sim, sou eu! — Holly aproximou-se.

A sua vontade era abraçá-la, mas a linguagem corporal de Juliet dizia-lhe que mantivesse a distância.

— Não fazia ideia de que estavas de visita à tua avó. Que sorte a minha. Meu Deus, já passaram o quê? Quinze anos?

Juliet estava completamente diferente do que Holly se recordava. Sempre tivera cabelo comprido, até ao elástico do sutiã (haviam comprado o primeiro sutiã juntas no último Verão de Juliet em Blue Crab Island). E os seus olhos cor de avelã costumavam brilhar de entusiasmo e ideias. Ia ser bióloga marinha e descobrir por que razão não existiam caranguejos-azuis em Blue Crab Island. Ia ser neurocirurgiã e reparar as sinapses que faziam os tios-avôs dos miúdos ter agorafobia, como o seu tio-avô Nathaniel. E ia ser professora e dedicar metade do dia escolar a assembleias antimaldade, para mostrar a raparigas como Avery Windemere o que acontecia quando cresciam a ser más para os outros e o que era ser maldosa.

Aquela mulher, com uma palidez acinzentada a condizer com as roupas que vestia, o vazio nos olhos, a resignação no rosto, estava a sofrer. E muito.

Holly não sabia se devia encetar conversa ou deixá-la em paz.

— Frears é então o teu nome de casada? — indagou.

Juliet acenou afirmativamente com a cabeça e olhou para o lado. Tocou na aliança de casamento por instantes e depois reparou no dossiê branco recheado de receitas que Holly colocara na ilha ao centro da cozinha.

— No Verão em que o meu pai morreu, a tua avó ensinou-me a fazer esparguete com almôndegas. Disse-me que sempre que sentisse saudades dele, podia fazer o seu prato preferido e acrescentar uma memória feliz como ingrediente especial. Que iria sentir-me mais próxima dele e que, por breves instantes, isso me traria consolo. E que depois teria uma deliciosa refeição caseira para apreciar enquanto recordava tudo o que ele tinha de bom.

Os olhos de Holly encheram-se de lágrimas.

— Lembro-me disso, Juliet. Lembro-me de quando tu e a tua mãe se foram embora no automóvel azul e eu fiquei tão triste. E a minha avó disse-me que preparasse leite com chocolate sempre que tivesse saudades tuas. Leite gordo e uma colher de sopa bem cheia de cacau. Dava resultado. E agora recordo-me de que, no dia em que te foste embora, ela disse-me que voltarias. Tenho tantas saudades dela.

Juliet endireitou as costas.

— Saudades dela? Oh, não, Holly. Não me digas.

— Há três semanas. Eu vim para cá no mês passado com o coração partido, e ela faleceu durante o sono. Mas ainda bem que eu estava aqui. Fico contente por ter passado os últimos dias com ela.

Juliet inspirou e olhou pela janela.

— Eu entendo se quiseres desistir do curso, Juliet. Telefonei e deixei duas mensagens no atendedor de chamadas a avisar que não era a minha avó quem ia ministrar o curso, mas não relacionei o teu nome de casada contigo, claro. E tu obviamente precisas da minha avó. Isso é claro. Por favor, não sintas que tens de ficar só porque sou eu quem vai dar as aulas.

— Obrigada por entenderes — declarou Juliet, e voltou-se, caminhando para a rua.

«Mas não era isto que eu queria dizer», Holly queria confessar-lhe. A sua vontade era correr atrás dela, dizer-lhe que voltasse, que as receitas de Camilla continuavam a ser mágicas, ainda que Camilla ali não estivesse. «A magia está no desejar, está no recordar...»

«Vai atrás dela», disse Holly para si mesma. «Ela precisa que alguém vá atrás dela.»

Holly correu para a rua, o ar frio de Outubro atravessando-lhe a fina camisola preta.

— Juliet! — chamou, olhando para um lado e para o outro.

Vinha um homem a descer a rua e um carro abria sinal para virar para a entrada de casa de Holly. Mas nem sinal de Juliet.

Holly olhou em redor e ali estava ela, sentada no baloiço que a avó fizera para a mãe quando se haviam mudado para Blue Crab Island. Juliet de costas para a casa, virada para o bosque. Conseguia parecer simultaneamente rígida e corcovada.

— Juliet, vem para dentro, por favor — pediu Holly. — O que quer que precisasses da minha avó, está na cozinha dela. Está nas receitas que deixou.

Juliet nada disse, mas deixou escapar um lamento tão profundamente triste que Holly levou a mão à boca. O que deveria dizer? Fazer? Abeirou-se do baloiço, para não invadir o espaço de Juliet.

— O ar aqui é tal qual o recordo — declarou Juliet, olhando para a frente. — Não conseguia respirar em Chicago, Holly. Não conseguia respirar. Não havia ar. Pergunto-me se sempre foi assim e eu apenas nunca notei. Mas devia ser.

— Como assim?

Juliet olhou para o chão e não respondeu, e Holly não insistiu, pois os outros alunos começavam a chegar. Um homem subia o caminho empedrado. Uma mulher saía do carro que acabara de estacionar frente à casa e dirigia-se para o alpendre.

Holly estendeu a mão, não sabendo se Juliet a aceitaria ou sairia dali a correr, metendo-se no carro e desaparecendo.

Entrelaçou os dedos nos de Holly.

— Está bem — disse ela.

«Está bem», repetiu Holly para si mesma.

O pequeno grupo reuniu-se à entrada.

— Olá a todos — cumprimentou Holly. — Chamo-me Holly Maguire e sou neta de Camilla Constantina, que deu início a este curso em mil novecentos e sessenta e dois. Não afirmo ser tão boa cozinheira quanto a minha avó, mas aprendi a cozinhar com ela todos os verões, observando todos os seus movimentos, escutando e absorvendo tudo. Sou também a guardiã das suas famosas receitas, as receitas da Camilla's Cucinotta.

Ensaiara aquele monólogo na noite anterior. Era fantástico como se podia soar tão confiante, como se soubesse do que se falava, como se *acreditasse*, quando na realidade se sentia como se pudesse desmanchar-se a qualquer instante.

A outra mulher, que por exclusão de partes só podia tratar-se de Tamara Bean, aparentava trinta e poucos anos. Tinha cabelo comprido, castanho e encaracolado, os olhos estreitos da mesma cor e um nariz comprido que lhe dava um ar simultaneamente régio e estrangeiro, em particular da Europa do Leste. Tamara arqueou uma sobrancelha e olhou em redor.

— Somos só nós os três? Duas mulheres e um homem? — perguntou. — A minha mãe ofereceu-me estas aulas para eu conhecer homens. Ouviu dizer que este curso atraía o sexo oposto.

Isso explicava a camisola justa, a saia travada e as botas de cabedal preto e de salto e cano altos. «Não podes ir embora», disse Holly telepaticamente. «Ninguém está autorizado a abandonar o curso!»

— Há mais uma aluna, a minha aprendiza, mas...

— Oh, graças a Deus — suspirou Tamara, apanhando o cabelo num rabo-de-cavalo baixo, como o de Juliet. Pousou a mala sobre o banco e descalçou as botas, trocando-as por um par de sabrinas pretas. — Estou disposta a experimentar, sabem? A roupa gira, aparecer. Mas estou tão farta que a minha mãe me despeje homens para cima. A minha irmã vai casar-se, a minha irmã *mais nova*. A do meio já está casada e grávida, claro. Estou tão farta de conhecer homens. — Virou-se para aquele que estava mesmo a seu lado. — Sem ofensa, claro.

Ele sorriu.

— Não me ofendeu.

— É a Tamara Bean, certo? — perguntou Holly, olhando para a sua lista.

Tamara acenou um sim com a cabeça.

— Pelo menos aqui posso aprender realmente a cozinhar, algo que gosto de fazer. Tenho trinta e dois anos... e quê? Os meus familiares passam a vida a atirar-me homens para a frente e a fazer-me sentir uma derrotada por não ter um relacionamento. E estão cheios de teorias para os meus fracassos amorosos.

— Nunca são as razões que as pessoas pensam — afirmou o homem, apercebendo-se na altura de que tinha falado em voz alta.

Simon March era alto e magro e bastante atraente, com o cabelo ruivo e os olhos azul-escuros. — Quero dizer, nunca é por coisas que possamos resolver. Tem sempre que ver com quem somos, intrinsecamente. A propósito, chamo-me Simon March.

— Bem, isso é um pouco deprimente, Simon March — declarou Tamara.

Juliet olhava para os seus sapatos cinzentos.

— Nem por isso — argumentou Simon. — Se pensar bem.

Seria aquilo uma coisa boa? A conversa entre alunos? O significado da vida? Só podia ser bom. Era bem melhor do que aqueles silêncios incómodos. Se continuassem assim, quiçá nem dessem conta de que Holly tinha por vezes de procurar ingredientes ou determinadas panelas e utensílios no Google. Pedir-lhes-ia que fizessem o mesmo, se não soubessem a diferença entre uma frigideira de ferro fundido e uma antiaderente.

— Bem-vindos, Simon, Tamara e Juliet — saudou Holly com um aceno de cabeça a cada um. — A Mia, a minha jovem aprendiza, não deve tardar. — Holly olhou para o relógio. Passavam cinco minutos das seis. Estava na hora de começarem a cozinhar.

«Tu és capaz», disse para os seus botões. «Não é bem que algum deles seja um grande cozinheiro ou um *chef* que leve os restantes a perceber que és completamente inepta.»

— Muito bem — disse Holly. — Vamos passar à cozinha e pôr mãos à obra. Coloquem-se em redor da ilha, perfeita para nós os cinco. Se começarem a sentir dores nos pés, agarrem num banco e sentem-se.

— Desculpem o atraso! — gritou Mia, entrando a correr, sem fôlego, de calças de ganga e, contou Holly, pelo menos três camadas de *T-shirts* justas. Tinha o cabelo apanhado numa trança que se desmanchara um pouco com a corrida. — O meu pai insistiu que eu terminasse o resumo do livro *Island of the Blue Dolphins*. Não é de loucos existir um livro com esse nome quando vivemos em Blue Crab Island?

— Chegaste mesmo a tempo, Mia — declarou Holly com um sorriso. — Apresento-vos Mia Geller. A Mia tem quase doze anos e será a minha ajudante durante as aulas. Primeiro que tudo, vamos todos pôr os nossos aventais da Camilla's Cucinotta.

A avó havia mandado fazer doze, todos de diferentes tamanhos. Eram de um amarelo pálido, decorados com um tacho branco e com as palavras *Camilla's Cucinotta* escritas a azul.

Juliet parecia querer dizer algo, mas mordeu o lábio e virou a cabeça, o seu olhar pousando numa fotografia de Camilla e de Holly que se encontrava sobre o balcão ao lado de uma enorme tigela com maçãs verdes.

— Lamento muito a morte da tua avó, Holly.

— Eu também — afirmou Tamara. — Não a conhecia pessoalmente, mas a minha irmã falava muito bem dela. Camilla Constantina tinha uma grande reputação como cozinheira e vidente.

— Talvez a Holly tenha herdado as capacidades da avó — referiu Mia, atando o avental atrás das costas. — Estou a pensar em quê, Holly?

— Que está na hora de dar início à aula? — replicou Holly, tentando soar autoritária mas calorosa.

A avó costumava contar-lhe que às vezes os alunos envolviam-se em conversas a ponto de algumas receitas não chegarem a ser terminadas.

Posicionou-se atrás da ilha, os seus alunos reunindo-se em redor, mirando a superfície vazia. Não havia nada ali que indicasse que iam cozinhar.

— Se estão a questionar-se porque não vêem os ingredientes para o menu de hoje sobre a bancada, é porque a minha avó acreditava que parte de aprender a cozinhar envolve aprender os ingredientes e onde são guardados, assim como os vários tipos de tigelas, tachos, panelas e demais utensílios que vamos necessitar. Assim, à medida que formos precisando dos ingredientes, iremos buscá-los, tal como tudo o resto.

«Até agora, não está a correr mal», cogitou Holly. Presenciara algumas aulas de culinária da avó quando era adolescente e estava admirada por ainda se recordar tão bem das suas prelecções. De como reunir os ingredientes para as receitas fazia parte do processo culinário. De como o suave saltear das cebolas e do alho em azeite era a base de quase todos os pratos italianos, de como o ingrediente final de cada receita — quer fosse um desejo ardente ou uma memória triste — era tão essencial quanto o primeiro.

— Hoje, para a nossa primeira aula, vamos começar com uma refeição italiana simples e clássica, perfeita para o frio do Outono. *Pollo alla milanese* acompanhado por *gnocchi* e uma salada. Começamos com os pedaços de frango, uma vez que os *gnocchi* não levam tempo nenhum a fazer, porque eu já os preparei ontem. A minha avó costumava fazer as suas próprias massas, mas também recorria às embaladas quando não tinha tempo ou era necessário confeccionar um jantar rápido. Fiz cópias da receita de hoje do livro da Camilla's Cucinotta para todos. Mia, podes distribuir as receitas?

Mia pegou nas folhas agrafadas e entregou três a cada pessoa. O frango *alla milanese*, o *gnocchi* com molho de queijo e a salada.

Simon folheou as páginas.

— Parece-me fazível. Ah, e lá estão, os famosos últimos ingredientes. Para o frango, um desejo. Para o *gnocchi*, uma memória alegre. E para a salada, uma recordação triste.

Holly notou que Juliet ficou um pouco mais tensa.

— Podem acrescentar os últimos ingredientes em voz alta ou em silêncio. É como se sentirem melhor.

— Então, no caso do desejo — disse Mia —, desejamos qualquer coisa como se soprássemos as velas de um bolo de aniversário?

Holly sorriu e acenou afirmativamente com a cabeça.

— É isso mesmo. Qualquer coisa que desejes.

— Quantos desejos vão para o frango? — indagou Mia. — Só um? Ou todos pedimos desejos?

— Todos pedem — respondeu Holly. — A receita exige um desejo da pessoa que a está a executar. Como estamos todos a fazê-la, todos pedem um desejo. Mas já estamos a adiantar-nos muito. Primeiro, Mia, podes ir buscar as embalagens de peito de frango ao frigorífico?

Mia retirou as duas embalagens e pousou-as sobre o balcão da ilha.

— A minha avó sempre me disse que podemos comprar carne fresca no talho ou procurar a melhor carne no supermercado — explicou Holly, abrindo as embalagens de frango e colocando o conteúdo sobre a tábua de corte. — Tamara, podes procurar na receita e dizer-nos quanto tempo leva o frango a cozinhar?

Todos olharam para as suas cópias da receita e Tamara leu:

— Seis a oito minutos, dependendo da grossura da carne.

— Ora muito bem, é bastante rápido — declarou Holly. — Assim sendo, podemos começar por ferver a água para o *gnocchi*, uma vez que também demora alguns minutos a cozer. Simon, precisamos de um tacho grande para cozer cinquenta rolinhos de *gnocchi*, largo o suficiente para não ficarem amontoados, pois os *gnocchi* flutuam quando estão cozidos.

— É como os peixes — retorquiu Mia. — É assim que sabemos quando o nosso peixinho vermelho está morto. Flutua.

Simon soltou uma gargalhada e alcançou o tacho maior que viu na prateleira de tachos e panelas que se estendia ao longo de toda a parede, por cima do fogão.

— Os meus peixinhos vermelhos também nunca duraram muito.

Holly pediu-lhe que enchesse o tacho até meio com água e o colocasse ao lume para ferver. Com essa tarefa realizada, instruiu a Mia que lesse os dois primeiros passos para a confecção do frango.

Mia observou a folha à procura do sítio exacto onde começar.

— Bater os peitos de galinha por entre duas folhas de película aderente. Temperar com sal e pimenta, salpicar com farinha, passar por ovo batido e depois por polenta. O que é polenta?

— Polenta é uma farinha de milho, uma alternativa ao pão ralado. A minha avó adorava o sabor que a polenta acrescentava aos alimentos.

Holly pediu a Juliet que fosse buscar três pratos grandes ao armário que dizia *Pratos* (há muito que a avó etiquetara tudo para facilitar a movimentação dos seus alunos e para que se sentissem em casa na sua cozinha) e que enchesse um com farinha, outro com polenta e queijo e o último com um ovo batido com um pouco de água. Depois de dispostos os pratos, Holly entregou a cada aluno uma lata pequena de tomate e pediu-lhes que martelassem os peitos de frango até que ficassem com meio centímetro de espessura.

— Toma lá! — exclamou Mia, batendo com a lata no pobre peito envolto em plástico. E ria. — Cozinhar é mais divertido do que eu pensava.

Até Juliet foi obrigada a sorrir ao escutar tal coisa.

— Agora, peguem todos no vosso pedaço de frango e passem-no por cada prato — instruiu Holly —, cobrindo-o primeiro de farinha, depois de ovo e por fim de polenta com queijo. A seguir podem colocá-lo num tabuleiro de ir ao forno. Tamara, podes tirar um tabuleiro grande do armário que diz *Tabuleiros para Forno?*

Enquanto os seus alunos avançavam de prato para prato, Holly observava-os, incapaz de esconder a sua alegria. Estava a ensinar. A ensinar de verdade. Os alunos seguiam as suas instruções e mostravam-se divertidos. Juliet parecia concentrada na tarefa de envolver o frango na farinha e depois no ovo, passando-o cuidadosamente pela polenta com queijo.

— Em que altura incluímos os nossos desejos? — perguntou Tamara quando avançaram para o passo seguinte, ou seja, escolher uma frigideira, verter o óleo e levar a lume médio-alto. — Eu sei o que quero pedir.

— O quê? — indagou Mia.

— Que a minha família me deixe em paz e pare de me fazer sentir uma idiota por não estar casada só porque as minhas irmãs já estão.

Simon anuiu, os seus olhos azuis fixos em Tamara.

— Acho que todos queremos que as nossas famílias nos deixem em paz.

Parecia prestes a dizer mais qualquer coisa, mas calou-se e passou um quadrado de manteiga a Holly.

— Podem acrescentar os vossos desejos logo que começarem a cozinhar — afirmou Holly, juntando uma noz de manteiga ao óleo assim que este aqueceu. — O que não querem é que a comida fique pronta antes de adicionarem o ingrediente final.

Enquanto Mia recolhia os pratos que estavam sobre a ilha e os colocava no lava-loiça, pediu:

— Desejo que o meu pai não se case com aquela *Barbie* estúpida e falsa. É o meu desejo. Por favor, realiza-te. Por favor, realiza-te. — E juntou as mãos em oração, olhando para o tecto.

— Quem é a *Barbie*? — inquiriu Tamara, mergulhando a ponta do peito de frango na frigideira para verificar se crepitava, como dizia na receita. Crepitava, e toda a gente rodeou a frigideira, depositando cuidadosamente os seus pedaços no óleo.

— É a namorada do meu pai. Odeio ter de admitir que é uma boa cozinheira. Embora me ultrapasse como é que uma arejada daquelas consegue fazer uma lasanha tão boa. Tenho de aprender a cozinhar melhor do que ela para que o meu pai não pense que tem de se casar com aquela palerma carregada de maquilhagem só para não morrermos à fome. O meu pai está sempre a dizer que não podemos viver dos seus bifes queimados. Por isso, temo que vá casar-se com ela. Se eu aprender a cozinhar e fizer com que o Daniel me convide para o baile, então não há casamento.

— E o que tem o Daniel que ver com isso? — questionou Simon, mantendo um olho no frango.

Agora que estava quase cozinhado, consultou por instantes a receita e depois colocou os *gnocchi* na água a ferver.

— O meu pai também está sempre a dizer que não percebe nada das necessidades de uma menina de doze anos, de vestidos e bailes e essas tretas — explicou Mia. — Como se eu me interessasse por essas coisas. Assim, se o Daniel me convidar para o baile, e eu espero que o faça, então o meu pai vai perceber... que eu sei cozinhar, que sei fazer coisas de raparigas e que estamos muito bem apenas os dois.

Simon acenou com a cabeça olhando para Mia.

— És uma rapariga muito esperta. Se esse Daniel não te convidar para o baile, é um idiota.

Ela observou-o por instantes.

— Posso perguntar-lhe uma coisa? O que faz um rapaz gostar de uma rapariga?

Simon mexeu os *gnocchi*.

— Quando eu tinha doze anos, apaixonei-me perdidamente pela primeira vez por uma rapariga chamada Christy. Tinha cabelo ruivo e sardas e era tão magra que cabia na estreita abertura da vedação que separava as nossas casas. Falava sobre uma montanha de coisas interessantes, como a família, que estava à espera de ver uma estrela cadente, que gostava de passar os sábados a apanhar amêijoas com o pai.

Mia franziu o sobrolho.

— Nada que eu tenha para dizer é assim tão interessante.

— Ficarias surpreendida — disse Simon, retirando os peitos de frango da frigideira com uma espátula e colocando-os a escorrer num prato coberto com papel de cozinha. — Eu apenas sabia que gostava de raparigas que diziam o que pensavam, o que sentiam, que tinham ideias próprias. Como... a minha mulher. E é melhor formular o meu desejo, uma vez que os *gnocchi* estão quase prontos. Desejo que ela... que ela tivesse mudado de ideias.

Tamara escorreu os *gnocchi*, toda a gente observando o vapor que crescia em direcção ao tecto.

— Acerca do quê? — quis saber Tamara enquanto despejava os *gnocchi* de novo para a panela.

— Pedir o divórcio — revelou ele, com os olhos pregados no chão.

— Ter um caso. — Olhou para Mia e arquejou, percebendo que falava frente a uma criança.

— Mas não devia estar zangado com ela? — inquiriu Mia. — Por o ter enganado? A minha amiga Emily não fala com o ex-namorado há três dias. Embora tenham quatro aulas juntos. E diz que nunca mais vai falar com ele. Ele beijou outra rapariga no intervalo do almoço... na frente de toda a gente. Foi por isso que acabou tudo com a Emily.

Simon acenou com a cabeça.

— Zangado, sim. Mas acho que nesta altura seria capaz de a perdoar.

Todos ficaram em silêncio por momentos. E então Mia virou-se para Holly e inquiriu:

— Qual é o teu desejo?

— Não temos de os dizer em voz alta — explicou Holly, adicionando o restante queijo e manteiga aos *gnocchi* enquanto Tamara os mexia gentilmente. — Podem pedi-los em voz alta, claro, mas também podem formulá-los em silêncio.

— De qualquer maneira, também não vai resultar — declarou Juliet.

Voltaram-se todos para aquela nova voz. Juliet estava junto do fogão com uma pequena tigela de salva nas mãos. Mediu a porção pedida pela receita e acrescentou-a ao tacho.

— Posso desejar e desejar e desejar, mas o que eu quero nunca irá realizar-se.

— Algumas coisas não podem mesmo realizar-se — disse Holly. — Nas últimas três semanas tenho desejado que a minha avó desça as escadas, coloque o avental, ponha uma ópera de Verdi a tocar e desate a cantarolar enquanto estende a massa. Mas isso nunca mais irá acontecer.

— Então, para quê desejá-lo? — interrogou Mia. — Isso é tipo desperdiçar o desejo, quando só podemos pedir um por receita.

— O coração deseja aquilo que deseja — afirmou Holly, repetindo as palavras da avó. Notou que Juliet tinha os olhos marejados de lágrimas, por isso acrescentou: — Mia, podes ir com a Tamara buscar os ingredientes para a salada?

Mia lançou um olhar a Juliet e levou o livro de receitas para junto de Tamara e as duas começaram a recolher alface e espinafres.

Todos (com excepção de Juliet, que permaneceu em silêncio) adicionaram as suas memórias, tristes e alegres, aos *gnocchi* com molho de queijo enquanto o mexiam. A memória feliz de Holly era a foto que a avó tirara das duas na noite antes de morrer e que ela encontrara presa no espelho do toucador de Camilla no dia seguinte. A memória triste era a perda em si. Juliet nada dissera, e chegara a abandonar a cozinha por duas vezes, regressando sempre. A memória triste de Simon era o dia em que tivera de sair de casa, a sua filha a chorar no quarto e a recusar-se a sair para lhe dizer adeus. E a sua memória feliz era ver o rosto dela sábado sim, sábado não, ainda que ela só concordasse em ficar um dia e não todo o fim-de-semana. A memória triste de Mia envolvia conhecer o «idiota do marido da mãe que cheirava mal e não tinha ombros». A sua memória alegre estava relacionada com apanhar Daniel a olhar para ela na aula de História Americana. A memória feliz de Tamara fora o dia em que terminara tudo com o último namorado, um maníaco controlador chamado Laird. A memória triste era a forma como as irmãs a tinham feito sentir por ter acabado tudo com um médico giro só porque ele era «um pouco controlador». Depois explicou que «controlador» significava ter-lhe ensinado o que dizer quando fossem almoçar com os pais dele, só porque eles se tinham licenciado em Yale.

— O tipo era um idiota — acrescentou Tamara, ao mesmo tempo que lavava as folhas de alface e os espinafres. — Holly, sabias que a tua avó é responsável pelo casamento da minha irmã? A Francesca veio cá para a tua avó lhe ler a sina e Camilla disse-lhe que ela conheceria o homem com quem ia casar-se na semana seguinte, no pontão. E foi o que aconteceu. Não é fantástico?

— A minha avó alguma vez te leu a sina? — perguntou Holly a Tamara.

— Cheguei a marcar uma hora, mas cancelei três vezes. Acho que não quero saber. Quero dizer, e se a minha irmã não desejasse passar uma semana inteira a pintar no pontão? Sentiu que tinha de o fazer porque o destino a esperava. Sinto um pouco de receio disso.

— É compreensível — disse Juliet. E, de novo, o som da sua voz foi tão inesperado que toda a gente parou o que estava a fazer e olhou para ela.

— A tua avó deve ter-te lido a sina — disse Mia para Holly.

Holly revirou os olhos.

— Quase preferia que não o tivesse feito. Supostamente, o meu verdadeiro amor deverá gostar de um repugnante prato italiano chamado *sa cordula*. Intestinos de cordeiro com ervilhas.

Fez de conta que estremecia e Simon riu.

— Quem seria capaz de gostar disso?

— Até agora ninguém — retorquiu Holly.

Simon foi buscar azeite e alho para temperar a salada.

— O destino e as sinas são coisas estranhas. Tamara, achas que foi o destino ou terá a tua irmã arquitectado aquele encontro por saber que era a sua sina?

Tamara encolheu os ombros e entregou a Simon a enorme tigela de salada, pronta para ser temperada.

— Não faço ideia. Já falámos muitas vezes sobre isso. Mas, de qualquer maneira, acho muito romântico.

— Sabem o que seria completamente de loucos? — referiu Mia. — Se a Holly encontrasse um tipo que gostasse de intestinos de cordeiro e, apesar de ele ser mau e feio, ela tivesse de se casar com ele *porque* era supostamente o seu grande amor.

— Isso, sim, seria realmente de loucos — comentou Holly. — Ainda bem que é impossível alguém gostar daquilo.

— Não sei se acredito no destino — revelou Simon, temperando a salada com o azeite e o alho. — A primeira vez que vi a minha mulher, não me senti atraído por ela. Achei-a demasiado bonita, se é que isso faz sentido. Quase uma beleza plástica, entendem? Mas, à medida que a fui conhecendo, trabalhávamos juntos no mesmo laboratório, acabei por me apaixonar por ela.

— Isso podia ter sido o destino na mesma — afirmou Mia.

— Sim, é verdade, mas agora vivo num pequeno apartamento de dois quartos num condomínio horroroso, e a Cass, a minha filha, odeia o quarto que eu arranjei para ela e recusa-se a aparecer lá em casa. Não quero obrigá-la a ficar e piorar ainda mais as coisas, mas sou o pai dela... e desejo ter algum tipo de relacionamento com ela.

— Quem idade tem ela? — perguntou Tamara, colocando os *gnocchi* numa tigela de ir à mesa.

— Oito anos — respondeu Simon. — A última vez que esteve lá em casa, há um mês, tentei fazer o prato preferido dela, esparguete com almôndegas, mas saiu uma porcaria. O esparguete ficou demasiado elástico, as almôndegas duras como pedras e o molho estava ácido. O dia todo foi para esquecer. Acho que foi por isso que me inscrevi neste curso. Julguei que seria bom aprender a cozinhar o prato favorito dela. Ela adora esparguete. Era capaz de o comer ao pequeno-almoço, ao almoço e ao jantar se a mãe a deixasse. Gosta dele com manteiga, com molho de tomate, com almôndegas. E não quero voltar a abrir uma lata. Apesar de ela só ter oito anos, acho que sabe que aquilo não passa de uma porcaria enlatada. Preocupa-me o que pensa.

— Assim sendo, vamos acrescentar esparguete com almôndegas ao menu da próxima semana — anunciou Holly, colocando um peito de frango em cada prato. — Vai aprender a fazer umas almôndegas deliciosas e um excelente esparguete e ela não vai querer sair de sua casa.

Ele esboçou um pequeno sorriso e olhou para o chão.

— Há três meses, a minha vida era uma coisa e agora é... — Olhou em redor, como que envergonhado por tudo o que revelara, e depois desviou o olhar para a mão, a esquerda, percebeu Holly. — De cada vez que observo este anel no meu dedo, por momentos esqueço-me de que não é simbólico de nada, entendem? — Todos os olhares se viraram para a aliança na sua mão esquerda. — E agora, porque a minha mulher me trocou por um cretino rico, vejo a minha filha de oito anos apenas aos fins-de-semana e em quintas-feiras alternadas. — Abanou a cabeça.

— Fico contente por gostar tanto da sua filha e se importar com o que ela pensa — disse Mia. — Isso dá-me esperança.

Simon sorriu para Mia e levou a enorme tigela de salada para a mesa da cozinha.

— Ainda bem.

Holly olhou para Juliet, que todo aquele tempo estivera tão calada. Ocupava-se a olhar pela janela, para nada em particular, tão-somente para a escuridão que começava a instalar-se.

— É um bom pai — elogiou Mia. — E se o *meu* pai não se importar com o que eu penso? — Começou a enrolar a ponta do avental. — Quero dizer, aquilo que a família pensa devia ser importante, não acham?

Tamara fitou-a.

— Claro que o teu pai se devia importar com o que pensas, querida. A pessoa com quem ele se casar terá um grande efeito em ti. Tenho a certeza de que ele sabe disso.

— Eu não tenho tanta certeza — declarou a rapariga, depositando a tigela dos *gnocchi* sobre a mesa da cozinha. — Ena, isto cheira tão bem. Estou a morrer de fome.

— Então, vamos sentar-nos e comer — convidou Holly, distribuindo os peitos de frango por cada prato.

Estavam prestes a sentar-se à mesa quando a sineta da porta da frente tocou e uma mulher entrou, os saltos dos seus sapatos fazendo um ruído seco contra o chão de madeira. Envergava um reduzido *tailleur* cor-de-rosa, um pequeno lenço ao pescoço, atado ao lado, e sapatos de verniz pretos.

A *Barbie*.

— Não estou muito atrasada, pois não? — interrogou ela, com um sorriso que mostrava os seus dentes brancos. — Adorava inscrever-me no curso. O quadro lá fora diz que ainda há vagas, é verdade?

Holly lançou um olhar a Mia, que mirava a mulher com desprezo e incredulidade. Mia semicerrou os olhos.

— Mas já sabe fazer comida italiana. Para que precisa deste curso?

— Olá, querida! — Virou-se para Mia, soprando-lhe um beijo. — Sim, é verdade que sou uma excelente cozinheira e que os pratos italianos são uma das minhas especialidades, mas seria fantástico fazermos algo juntas! — Mostrou um sorriso a todos os presentes. — Oh! — exclamou, o seu olhar estacando em Juliet. — O cinzento não é nada a sua cor, querida. Sou uma especialista certificada em cores e vendedora da Internal Beauty Cosmetics. Diria que é um verão. Não, uma primavera. As primaveras não podem usar cinzento... e nunca esse tom de cinzento.

Mia lançava a Holly um olhar triunfante que gritava *eu avisei*. Juliet observou Jodie por momentos e depois desviou a sua atenção para a janela.

— Oh, claro — disse Jodie, num tom monótono. — Lá estou eu de novo. Empresária a toda a hora. Adorava frequentar este curso, mas parece-me que hoje já perdi a parte da confecção. Qual de vocês é a Camilla?

— A professora sou eu — esclareceu Holly. — Chamo-me Holly.

— Oh! — Jodie parecia confundida. Mia abanou a cabeça. — Holly. Bem, seja como for. Ainda há lugar para mim?

Holly sentia o olhar de Mia fixo no seu. *Não. Diz-lhe que não.*

— Tenho a certeza de que não — apressou-se Jodie a acrescentar, com um sorriso tenso. — Mas queria pelo menos entrar e perguntar.

Ah. Então ela não estava de facto interessada em frequentar as aulas. Assim seria muito mais fácil mandá-la embora.

— Lamento muito — disse Holly —, mas como é a primeira vez que estou a ensinar o curso da minha avó, limitei o número de alunos a quatro.

Holly podia ver o alívio na cara da mulher. Era óbvio que a ideia de tirar o curso devia ter sido de Liam.

— Oh, que pena — lamentou Jodie. — Mia, esperava mesmo que pudéssemos fazer algo juntas. Bem, sendo assim, adeus a todos. Ah, vou deixar alguns panfletos da Internal Beauty Cosmetics e o meu cartão ali na mesa à saída, se alguma de vocês estiver interessada em discutir as cores de Outono. Agora que o Verão terminou, começamos todas a parecer um pouco pálidas e descoradas.

Quando a sineta voltou a chocalhar, Juliet, sem que ninguém o previsse, desatou a rir às gargalhadas.

— Desculpem — pediu ela, recuperando o fôlego. — Mas foi engraçado.

— Deviam ouvi-la a contar uma anedota — afirmou Mia. — O efeito é precisamente o contrário.

Toda a gente riu. Quando por fim se sentaram para apreciar a primeira refeição que haviam preparado, escutou-se um coro de «nada mau» e «isto é bastante bom», seguindo-se uma longa conversa sobre o menu da semana seguinte, que todos concordaram que podia incluir esparguete com almôndegas, para que Simon aprendesse e a filha quisesse aparecer todos os fins-de-semana.

Primeira aula: vinte valores.

Depois de ter terminado de arrumar e limpar a cozinha (Mia deixara muita coisa por fazer), Holly pegou numa chávena de chá e no diário da avó e sentou-se no baloiço do alpendre. Não conseguia avistar a baía dali, mas os sons da água a bater na praia e o sibilar da brisa tépida quase a embalavam. Era capaz de adormecer ali fora e sentir-se perfeitamente segura, exceptuando por um ou outro guaxinim que podia entrar à procura da última fatia de *tiramisu* do dia anterior.

— *Nonna* — disse ela para o céu escuro. — Esta noite foi um sucesso. Consegui. Ninguém me chamou uma fraude e também ninguém pediu o dinheiro de volta.

Estava desejosa de saber o que acontecera às quatro mulheres que haviam frequentado o curso da avó. Teriam regressado na semana seguinte? Teria o marido de Annette falecido realmente? Holly abriu o diário e leu.

Agosto de 1962

Querido diário,
Elas regressaram na semana seguinte com as suas notas de dez dólares, as quatro mulheres, muito entusiasmadas. Cada uma delas preparara os pratos aprendidos ao respectivo marido e houve mudanças. Grandes mudanças. No dia a seguir a Annette ter preparado a vitela parmigiana, o marido chegou a casa e declarou que ela merecia descansar depois de ter estado todo o dia em casa com um bebé a chorar de cólicas. Isto, depois de lhe ter dito que tomar conta de um bebé era responsabilidade da mãe. O marido de Nancy levou-lhe um ramo de lírios, a sua flor preferida, quando podia muito bem ter escolhido os cravos, que eram mais baratos. O marido de Lenora Windemere reservou um jantar-cruzeiro em Casco Bay. E o marido de Jacqueline fez amor com ela pela primeira vez em mais de sete meses.

Após uma semana das minhas receitas, eles chegam a casa com expectativas diferentes, algo para além do costumeiro uísque e jornal. Chegam a casa mais gentis. Espreitando para os misteriosos tachos sobre o fogão. Cheirando o aroma que inunda a cozinha e sorrindo às mulheres. E, à noite, são carinhosos. Jacqueline confessou-me num sussurro junto à caixa das maçãs na mercearia que o marido a desejava como já não o fazia há dois anos. Haveria algum ingrediente secreto que pudesse utilizar nos bifes ou nas batatas assadas, outro dos seus pratos favoritos? Seria do manjericão?

O que podia eu dizer? Tive de confessar honestamente que não fazia ideia. Que não havia nada de mágico nos meus ingredientes. As receitas apenas pediam desejos e memórias e, pelos vistos, tinham-se realizado.

Ou, muito provavelmente, as mulheres estavam a mudar. Tinham mais esperança, mais expectativas. Tentei explicar-lhes isto; contudo, Lenora disse que o seu marido insistia que a cozinha italiana estava repleta de afrodisíacos, como se dizia das ostras. Recordei-as de que não tinham usado ostras nas receitas que haviam aprendido comigo.

Durante a segunda aula, enquanto preparavam beringela parmigiana e linguini em molho de amêijoa, os desejos e as memórias foram adicionados aos tachos e às panelas. Enquanto Lenora secava a beringela, desejou ter outro bebé. Não sou capaz de descrever a sensação estranha que tive quando ela acrescentou o «por favor, meu Deus, faz com que se realize». Sei apenas que foi uma sensação esquisita, nem boa nem má. Não sei bem o que significa. Quiçá gémeos!

Ao adicionar sal à panela de água a ferver, Annette desejou que a festa de aniversário que estava a organizar para o marido fosse um enorme sucesso e que a sua altiva cunhada estivesse presente. Custa-me a imaginar uma pessoa que Annette considere altiva, pois ela e as amigas são do mais altivo que conheço.

Nancy cortou o queijo e desejou que a irmã se mudasse da Florida para o Maine.

E Jacqueline colocou o linguini na panela, desejando que o marido voltasse a dormir na cama deles naquela noite.

Passadas algumas semanas, todos os desejos se haviam concretizado. Lenora descobriu que estava grávida de seis semanas. A irmã de Nancy veio visitá-la e anunciou que o marido ia ser transferido para o escritório de Boston, o que era tão bom para Nancy como se fossem mudar-se para o Maine. O marido de Jacqueline comprou-lhe um ursinho de seda preta.

E a altiva cunhada de Annette aceitou o convite para a festa do quadragésimo aniversário do marido de Annette. Infelizmente, dois dias antes da festa, ele faleceu acometido por um ataque cardíaco fulminante enquanto fazia o seu jogging. O seu quadragésimo aniversário foi transformado num serviço fúnebre.

Não conheço a Annette muito bem, claro, mas grande parte do tempo é insuportável e materialista e obcecada em ter aquilo que as amigas e os vizinhos têm. Porém, agora, o que ela mais deseja é juntar-se ao marido no céu — foi o que me disse quando passei por casa dela na noite do enterro, depois de toda a gente se ter ido embora. Ouvia o bebé a chorar e, como Annette não vinha abrir a porta, rodei a maçaneta e entrei. Encontrei Annette a chorar convulsivamente no chão da cozinha, encostada ao frigorífico, embalagens de comida por cima da mesa e dos balcões. Fiz-lhe saber que estava ali e que ia tratar do bebé, e foi então que ela me confessou que desejava ter morrido também, e em seguida acrescentou:

— Quem me dera estar com ele. Só quero estar com ele.

Não argumentei e apressei-me a subir as escadas para ver como estava o bebé, na esperança de que a família e os amigos que haviam aparecido ali em casa depois do funeral tivessem cuidado dele. O bebé tinha a fralda molhada e estava cheio de fome, por isso mudei-o, aqueci-lhe um biberão de leite e voltei a deitá-lo. Porém, quando ele começou de novo a chorar e Annette tapou os ouvidos, eu disse-lhe:

Querida, vou levar o teu bebé comigo para casa e dar-te algum tempo para recuperares. Vai buscá-lo quando achares que estás em condições.

Ela anuiu e desatou a chorar, por isso, conduzi-a até ao quarto e deitei-a na cama, onde ficou a chorar.

Eu sabia bem o que isso era.

Arrumei a comida no frigorífico, fui ao quarto do bebé buscar tudo o que precisava e deixei um papel a Annette a recordá-la de que levara o filho comigo para casa até ela ter descansado o suficiente, e depois saí.

A Luciana ficou delirante por ter um bebé em casa e ajudou--me a mudar-lhe as fraldas, apesar de ele ter feito chichi para o pescoço dela. Três dias mais tarde, Annette veio buscar o filho.

Algo desaparecera por completo dos seus olhos, aquela centelha de ciúme e competitividade.

— Obrigada por me ajudares — disse Annette, tirando o bebé do berço que eu comprara numa loja de artigos em segunda mão.

— Sempre que precisares de um tempo para ti, podes trazê-lo para aqui — informei-a.

Disse-lhe que cancelaria a aula por respeito à morte do marido, mas Annette abanou a cabeça e declarou que lhe faria bem estar entre amigas. Na semana seguinte estavam as quatro de volta. Annette continuava altiva para comigo, como se eu não lhe tivesse feito uma gentileza que, aparentemente, mais nenhuma das suas amigas fora capaz de fazer. E quando chegou a altura de ela adicionar um desejo aos gnocchi, desejou encontrar outro marido que fosse tão bom ganha-pão quanto Bob fora.

Lenora sorriu para Annette; era óbvio que Lenora lhe dissera que estava na altura de tomar o controlo da sua vida. Sempre pensei que Annette tinha um coração pequeno, todavia, quando a receita pediu uma memória feliz, ela relembrou a altura em que o marido lia os resultados desportivos ao pai, no hospital em estado terminal, e que sabia que, apesar do que aparentava, ele conseguia por vezes ser um homem carinhoso. Pelos vistos, o Bob às vezes era um sacana.

E assim passou o período de luto de Annette. Desejava agora um marido novo que não se importasse com o choro de um bebé cheio de cólicas. Lenora desejava não abortar, como lhe acontecera no ano anterior. Nancy desejava que os sogros fossem viver com a irmã do marido em New Hampshire e não com eles, e Jacqueline desejava que o marido não estivesse a ter um caso com a secretária, o que explicaria a seca do ano que passara.

Regressavam semana após semana, tornando-se boas cozinheiras de comida ítalo-americana. E, apesar de tudo, não posso dizer que alguma vez tenha sido incluída no seu pequeno grupinho, embora estivesse a par dos seus desejos mais íntimos, dos seus sonhos, medos e frustrações.

Holly fechou o diário e abraçou os joelhos que puxara contra o peito, inquieta com tudo o que lera. As mulheres que tinham frequentado o curso da avó pareciam tão egoístas e frias, apesar das tragédias, das infidelidades e infelicidade. Ou, quiçá, por causa de todas essas coisas. Holly estremeceu quando o vento atravessou a sua camisola. Pensou em Juliet, a chorar alguém ou alguma coisa, sozinha ali no Maine, onde não tinha família, mas tinha pelo menos uma amiga.

Pegou na caneca e no caderno de apontamentos, entrou e pegou no telefone para ligar a Juliet, lembrando-se então que apenas tinha o número de onde nunca lhe haviam respondido, em Chicago. Juliet chorava uma perda. A do marido? Assemelhava-se muito à descrição que a avó fizera de Annette — antes do interesse em arranjar novo marido. Devia ter-lhe perguntado onde estava instalada. Agora não podia contactá-la e restava-lhe esperar que ela aparecesse na segunda-feira seguinte, para a segunda aula.

«Olha por ela, *nonna*, pode ser?», pediu Holly, observando *Antonio*, sentado no seu poleiro habitual, a contemplar o escuro céu nocturno e as estrelas tremeluzentes.

6

Na manhã seguinte, enquanto Holly verificava o molho *bolognese* que fervilhava num tacho no fogão e mantinha um olho no relógio da cozinha por causa do *tagliatelle*, uma das suas massas favoritas, deu-se conta de que, durante as três semanas em que confeccionara a comida para fora, ninguém entrara de olhos esbugalhados e sorriso malicioso a perguntar: «O que pôs no molho?» Não fazia ideia do que explicava a índole afrodisíaca dos cozinhados de Camilla, mas o mais provável é que a própria Camilla fosse o ingrediente mágico.

O molho *bolognese* pedia um desejo, um desejo banal, nada de extraordinário, e os pensamentos de Holly voltaram-se para Juliet com o seu olhar desolado e as roupas cinzentas. «Desejo paz para Juliet» foi o que colocou no molho, juntamente com a *pancetta* finamente picada.

Alguém tocou à campainha vinte vezes seguidas. Holly supôs que se tratasse de Mia (quem mais?) e lá estava ela, com uma expressão inquieta, a tremer com o frio da manhã e vestindo apenas uma fina camisola azul-clara com capuz e calças de ganga.

— Mia, querida, o que...

Mia desfez-se em lágrimas, e Holly puxou-a para dentro, fechando a porta com o pé. Conduziu-a até à cozinha e sentou-a no recanto onde costumava tomar o pequeno-almoço, apressando-se a fazer-lhe uma caneca de chocolate quente, que parecia ter propriedades mágicas, pelo menos em Mia.

— Ele vai pedir aquela idiota em casamento — lamentou-se Mia, enterrando a cabeça nos braços. Levantou a cabeça e tapou o rosto com as mãos. — Não posso acreditar. Como pode fazer isso? Ele sabe o que eu penso dela.

As lágrimas correram-lhe pela cara abaixo e Holly sentou-se ao lado dela.

— Como sabes isso? — perguntou Holly, desviando-lhe o cabelo dos olhos e prendendo-lho atrás das orelhas.

— Há bocado eu ia para a cozinha preparar uma tigela de cereais, passei pelo quarto dele, e ele estava junto da janela, de costas para mim, com um anel de noivado na mão. Olhava para o anel como se ensaiasse o pedido.

Desatou de novo em pranto e meteu a cabeça entre os braços.

Holly afagou a cabeça de Mia e levantou-se para encher uma caneca com chocolate quente que depois levou para a mesa.

Mia levantou a cabeça uma vez mais.

— Podes ajudar-me! — Abraçou a caneca com as mãos. — Podias ir lá a casa esta noite e ajudar-me. Tipo, eu digo: «Pai, não podes casar-te com essa idiota de plástico que nem sequer gosta de mim» e quando ele disser: «Querida, *claro* que ela gosta de ti», tu poderás argumentar: «Não, na verdade não gosta, e deixou isso bem claro ao ficar aliviada quando não havia lugar para ela no curso de culinária.» E depois ele dirá: «Ora, isso é uma parvoíce, ela queria inscrever-se e já não havia vagas.» E depois começará numa discussão de meia hora sobre o que significa *projectar*, que é a sua nova palavra. E tu podes dizer-lhe que pare com as psicotretas e largue a *Barbie*, porque eu tenho *razão*.

Os olhos de Mia encheram-se novamente de lágrimas e Holly percebeu que teria de usar de toda a sua diplomacia.

— Querida, eu não posso interferir na vida do teu pai. Na verdade, nem sequer o conheço.

— A vida dele? É a *minha* vida! E tu conheces-me. Sou a tua aprendiza. Por favor, Holly!

— Mia...

Olhou para Holly com aqueles olhos cor de mirtilo lavados em lágrimas.

— Ele passa a vida a dizer que nunca fará nada para me prejudicar. Mas está cego pelas mamas grandes da Jodie e pelas saias minúsculas que ela usa e pelos sapatos altos... Ela não o ama. E odeia-me.

— Tenho a certeza de que ela não te odeia, Mia.

Levantou-se com os lábios cerrados.

— Falas com ele, por favor?

Holly deixou afundar os ombros. Estava fora do seu elemento.

— Aparece lá em casa à hora do jantar, Holly. Não tens de dizer nada que aches que não devas. Mas se de repente sentires que deves falar, podes fazê-lo.

— E vou lá porque...

Mia mordeu o lábio e logo em seguida os seus olhos iluminaram-se.

— Porque sou tua aprendiza e como viste o pouco que eu sei sobre cozinha e o seu funcionamento, querias dar-me uma aula na minha própria casa. Para me ensinares como funcionam os fornos e o que são descascadores de batatas.

Holly arqueou uma sobrancelha.

— Por favor, Holly. Não tens de dizer nada se não te sentires à vontade. Mas se o meu pai disser alguma coisa que te pareça realmente estranha, e embora não o conheças muito bem, podes comentar qualquer coisa do género: «Uau, deve ser muito difícil pedir em casamento uma mulher que a sua filha odeia.» E isso é o suficiente para dar início à conversa. E ele não poderá dizer: «Quando fores adulta, logo compreenderás», porque já está a falar com um adulto. Tu.

— Mia, mas eu não...

— Por favor, Holly. Aparece para me ensinares como funciona uma cozinha, o que fazer se o bico do fogão se apagar ou algo assim do género. Porque não devo usar um garfo para mexer os ovos numa frigideira antiaderente. Esse tipo de coisas. Eu preciso mesmo de aprender.

Holly suspirou.

— Pronto, está bem. Precisas mesmo de umas orientações. Mas não te prometo que direi ao teu pai o que quer que seja sobre a sua vida amorosa. *Não* é assunto meu.

Mia abriu um sorriso de orelha a orelha.

— Por volta das seis?

— Por volta das seis.

E com isso, Mia saiu como uma bala. Holly ficou a vê-la atravessar e correr pelo caminho que levava à baía.

Aquilo é que era ser insistente.

Holly vendera três *tagliatelli* e três embalagens de molho *bolognese* e tivera apenas a devolução de uma embalagem de *ravioli* de abóbora (demasiado duros). Progresso. Apesar de a aula ter corrido bem, passou o dia à espera de que pelo menos um dos alunos ligasse a desistir do curso e a pedir a restituição do dinheiro; porém, o telefone permaneceu em silêncio ao passo que a sineta da porta tocou alegremente. Mais um progresso.

Quando voltou a escutar a sineta, Holly tapou a sopa minestrone que tentava fazer pela terceira vez (demasiado insípida, apesar de todas as ervas aromáticas, e muito rala) e dirigiu-se ao vestíbulo, preparada, deu-se conta, para falar da massa especial daquele dia e do que estava ainda fresco e disponível dos dias anteriores. Sorriu à extraordinariamente bonita mulher de cabelo ruivo comprido, olhos de um azul profundo e pele mais translúcida que Holly alguma vez vira. A mulher já ali estivera algumas vezes quando a avó era viva, e Holly vira-a no funeral.

— Olá — cumprimentou ela. — Chamo-me Francesca Bean. Sou irmã da Tamara.

A irmã de Tamara? Holly observou-lhe as feições, e sim, lá estava o mesmo nariz aquilino e o queixo de gnomo, mas, para além disso, não havia mais nenhuma semelhança entre as duas irmãs.

— Oh, sim, a futura noiva — disse Holly. — Parabéns!

— Obrigada. Na verdade, o meu casamento é a razão por que estou aqui agora. Vou casar-me daqui a seis meses, no dia vinte e um de Março, o início da Primavera, no Blue Crab Cove Inn. E procuro um *caterer*. Queria saber se a Camilla's Cucinotta não gostaria de preparar um menu de degustação para mim, para o meu noivo e para as nossas provadoras, que é como quem diz, as nossas mães, que vão pagar a conta e insistem em ajudar a escolher a banda, a comida e o fotógrafo.

Holly ficou de boca aberta e apressou-se a fechá-la, lembrando a si mesma que ficar abismada com um convite, ainda mais feito por alguém que planeava um casamento sumptuoso o suficiente para se realizar no Blue Crab Cove, que era um dos hotéis mais elegantes do Sul do Maine e o mais reputado pela maioria dos turistas de Verão, não era a melhor forma de conseguir aquele trabalho.

— Fico muito honrada, Francesca — declarou Holly. — E uma vez que te vi no funeral da minha avó, deduzo que sabes que ela morreu e que sou eu quem faz agora toda a comida para a Camilla's Cucinotta.

— Eu sei. A minha irmã contou-me tudo sobre a aula de ontem à noite. Disse-me que se divertiu muito e adorou tudo o que fizeram.

«Obrigada, Tamara.»

— É graças à tua avó que eu vou casar-me com o homem dos meus sonhos — explicou Francesca. — Eu tê-la-ia contratado para fazer o *catering* do meu casamento quer a minha mãe ou a minha futura sogra aprovassem ou não, mas agora que ela faleceu, elas fizeram um escândalo hoje ao pequeno-almoço quando lhes disse que planeava contratar-te para forneceres a comida. Insistiram para que preparasses um menu de degustação para aprovação delas e, para te ser sincera, tanto eu como o meu noivo estamos a terminar o doutoramento e não possuímos dinheiro para a festa, por isso tenho de aceitar as condições delas.

— Entendo perfeitamente — afirmou Holly. — E fico muito sensibilizada por me dares esta oportunidade. Não fazes ideia do quanto é importante para mim.

— Bem, também não fazes ideia do quão importante foi a tua avó para mim. Para mim e para o Jack.

Holly sorriu.

— A tua irmã contou-me que foi a sina da minha avó que vos juntou.

A expressão de Francesca iluminou-se.

— Acreditas que uma sina de vinte e cinco dólares mudou por completo as nossas vidas? Eu estava indecisa entre dois doutoramentos, um aqui em Bowdoin e outro na Califórnia, e a minha mãe moía-me o juízo para que escolhesse Bowdoin, o que só me dava vontade de optar pela Califórnia, e não sabia o que fazer. Por isso, vim ter com a tua avó Camilla.

Enquanto Holly punha um bule de chá *Earl Grey* a fazer e conduzia Francesca até à mesa da cozinha, esta contou a Holly a história de como se sentara naquela mesma cadeira e escutara Camilla dizer-lhe que levasse as suas tintas e o cavalete — e Francesca nunca confessara a Camilla que pintava — para o pontão todos os dias durante uma semana, e que encontraria lá, de pincel na mão, o homem com quem ia casar-me. E que isso ajudá-la-ia a escolher o local do doutoramento, no Maine ou na Califórnia.

— E tinha razão — continuou Francesca, beberricando o chá, que entretanto ficara pronto. — No quarto dia, recuava para ver o meu quadro a alguns passos de distância e um rapaz muito giro aproximou-se para ver o quadro e comentou que era um bonito retrato da ponte de Blue Crab Island, e que se o quadro estivesse à venda depois de terminado o comprava logo. Enquanto conversámos, esqueci-me por completo da profecia da tua avó. Estava tão envolvida a falar com ele sobre Blue Crab Island, sobre o Maine, e ele diz qualquer coisa como: «O Maine faz parte de quem tu és e isso transparece no teu trabalho», e eu percebi que desejava fazer o meu doutoramento aqui, no Maine, e que considerava sair daqui só para fugir ao domínio da minha mãe. Mas o Jack ajudou-me nisso porque, de súbito, tinha um convite para sair todas as noites da semana.

Holly sorriu.

— É uma história fantástica.

— Não sei se a tua avó estava certa ou se o destino actua simplesmente assim ou o que aconteceria se eu tivesse optado pelo doutoramento na Califórnia. Sei apenas que conheci o homem dos meus sonhos e que vou casar-me com ele em Março. Aposto que também recebeste excelentes conselhos da tua avó.

Holly esboçou um sorriso. Recebera grandes conselhos de Camilla durante toda a sua vida; porém, nem sempre os escutara.

— Entendes agora, Holly, porque tenho de dar à Camilla's Cucinotta uma oportunidade, ainda que não seja a própria Camilla a confeccionar a comida? Este é o lugar dela. Consigo senti-la aqui, creio eu. — Olhou para *Antonio*, deitado num farrapo de luz do sol que aquecia a sua cama. — Aquele gato estava aqui quando ela me aconselhou a passar as minhas horas de almoço no pontão durante uma semana. E aquele gato estará aqui quando criares o menu de degustação.

— Estás a dizer que achas que o *Antonio* tem poderes especiais? — perguntou Holly, com um esgar.

Francesca soltou uma gargalhada.

— Não. Apenas que ele pertencia à Deusa do Amor. E agora pertence-te. Tudo isto te pertence. Presumo que não estarias aqui, a vender as massas e a ensinar o curso de cozinha, se não levasses a culinária a sério.

— Levo muito a sério — declarou Holly.

E apercebeu-se de como era verdade.

Depois de mais uma chávena de chá, Francesca contou-lhe o seu primeiro encontro com Jack e como fora a festa de noivado, na qual Camilla estivera presente, oferecendo-lhes uma bonita caixa com os nomes de ambos gravados, passando depois para os pormenores sobre o menu de degustação. As mães queriam o assunto resolvido dali a duas semanas, por isso Francesca escolheu uma data e uma hora para se encontrarem na sala de recepções do Blue Crab Cove, pois, segundo a mãe de Jack, era tão importante garantir que a comida ficava bem com a decoração e com o ambiente como assegurar-se de que era igualmente deliciosa.

— Sobre o menu — referiu Holly. — O que tens em mente?

— Uma vez que o Jack é descendente de uma família italiana, pensámos em celebrar o encontro das nossas heranças. O Maine misturado com a Itália. Os *ravioli* de lagosta que Camilla fez para a nossa festa de noivado estavam magníficos. Serão três pratos. Ah, e cada prato deve ter uma opção vegetariana. Não tens de te preocupar com a sobremesa, claro. O bolo vai ser feito em Portland, pela pastelaria preferida da minha mãe.

— E gostarias de uma amostra de vários itens por prato?

— Três de cada seria perfeito.

Três de cada. Duas semanas para confeccionar nove pratos perfeitos. Se conseguisse aquele trabalho, seria contratada para outros serviços de *catering*. No Blue Crab Cove. Para festas de empresas, académicas e privadas.

— Francesca, estou curiosa. Quem é a minha concorrência?

— Tens duas competidoras. Uma é a Portland Cooks e a outra é Avery Windemere. Conhece-la? Cresceu em Blue Crab Island. Também dá aulas de culinária. Os meus pais são grandes amigos dos Windemere, por isso também sou forçada a conceder-lhe uma oportunidade, embora — inclinou-se na direcção de Holly — ela não seja uma pessoa que eu aprecie muito. Além disso, Lenora Windemere é uma grande amiga da minha avó e, como havia uma espécie de ódio entre Lenora e a tua avó, sinto que tenho de dar uma oportunidade à neta de Lenora.

— Ódio?

Não havia nada no diário que o indicasse — por enquanto, pelo menos. Embora, tal como Camilla escrevera, apesar das confissões e dos segredos que conhecia, nunca tivesse sido incluída no grupo das quatro como amiga.

— Mas que ódio?

Francesca abanou a cabeça.

— Não faço ideia. A minha avó não é muito dada à coscuvilhice, e nunca me revelou nada. E da única vez que me lembrei de perguntar à minha mãe, e essa adora mexericos, respondeu-me que também não sabia, mas que tinha algo que ver com o filho mais novo de Lenora Windemere, que morreu ainda jovem.

Morrera jovem? Então ela sempre conseguira levar a gravidez até ao fim.

— Pelo que sei, durante muito tempo, Lenora tentou expulsar a tua avó da ilha, quando tinham vinte ou trinta anos, mas depois acabou por ignorá-la e deixou de lhe falar. Também fez o possível para que as amigas deixassem de procurar Camilla a fim de lhes ler a sina ou ensinar a cozinhar, mas elas vinham às escondidas e Lenora acabou por ter de aceitar isso também.

— Pergunto-me o que terá acontecido — referiu Holly, as palavras da avó, escritas no diário, a ecoarem na sua cabeça. *Quando ela colocou os gnocchi na água e acrescentou: Por favor, meu Deus, permite que eu engravide, tive uma sensação estranha...*

Francesca encolheu os ombros.

— O que quer que tenha sido, não foi bom. Quando, há alguns meses, a minha avó comentou com Lenora, de passagem, que eu planeava contratar Camilla para fornecer a comida para o meu casamento, ela referiu que seria um grande erro e que Camilla podia envenenar a comida com o intuito de a vexar por ser uma amiga da família. Claro que toda a gente disse que isso era um disparate, e a minha avó recordou-a de que era graças a Camilla que eu ia casar-me e ficar a estudar no Maine. A minha família adora o Jack e a família dele.

Por isso, a Camilla está bem cotada junto dos Bean, ainda que isso não aconteça com os Windemere. Mas digo-te uma coisa: a minha mãe acha que os Windemere são o supra-sumo, e adoraria contratar a Avery para poder engraxar ainda mais a família dela. Por isso, faz os melhores pratos que conseguires para a sessão de degustação.

«Sem pressão!»

— Vou passar a próxima semana a criar um menu de degustação que não deixará dúvidas à tua família de que deve escolher a Camilla's Cucinotta para fornecer a comida para o teu casamento — garantiu Holly.

— Estou certa disso. Tenho um bom pressentimento. E conseguiste entusiasmar a Tamara a ponto de pensar noutra coisa que não em namoros. Embora agora tenha começado a falar de como poderá cozinhar para os seus pretendentes.

Tamara, entusiasmada com encontros? Muito interessante. Talvez não parasse de falar desse assunto com a família para que pensassem que estava concentrada nisso e assim a deixassem em paz. Tinha a sensação de que Tamara vivera muito tempo ofuscada por Francesca. Ou quiçá Tamara não desejasse conhecer ninguém, não estivesse interessada em casar-se como as irmãs — e não o quisesse admitir, principalmente sob toda aquela pressão, real ou imaginária.

— Também estou em dívida para com a Tamara, pois foi ela quem encontrou o meu vestido de casamento. Devo ter visto uma centena e nenhum era «o tal». E um dia a Tamara disse ter visto o vestido perfeito para mim numa pequena *boutique* no Portland's Old Port, e tinha razão.

— Também foi necessário a aprovação da tua mãe e da tua sogra? — indagou Holly, incapaz de imaginar alguém a escolher o vestido que gostava e depois ter de o colocar de volta no expositor.

Francesca riu.

— Nem pensar.

Tirou o telemóvel da mala e mostrou a Holly cinco fotografias nas quais envergava um bonito e delicado vestido que combinava maravilhosamente bem com a sua fragilidade.

— É deslumbrante — elogiou Holly. — A Tamara deve conhecer-te mesmo muito bem.

Francesca ficou pensativa por momentos.

— Melhor do que eu pensava.

Holly experimentara um vestido de noiva uma vez, há apenas seis meses, um pouco antes de John ter começado a ficar diferente e distante. Passara por uma *boutique* de noivas e entrara, não conseguindo evitar as mentiras que lhe saíam da boca, que sim, que estava noiva, que planeava um casamento de Verão, e se podia experimentar alguns vestidos. Observara alguns vestidos deslumbrantes no cabide até encontrar o que usaria se John a pedisse em casamento e, quando o vestiu, era tão perfeito que irrompeu em lágrimas. A empregada tinha uma caixa de lenços logo ali à mão, claro, e dissera-lhe que era assim que se sabia qual o vestido certo. Holly acreditou. Chorara ao aperceber-se de que John se afastava dela de uma forma diferente das vezes em que precisara apenas de um tempo. *Soubera*.

Questionou-se se Jodie com um *e* no final do seu nome estaria a visitar a loja de noivas local e a experimentar vestido atrás de vestido e a atirá-los para o chão, reclamando, com desdém: «Este tipo de branco não fica nada bem com o meu tom de pele.» O que era mesquinho da parte de Holly, pois nem sequer conhecia a mulher. Contudo, Mia tivera razão relativamente à atitude de Jodie quando aparecera à procura de uma vaga no curso; havia sido dissimulada ao afirmar que queria fazer algo com Mia, quando tudo o que lhe interessava era marcar pontos junto do pai dela, dizendo-lhe que tentara. E aquelas observações sobre as cores de Juliet? Do mais desagradável possível.

Ao acompanhar Francesca até à porta, Holly estava dividida quanto a descobrir qual era a «inimizade» que existiu entre a avó e Lenora Windemere e preparar-se para uma importante entrevista de trabalho. Decidiu que a contenda Camilla-Lenora teria de esperar. Dirigiu-se para a cozinha, parou no centro da divisão e sentiu o ar como que repleto de minúsculas e invisíveis centelhas de possibilidades.

— Tenho a oportunidade de fazer algo — disse para *Antonio*. — Algo significativo. Algo que deixaria a minha avó orgulhosa. Algo que me deixaria a mim também muito orgulhosa. — Dobrou-se para pegar em *Antonio* e coçá-lo sob o queixo branco, a única mancha branca do seu pêlo cinzento. — *Antonio*, quero aquele serviço de *catering*. Se és tão mágico quanto a minha avó era, agita os bigodes para me ajudares, está bem?

Antonio apenas se agitou para saltar do colo de Holly. Não gostava dela e sentia obviamente saudades da dona que fora sua durante dezasseis anos. Holly colocou-o na pequena cama, pegou no livro de receitas e encostou-o ao peito. Duas semanas para preparar o menu, baseado nos menus e receitas de Camilla. Duas semanas para o tornar perfeito. O dinheiro que um trabalho daquela monta podia trazer daria para pagar o imposto, meses de mercearias, permitiria a Holly oferecer um curso de culinária no Inverno e manter a Camilla's Cucinotta a funcionar.

Tinha de garantir aquele serviço de *catering*. Tinha mesmo. Ainda que precisasse de formular desejos para todos os tachos e panelas da cozinha durante as duas semanas seguintes.

7

Um pouco antes das seis, Holly pegou num saco cheio de ingredientes que retirara do frigorífico e da despensa, atravessou a rua e dirigiu-se a Cove Road pelo caminho de areia ladeado de carvalhos. Percorrera aquele caminho de bicicleta muitas vezes em miúda, as bonitas cabanas com as suas vedações de madeira e alpendres tão convidativas. A cabana dos Geller era a última à esquerda, segundo Mia, a baía estendendo-se mesmo atrás. Já começava a escurecer e Holly não conseguia ver a água, mas escutava as gaivotas e sentia a brisa marinha no rosto e no cabelo.

A casa parecia tirada de um conto de fadas, feita de pedra com uma porta vermelha, o nome GELLER escrito com letras de várias cores na caixa de correio, que tinha o formato de uma lagosta. Havia duas bicicletas encostadas à porta da garagem com os capacetes a abanar nos manípulos do guiador. Dois *beagles* correram a cumprimentá-la, os latidos deles alertando Mia para a sua presença. A porta vermelha abriu-se, Mia saiu a toda a velocidade com um sorriso de orelha a orelha.

— Fico tão contente por teres vindo, Holly. Estava com medo que fosses deixar-me pendurada.

«Bem me apetecia», pensou Holly.

— Trouxe uma refeição fácil de confeccionar. Pensei que podíamos fazer *pollo alla milanese*, uma vez mais para que possas mostrar ao teu pai o muito que já aprendeste e como é simples e rápido de fazer. E podemos fazer um *linguini* primavera básico para acompanhar. E umas deliciosas fatias de *bruschetta*, que é pão torrado com tomate aos cubinhos e azeite.

— Primavera?

Holly sorriu.

— Sim, neste caso significa que é com legumes da Primavera. Confia em mim, é delicioso.

Mia escutou a explicação com uma sobrancelha arqueada.

— Se tu o dizes. Tudo o que fizemos ontem à noite estava incrível.

— Estava mesmo, não estava? — confirmou Holly. Não incrível ao estilo de Camilla. Não incrível ao nível de um restaurante de quatro estrelas, mas incrível porque havia sido feito por eles. — E o teu pai está em casa?

— Ainda não chegou do trabalho. Entra.

Holly seguiu Mia, subindo os três degraus do alpendre e entrando num pequeno vestíbulo com um cabide de ferro forjado onde pendurou o casaco. Atravessando uma arcada, entraram na enorme sala de estar com a sua gigantesca lareira de pedra, tapete oriental, sofá de pele castanho e cadeirão a condizer, ambos decorados com coloridas almofadas. Havia um piano vertical encostado a uma parede e, atrás do cadeirão, uma galeria de fotografias de Mia em diferentes idades.

— Muito bonita — elogiou Holly, olhando em redor.

E bem mais acolhedora e «de família» do que a casa de outro pai solteiro onde já estivera, cogitou, recordando-se de como a casa de John Reardon era despida.

— Dá à *Barbie* um dia como madrasta oficial e tudo ficará pintado de cor-de-rosa e coberto de plástico, verás.

Mia conduziu Holly por um pequeno corredor até à cozinha, de bom tamanho, com electrodomésticos antiquados — um fogão branco, um frigorífico, e, tanto quanto Holly conseguia perceber, não tinham máquina de lavar a loiça. Havia uma bonita mesa de madeira colocada junto a uma janela saliente e três cadeiras.

— Costumava haver apenas duas cadeiras à mesa até o namoro entre o meu pai e a *Barbie* se tornar mais sério e ela começar a aparecer quase todos os dias para jantar. Detesto ter de olhar diariamente para a terceira cadeira.

Holly sentia que não devia fazer comentários sobre a vida de Liam Geller na sua própria casa; por isso, pousou o saco com os ingredientes sobre o balcão e atarefou-se a guardar os perecíveis, incapaz de não ler a lista de coisas a fazer escrita a tinta preta e presa na porta do frigorífico com um íman: *Colocar $10 para visita de estudos na mochila da M. Ir buscar roupa à lavandaria. Mudar o óleo. Agradecer à professora de culinária. Comprar comida para os cães.*

Apenas *Agradecer à professora de culinária* e *Colocar $10 na mochila da M* para a viagem de estudos tinham sinais de certo por cima.

Holly sorriu.

— O meu pai é completamente maníaco — disse Mia. — Aprendi esta palavra na escola, em Psicologia.

Holly pegou numa tigela de madeira e começou a despejar para lá os vegetais.

— Toda a gente recorre a listas de coisas a fazer. Tu também acabarás por fazê-lo.

— Eu guardo a minha aqui — declarou Mia, apontando para a cabeça. — Número um: correr com a madrasta maléfica. Número dois: fazer com que o Daniel repare que eu existo. Número três: encontrar o vestido perfeito para o Baile de Outono.

— Vais convidar o Daniel para o baile?

— Nem pensar. Morria de vergonha se ele recusasse. Principalmente se alguém descobrisse que eu o tinha convidado. E a minha nova e única amiga já sabe que eu gosto dele. Uma pessoa é o suficiente.

— É óptimo teres uma nova amiga — comentou Holly.

Os amigos eram tudo, especialmente quando se tinha quase doze anos. Holly recordou-se do quanto Juliet significara para ela, de como Juliet a ajudara não só a integrar-se como também a sentir-se bem com ela mesma naquela idade.

— Chama-se Madeline Windemere — revelou Mia. — Não é um nome bonito? Está a pensar deixar-me entrar para o seu Clube M, mas até agora as outras Meninas M não se têm mostrado muito favoráveis à minha entrada. Como a Morgan Leeson e a Megan Grist. A Madeline é uma das raparigas mais populares da escola, por isso, se ela me deixar entrar, estou garantida.

Safa. Aquilo não soava nada bem. Era a vida numa pequena ilha. Os Windemere estavam em todo o lado.

— Conheci a Madeline numa festa de boas-vindas que a mãe dela organizou para nós quando nos mudámos para aqui nos finais de Agosto — explicou Mia. — A Madeline disse que eu tinha um cabelo de arrasar e um corpo com possibilidades de vir a ser fantástico e que, por o meu nome começar por um *M*, podia fazer parte do clube dela, isto se as outras M votassem em mim no final do mês.

Meu Deus. Holly lembrava-se daquela idiotice da escola preparatória. Presumiu que fosse durar para sempre. E ou Mia seria aceite na resplandecente sociedade de raparigas, e encontrava aí verdadeiras amigas, o que era possível, Holly sabia-o por observar os conventículos que Avery tinha durante a pré-adolescência e adolescência na sua própria escola no Massachusetts, ou seria expulsa e encontraria o seu próprio grupo, a sua própria tribo. Ser votada para entrar num grupo de amigos não parecia a base de uma grande amizade.

Imaginou Jodie a dar conselhos a Mia sobre a melhor forma de entrar no Clube M. Afinal de contas, talvez até fosse boa ideia correr com Jodie.

— Mia, quero que nunca te esqueças de uma coisa. Tu também podes escolher. Se decidires que não queres ser uma M, é um direito que te assiste.

Mia mirou Holly como se esta tivesse quatro cabeças e, antes mesmo de conseguir argumentar, o barulho de um carro a parar frente à porta fê-la saltar do balcão onde estava sentada.

— O meu plano é abordar o tópico devagar. Não quero dizer-lhe na cara que o vi com o anel. Ele detesta confrontos. Tens de arranjar maneira de fazer conversa com o meu pai.

Holly sentiu uma enorme vontade de sair a correr e percorrer o caminho de volta para Blue Crab Boulevard. Que fazia ela ali, no meio daquele drama familiar que nada tinha que ver com ela? Como se metera naquilo?

Mia pegou na mão de Holly e conduziu-a até à sala de estar, onde Liam, com o seu habitual aspecto desalinhado e deslumbrante, era recebido pelos dois *beagles* que saltavam aos seus joelhos. Ao avistar Holly, endireitou as costas.

— Pai, vê só quem está aqui para me dar uma lição sobre como tirar o melhor partido de uma cozinha e comida italiana? Não é fabuloso? A Holly é fantástica. Vamos fazer o jantar! Seria tão fixe se pudesses aprender também, pai. A Holly é a melhor cozinheira do mundo e vai ensinar-nos a fazer todos os nossos pratos favoritos. Vou fazer sozinha o que confeccionámos ontem à noite: *pollo alla milanese*.

Holly esbugalhou os olhos. Mia não tinha falado daquilo ao pai? Holly não apreciava ser manipulada, especialmente por uma pré-adolescente. Mais tarde, teria de deixar as coisas bens claras com Mia. E não era nem de longe «a melhor cozinheira do mundo». Lição número um para Mia: um exagero podia arruinar um plano por completo.

— Isso é fantástico — comentou ele, tirando a mala do ombro e pendurando-a no cabide. — Mas, querida, devias ter-me avisado. Já tenho planos para jantar esta noite. São importantes e não os posso desmarcar.

Mia cerrou os lábios e parecia tentar a todo o custo não chorar.

— Queres dizer com a *Jodie*?

Ele olhou constrangido para Holly.

— Sim, com a Jodie.

— E o que é assim tão importante? — perguntou Mia, rangendo os dentes. — Porque é *esta noite* tão importante?

A vontade de Holly era desaparecer. Liam fitou-a com uma expressão que dizia peço *desculpa por tudo isto*, e depois olhou para a filha.

— Mia, temos uma convidada, por isso...

— Sim, temos uma convidada, por isso não falemos do facto de o meu pai ir esta noite pedir em casamento uma *Barbie* completamente falsa e que me odeia. — E com esta tirada, Mia saiu porta fora.

Liam correu até à porta, mas Mia já tinha desaparecido.

— Mia! — chamou.

Não obteve resposta.

Voltou para dentro, encostando a cabeça à parede e suspirando. Holly vestiu o casaco.

— Para que lado terá ela ido?

— Existem quatro locais para onde ela gosta de ir quando está aborrecida. Pode estar em qualquer um deles. — Liam vestiu também o casaco e saíram, os cães seguindo-os. — Vocês ficam aqui, no quintal — ordenou-lhes, e começou a caminhar para as traseiras, onde Holly podia ver uma extensão de água escura e um barco a remos amarrado a um pequeno pontão de madeira. — Às vezes encontro-a no barco a remos — disse ele enquanto caminhava.

Deveria segui-lo? Ir para casa? Resolveu segui-lo.

— Isto deve ser complicado para si, a sua filha reagir assim à notícia de ir pedir a namorada em casamento.

Apercebeu-se de que acabara de fazer exactamente o que Mia lhe pedira — embora já fosse um pouco tarde.

— Notícia? Não sei onde foi ela buscar essa ideia de que eu vou pedir... — Estacou e passou a mão pelo cabelo. — Oh, meu Deus.

Deve ter-me visto com o anel da mãe dela esta manhã e pensou que eu comprara um para Jodie.

— O anel da mãe? — inquiriu Holly, não sabendo se deveria meter-se naquela conversa.

— Procurava um cartão de estacionamento e não o encontrava em lado algum e pensei que o tivesse guardado na gaveta de cima da minha secretária, no quarto, que é para onde atiro tudo o que não uso, e logo ao cimo estava o anel de diamantes da minha ex-mulher. Ela deixou-o, juntamente com a aliança, na minha almofada na manhã em que saiu de casa, e eu meti-o na gaveta. Vi-o lá esta manhã, pela primeira vez desde esse dia, e bateu-me, sabe? Há apenas alguns anos eu tinha uma vida muito diferente. Acho que o anel me fez pensar nisso.

Credo, aquilo era embaraçoso. Mal conhecia aquele homem e já estava a par dos pormenores da separação e do drama com a filha.

— Então não vai pedir a sua namorada em casamento?

— Não — respondeu ele.

Esperou que Liam acrescentasse um *ainda* ou um *não sei* ou um *veremos o que diz o futuro*, mas de momento o não era tudo o que ele parecia disposto a dizer sobre o assunto.

Ele inspirou profundamente e deixou o ar escapar aos poucos ao mesmo tempo que ia pontapeando as pedras ao longo do caminho que levava a Blue Crab Boulevard.

— As coisas têm estado um pouco tensas ultimamente. A Mia pensa que a mãe vai voltar para casa no aniversário dela. Literal e figurativamente. Meu Deus, detesto estas decepções. A mãe dela gosta de arquitectar estes grandes gestos que dão a entender que moveu céus e terra por alguém. Mas virá e abalará depois de apagadas as velas. Isso se chegar mesmo a vir.

— Para ser franca, a Mia parece mais obcecada com o seu possível casamento com Jodie do que com a vinda da mãe. Não fala de outra coisa.

— Bem, é capaz de acalmar assim que eu lhe explicar a história do anel. — Quando entraram em Blue Crab Boulevard, ele disse: — Ela gosta daquela árvore enorme com os ramos baixos atrás da biblioteca. Pode ser que esteja lá.

E seguiram para lá. A pequena biblioteca erguia-se num terreno próprio mesmo a meio da estrada principal.

— Alguma vez foi casada? — perguntou ele, olhando para Holly enquanto percorriam o caminho de tijolos que levava à entrada da biblioteca e a contornavam.

— Eu? Não.

— Então tem sorte — declarou Liam. — Ainda não conhece o cinismo.

— Oh, sou cínica o suficiente.

Ele sorriu.

— Quando estava esta manhã a olhar para o anel, só conseguia pensar na noite em que a minha mulher se foi embora, dizendo que eu a tinha convencido a viver uma vida que ela nunca desejara. Incluindo a maternidade. Acredita nisso? Acha que se pode convencer alguém a viver uma determinada vida? A outra pessoa não tem de a desejar também para a aceitar?

Estranhamente, Holly deu por si a pensar em Luciana Maguire. Quando perguntara à mãe porque nunca queria visitar Camilla, porque nunca desejava ficar alguns dias quando ia deixar Holly com a avó, a mãe por vezes respondia: «Não quero viver a vida da tua avó. Tive de o fazer enquanto crescia, mas agora já não.» Quando a pressionava com mais alguns porquês, a mãe dizia que não queria falar disso. Luciana por vezes resmoneava que as crianças não tinham muita escolha, depois acrescentava que fora por isso que nunca impedira Holly de visitar a avó sempre que o desejava — para não lhe incutir ou projectar nela os seus sentimentos negativos em relação a Camilla ou à ilha. A sua mãe era complicada. Holly acreditava que nunca seria capaz de a entender verdadeiramente.

Porém, por muito que Mia desejasse que Holly desviasse a conversa para a ideia de forçar uma *criança* a ter uma determinada vida, com uma determinada madrasta, Liam não falava de crianças naquele instante. Falava de adultos. De relacionamentos. De amor. E da falta dele.

— Em determinados níveis, sim — respondeu ela. — Diria que sim, que a pessoa tem de a desejar. Mas se a outra pessoa for convincente e não soubermos muito bem o que queremos e a vida que nos está a ser sugerida parecer apelativa, ainda que apenas no papel, creio que é possível aceitar e não ter a certeza absoluta.

Fora ideia sua mudar-se para a Califórnia após três meses de um relacionamento à distância sobre o qual Holly tivera tanta certeza. E John acabara por dizer: «Está bem, porque não, mas não podemos viver juntos, claro, porque tenho a Lizzie comigo em fins-de-semana alternados», e ela mudara-se para um minúsculo apartamento com uma colega que raramente lá estava para passar a estar sempre com o namorado, o que acabara por empurrar Holly para a rua. Quiçá tivesse convencido John a ter uma certa vida que ele aceitara sem a certeza de a desejar. Não fazia ideia de como essas coisas funcionavam.

— E neste momento? — perguntou Liam, como se lhe tivesse lido a mente. — Sente que foi convencida a ter a vida que tem neste momento?

— Literalmente neste momento, sim — respondeu, com um sorriso. — A sua filha arquitectou tudo isto, esperando que eu a pudesse apoiar de alguma maneira. Peço desculpa por me ter envolvido na sua vida pessoal.

— Não tem de pedir desculpa. Ela obviamente confia em si e neste momento não tem muitos modelos femininos que possa seguir. Detesta todas as professoras, à excepção de uma, e a única amiga que fez parece-me um pouco nariz no ar. Pensei que a Jodie pudesse ser uma boa influência, mas, como escutou a Mia dizer, ela odeia a Jodie.

Holly esboçou um pequeno sorriso, não sabendo muito bem o que dizer.

— Ficou com o negócio da sua avó — disse ele, de súbito, enquanto percorriam o caminho empedrado que rodeava a biblioteca. — Era o que desejava?

— Acho que lá no fundo, sim. Eu estava mais ou menos entre vidas e de repente surgiu uma com significado. Passava os verões aqui com a minha avó quando era miúda. Ela era a pessoa mais importante do mundo para mim.

Liam mirou-a.

— Então quer-me parecer que está exactamente onde pertence.

Passaram revista à árvore e aos poucos bancos de jardim ali dispersos, mas nem sinal de Mia.

— E agora? — inquiriu Holly.

— Lá em baixo, no extremo da ilha, existe um pequeno belveder no início da reserva natural. Ela gosta de levar para lá o *iPod* e os livros. Não é muito perto, mas é capaz de ter ido para lá.

Enquanto atravessavam a Blue Crab Boulevard, Holly avistou o Blue Crab Cove Inn à distância, a acompanhar a orla rochosa da ilha. Dirigiram-se para o bosque, a poucos metros de distância.

— E o que o levou a pensar que a Jodie seria uma boa influência para a Mia? — indagou Holly, esperando não estar a ser demasiado bisbilhoteira apesar do muito que ele já revelara.

— A Jodie é uma mulher muito positiva, está sempre a sorrir, é tão optimista e tão feminina, tão... o oposto de mim. Faz-me esquecer tudo por ser tão diferente de mim. Falamos de coisas sobre as quais eu nunca falei, como o que me levou a comprar uma camisa e porque escolhi determinada cor.

— E isso atrai-o numa perspectiva arquitectónica? — perguntou ela.

— Não, atrai-me numa perspectiva de «preciso de me distrair». A Mia é uma menina muito intensa, como já deve ter reparado. Juntando a isso o meu trabalho, que é muito exigente, e o tentar ser tudo o que a Mia precisa numa pessoa... Por vezes, necessito de alguma distracção. E a Jodie é uma grande distracção. — Estacou uma vez mais. — Bolas, esqueci-me de lhe ligar a dizer que ia chegar atrasado ou que tinha de cancelar o nosso jantar.

Mia não estava no belveder. Ele pediu desculpa e afastou-se um pouco para fazer o telefonema e Holly deixou-se ficar no interior da bonita estrutura enquanto ele tirava o telemóvel do bolso. Passado um minuto estava de volta e dirigiram-se para a cidade. O único outro lugar onde Liam pensava poder encontrar a filha era em casa da sua nova amiga, Madeline, mas não tinha grandes esperanças, pois, como Mia mencionara, sentia algum receio de fazer qualquer coisa errada que pudesse estragar a amizade, e aparecer sem ser convidada depois de uma discussão com o pai por causa da sua nova namorada não parecia coisa que os pomposos Windemere apreciassem.

Holly parou de andar de repente.

— Ela é bem capaz de ter ido para minha casa. Não entrou, porque eu tranquei a porta, mas no jardim lateral existe um bonito baloiço que a minha avó instalou entre duas macieiras.

Liam pressionou as têmporas.

— Devia ter pensado na sua casa, e passámos lá perto há uma hora. Ela leva a vida a falar das aulas de culinária. Não fala de outra coisa desde que a deixou ser sua aprendiza. É especial para ela e aposto que está lá. Se não estiver, telefono para os Windemere e pergunto se a viram.

Porém, Mia *estava* em casa de Holly, tão perto de onde haviam começado a procurá-la, sentada no baloiço a contemplar as sempre-verdes, balançando lentamente para a frente e para trás.

— Mia — chamou Liam, e ela saltou do baloiço e ficou ali, de calcanhares enterrados na terra, como se recusasse mexer-se, as lágrimas a correrem-lhe pela cara.

Ele aproximou-se da filha, e Holly deixou-se ficar para trás, a fim de lhes dar um pouco de privacidade. Escutou-o dizer:

— Eu não vou pedir a Jodie em casamento. O anel de diamantes que viste na minha mão esta manhã era o que a tua mãe deixou. Encontrei-o na gaveta da secretária e estava a olhar para ele e a pensar numa série de coisas.

Mia levantou a cabeça.

— Então, não vais casar-te com a Jodie? Nunca?

Liam suspirou.

— Não planeio pedir a Jodie em casamento.

— Nunca? — insistiu ela.

— Mia, não posso dizer nunca nem para sempre. Só posso garantir-te que não planeio pedir ninguém em casamento.

O alívio no rosto de Mia era algo digno de ser visto. Deu dois passos em frente e abraçou o pai com tanta força que ele teve de recuar.

— Vamos para casa — sugeriu Liam, e colocou o braço por cima dos ombros da filha.

Caminharam os dois em direcção a Holly.

— A Holly pode ir agora para nossa casa e dar-me a lição de culinária? — pediu Mia. — Tens de experimentar o fantástico *frango alla milanese*. Foi de onde veio a avó de Holly. De Milão, quero eu dizer. E ela vai fazer *linguini* primaqualquer coisa. Estou a morrer de fome.

Liam olhou para Holly e depois virou-se para a filha.

— Parece-me delicioso, Mia, mas acho que já tivemos lições suficientes para uma noite. Fica para outro dia? — disse para Holly.

Ela sorriu.

— Com certeza. Até logo, Mia — acrescentou, e depois subiu as escadas do alpendre.

— Holly — chamou Liam quando ela meteu a chave na fechadura. Holly voltou-se. — Obrigado.

Ela sorriu e ficou ali, por segundos, como uma idiota, incapaz de tirar os olhos do rosto dele. Percebeu que desejava acompanhá-los. Queria regressar àquela cabana de pedra junto à baía com os *beagles* e a lareira e as receitas para a sua história de sucesso como professora.

Porém, ele tinha uma namorada. E uma ex-mulher que Mia acreditava que iria aparecer na cidade para o seu aniversário. E uma filha, da qual Holly já começava a gostar demasiado.

Virou-se para entrar e, no momento em que fechou a porta, sentiu a ausência deles, como se não tivesse passado apenas uma hora na sua companhia.

— Estou metida em sarilhos, *Antonio* — comentou para o gato.

Ele fitou-a e desandou. Que grande comité de recepção.

Liam esperara até ela estar dentro casa e ter acendido uma luz, reparou Holly ao espreitar pela janela. Ele e Mia permaneciam no passeio frente à casa, e quando Holly meteu a cabeça por entre os cortinados, ele levantou a mão num aceno, voltou a colocar o braço por cima dos ombros da filha e, juntos, atravessaram a rua.

Apreciara aquele gesto, sabia-lhe bem perceber que alguém se preocupava se ela estava em casa, segura. Até o ter visto ali, de pé, a mão a levantar-se, o ligeiro sorriso, não se dera conta do quanto sentia falta de alguém que se preocupasse. Antes de John ter deixado de o fazer, adorava o facto de ele telefonar várias vezes por dia, para saber se ela estava bem. E quando se mudara para o Maine e, nas duas primeiras semanas, acordara com o aroma do forte café milanês da avó e com o perfume das cebolas e do alho no *soffrito*[5] que começava a crepitar, sentira-se tão *segura*.

Holly exalou um suspiro profundo e fechou os olhos. Não se importaria de ir para casa deles, de confeccionar aquela refeição, de falar sobre culinária ou sobre escola ou sobre qualquer outro tema. Talvez fosse a intensidade, a inesperada intensidade daquela hora, que explicasse o facto de subitamente sentir tanto a falta de Liam e de Mia.

Deixou-se ficar na silenciosa cozinha por momentos, sem saber muito bem o que fazer. Telefonou a uma amiga que fizera na Califórnia e falou-lhe do curso de culinária e do coração partido, que parecia melhorar a cada dia que passava. Conversar com alguém da sua antiga vida ajudou a aliviar um pouco da pressão que sentia no peito. Depois, telefonou a Laurel, uma das suas mais antigas amigas de Boston; porém, a sua filha pequena estava a fazer uma birra tão grande que Laurel foi obrigada a desligar passados trinta segundos. Por instantes, Holly pensou em ligar a John, só para ouvir a voz dele, só para dizer olá, mas sabia que ele ou não atenderia ou deixá-la-ia a sentir-se ainda pior. Começou a marcar o número da mãe, contudo, das últimas vezes que haviam falado, Holly ficara perturbada.

---

[5] Refogado. *(N. das T.)*

Luciana não ficaria propriamente feliz por saber que a primeira aula da filha correra bem e que estava determinada a manter o curso de culinária a funcionar e a construir uma vida ali. Pousou o telefone e contemplou o céu nocturno.

Pensou em Juliet, sozinha algures, quiçá num hotel, nas suas roupas cinzentas, a contemplar a noite da mesma maneira tristonha. Estava muito longe de casa, longe de um lugar onde não conseguia respirar. Holly ligou o computador portátil, procurou hotéis de Portland no Google e telefonou para cinco dos mais conhecidos. Infelizmente, não havia nenhuma Juliet Frears ou Juliet Andersen registada como hóspede. Podia estar em qualquer lado.

Como ali mesmo, compreendeu Holly. Em Blue Crab Island. O lugar onde residia grande parte das memórias mais felizes dela: de quando o pai estava vivo, de quando a família vivia toda junta. Holly abanou a cabeça, desapontada por não se ter lembrado daquilo na noite anterior. Procurou o número do Blue Crab Cove e perguntou se tinham alguma hóspede chamada Juliet Frears.

— Temos sim — respondeu a recepcionista. — Gostaria que ligasse ao quarto dela?

Foi a vez de Holly ficar aliviada.

— Sim, se faz favor.

O telefone tocou e tocou e tocou e não tardou a passar para o atendedor de chamadas.

— Juliet? É Holly Maguire. Espero que não leves a mal eu ter-te procurado aqui em Blue Crab Cove. Tive o pressentimento de que pudesses estar instalada aqui na ilha. Gostava muito de te ver, antes da próxima aula, quero eu dizer. Podemos almoçar ou jantar, ou tomar apenas um café. O que te apetecer. De qualquer forma, queria apenas dizer-te que pensava em ti e que espero que estejas bem. Depois falamos.

Fechou o telemóvel e subiu as escadas, decidida a tomar um banho quente e prolongado. Quando saiu da banheira, de dedos enrugados e a cheirar aos sais de banho de alfazema da avó, sentia-se demasiado mole e exausta para pensar em menus para casamentos luxuosos ou experimentar receitas. Estava até demasiado cansada para abrir o diário da avó, embora lhe apetecesse descobrir se Camilla escrevera alguma coisa sobre a inimizade entre ela e a avó de Avery Windemere.

Pela segunda semana consecutiva, Holly deitou-se na cama da avó, as pedras do rio Pó a velar-lhe o sono, e adormeceu de imediato.

8

Liam foi a estrela principal do seu sonho, claro. Um sonho breve, sem nudez, mas ele estava lá, com ela, no belveder, os seus corpos muito próximos um do outro. Deitada na cama, pensou no rosto dele, um rosto deslumbrante, apenas ligeiramente irregular com aquela fenda no queixo. Infelizmente, a sua paixoneta havia-se transformado em algo mais. O que significava que estava na hora de se levantar e se concentrar naquilo que na realidade importava: a entrevista de trabalho da sua vida. Tomou um duche rápido, durante o qual apenas pensou um pouco em Liam, e desta vez o pensamento envolvia alguma nudez. Porém, quando terminou de vestir umas calças de ganga confortáveis e a camisola de caxemira vermelha que a avó lhe trouxera de uma viagem à Itália há alguns anos, Liam já havia sido corrido da sua mente.

Deitou um pouco de ração na tigela de *Antonio* e ele não tardou a aparecer, dirigindo-se para a porta da frente e batendo com a pata em algo que se encontrava no chão. Era um envelope que alguém metera por baixo da porta. Decorado com morangos — perfumado, apercebeu-se ao pegar nele —, o envelope estava dirigido a Holly. Abriu-o e tirou do seu interior uma folha também aromatizada e escrita a vermelho.

Querida Holly,
Peço muita, muita, muita desculpa por ontem à noite.

— Mia Mae Geller

Holly sorriu e voltou a cheirar o papel antes de guardar a carta no bolso de trás das calças. Ainda se recordava bem do que era ser uma confusa menina de quase doze anos, e ter de lidar com a namorada do pai e uma mãe ausente não fizera parte dos seus problemas. Por certo não seria fácil.

Fez uma cafeteira de café, usando a já quase gasta reserva de grãos importados da Itália da avó, que tinha de fazer mais fraco, pois o sabor era muito intenso, mas assim ao menos os grãos sempre duravam mais. Gostava que a cozinha cheirasse ao que sempre cheirara quando Holly ia de visita — a café milanês forte, ao Maine, a cebolas e a alhos e à doçura dos tomates a ferver na panela.

Um casamento. Um casamento sumptuoso num hotel de luxo, na costa do Maine, no primeiro dia de Primavera. Era isso que tinha de ter em mente enquanto pensava no menu de degustação, o que se adequava ao básico e o que se adequava ao pouco que conhecia de Francesca Bean e a um romântico chamado Jack. O menu tinha de ser romântico. E elegante, como Francesca.

Matutando sobre tudo aquilo, Holly preparou um pequeno-almoço rápido composto por uma torrada de pão italiano e a compota de morango da colecção da avó. Depois levou o livro de receitas e uma caneca de café para o alpendre e esticou-se numa cadeira. *Antonio* escapulira-se no momento em que ela abrira a porta e perseguia uma borboleta branca, uma última sobrevivente do Verão. Holly agarrara no seu casaco de lã, mas não foi sequer preciso abotoá-lo, pois aquela manhã de meados de Outubro mostrava-se ainda morna o suficiente, o Sol brilhando intensamente. Deu uma vista de olhos culpada à horta da avó, ali ao lado; alguns tomates solitários estavam a ficar verdes e as ervas aromáticas, cujo nome Holly desconhecia, começavam a murchar. Podia aprender a cozinhar, mas não dedicar-se em simultâneo à horticultura. Pelo menos, não ainda. Por enquanto, as ervas e os vegetais teriam de vir do supermercado ou do mercado dos lavradores, e um dia pegaria num livro sobre como criar e manter uma horta.

Três pratos. Cada um com uma opção vegetariana, a menos que o prato já fosse vegetariano, claro. Uma entrada. Um prato leve. O prato principal. «Se eu fosse a um casamento», cogitou, «a um casamento com comida italiana, o que esperaria ver no menu?»

Uma massa deliciosa. Quiçá uma lasanha diferente do habitual. *Scallopini* num molho de comer e chorar por mais. Era um começo e, durante a hora que se seguiu, que incluiu mais duas idas à cozinha para encher a caneca com café, Holly passou revista ao livro de receitas e às brochuras, criando listas de possibilidades. A avó falava com frequência de como os americanos se sentiam atraídos por comida que os fazia parecer sofisticados e ao mesmo tempo os recordava de tempos mais felizes. Se lhes dessem um prato italiano que evocasse uma viagem especial ou os jantares de Acção de Graças em casa, então era sucesso garantido. Holly nunca entendeu como podia isso acontecer com um prato italiano impronunciável e repleto de ingredientes dos quais nunca ninguém ouvira falar. Era o equivalente a comida reconfortante, a preferida de Holly, mas incluindo as especiarias negras que lembravam a Holly a sua primeira viagem a Itália com a avó, quando se apaixonara perdidamente por um rapaz de dezasseis anos chamado Marcello.

«Quero experimentar uma receita», pensou ela, levantando-se e dirigindo-se para dentro de casa. Aquilo era uma novidade, apercebeu-se. Há três semanas, quando a avó falecera, Holly também se mostrara motivada para experimentar as receitas, claro, a ligação à avó mais mitigante do que qualquer outra coisa imaginável. No entanto, o medo havia sido o ingrediente extra que ela acrescentara inconscientemente a cada receita, em conjunto com os desejos e as memórias. Porém, naquele instante, não sentia medo. Sentia-se...

entusiasmada. Espalhou as suas notas, cheias de gatafunhos e de *Post-its*, sobre o balcão. Patê de feijão-branco em *crostini*; *ravioli* recheados com beringela grelhada, espinafres e queijo; uma travessa de *antipasto*, filetes de rosbife toscano assados com *pancetta*, legumes e vinho tinto; *risotto alla milanese*; *gnocchi* recheados com vegetais e cogumelos e servidos com espargos; *cotoletta alla milanese*, o prato preferido da avó, com pinhões assados e molho de queijo *fontina*.

Holly estava desejosa de experimentar o patê de feijão-branco em *crostini* para o almoço, mas, uma vez que precisava de demolhar o feijão de um dia para o outro, procurou a receita dos *ravioli* de espinafres com três queijos, e talvez experimentasse também *ravioli* de caranguejo ou *gnocchi* em molho de vegetais como entradas. Olhou para a máquina de fazer massa, que não era sua amiga, e decidiu não pensar nisso até chegar a altura. Escolheu a tábua de madeira que lhe pareceu maior, colocou-a no meio da ilha central, aproximou a lata da farinha e do sal, mediu a quantidade exacta para a superfície de madeira e abriu um buraco para os ovos. Acrescentou o azeite e depois amassou a massa e polvilhou-a com mais farinha para que não se pegasse.

Holly sorriu ao pensar que não soubera onde trabalhar a farinha para a massa quando começara a trabalhar sozinha na cozinha. Apesar de ter passado anos a ver a avó cozinhar, e de cozinhar ao lado dela, perdera muito. Contudo, também tinha absorvido bastante. E aquilo que sabia, sem se aperceber, por vezes apanhava-a de surpresa. Era o caso de amassar a massa até ficar elástica e depois deixar o glúten repousar durante uns bons dez minutos. Vira a avó fazer isso pelo menos uma centena de vezes.

Enquanto a massa repousava, virou a sua atenção para o livro de receitas e tirou do frigorífico os queijos que ia utilizar, a *mozzarella buffalo*, o *ricotta* e o parmesão, os espinafres bebés e as folhas de manjericão. A caminho do cesto das ervas aromáticas para ir buscar alho, ligou o *iPod* que se encontrava na sua *docking station* no peitoril da janela e a canção «Beautiful Day» dos U2 encheu a cozinha.

Meia hora mais tarde, já passara os pedaços rectangulares de massa pela máquina de *pasta*, assegurando-se de que estavam finos, mas não demasiado finos. Enquanto cortava os quadrados e recheava cada *raviolo* com os espinafres e o queijo, leu novamente a receita à procura do ingrediente final. Um desejo.

— O meu desejo é este trabalho. Quero aquele serviço de *catering*.

Sentiu um par de olhos fixos em si, e ali estava *Antonio*, a fitá-la. Podia jurar que ele lhe exibia um sorriso dengoso. Aproximou-se do gato e pegou-lhe ao colo, apesar de ele se contorcer para escapar, e coçou-o atrás das orelhas.

—Vou conseguir aquele trabalho, gato *Antonio*.

Dançou por momentos ao som dos U2 e em seguida soltou-o. O gato caminhou de volta para a sua cama e ficou a olhar para ela. Holly riu. Sentia-se em controlo pela primeira vez desde que chegara ao Maine. E era uma sensação excelente.

Deixaria o molho de manteiga e salva para último, pois demorava apenas cinco minutos a confeccionar. Oito *ravioli* recheados e bem selados para que as pontas não se abrissem durante a cozedura de quatro minutos. Colocou as massas na panela e preparava-se para marcar o tempo no relógio quando escutou a sineta da porta tocar. Estugou o passo, limpando as mãos ao avental, incapaz de se recordar onde vira as quatro mulheres paradas na entrada, uma delas segurando uma embalagem de *ravioli* e um quartilho do seu molho de vodca.

A mulher parecia-lhe familiar. Já vira aqueles frios olhos verdes algures, mas não conseguia recordar-se onde.

— A minha mãe comprou estes *ravioli* e o molho ontem — declarou ela, praticamente cuspindo as palavras — e aqueceu-os, tal como vem descrito na embalagem, mas os *ravioli* não se conseguem comer. E o molho está demasiado sensaborão. Espero que nos devolva o dinheiro.

Holly sentiu as bochechas a arderem. As mulheres estariam todas juntas ou seriam clientes separadas que, agora, o mais provável era que nunca mais regressassem?

— Claro — garantiu Holly. — E peço desculpa. — Abriu a antiquada caixa registadora, na qual guardava pouquíssimo dinheiro, e devolveu-lhe os onze dólares juntamente com o imposto.

— Gostaria muito que levasse este *penne* com molho de vodca — ofereceu Holly, confiando na qualidade de ambos —, com os meus cumprimentos e pedido de desculpas.

— Mmmm, não creio — declarou a mulher, com a voz mais altiva que Holly alguma vez escutara. E, de súbito, reconheceu-a.

— É Georgina Perry — disse Holly, fitando-a.

— Georgina Perry *Handelmann*.

«Ora, vejam lá», apeteceu dizer a Holly.

— Oh, espere lá. E você é a neta da anterior proprietária, não é? Hailey, certo?

— Holly.

— Isso mesmo, *Holly*. — Levantou o queixo para a loira atrás de si, que matraqueava no seu *iPhone*. — A Carly tinha uma cadela chamada *Holly*. Foi oferta do marido pelo Natal. Não é adorável?

Georgina Perry era o braço-direito de Avery Windemere quando Holly era miúda. Tinha uma língua bifurcada e os dentes salientes, que obviamente mandara corrigir.

E Holly era a rival de Avery.

Sabia que o *penne* e o molho de vodca estavam saborosos. Há três semanas teria chorado por causa da devolução da *pasta*, sabendo que era uma cozinheira medíocre. Agora, era uma questão de gosto pessoal — ou uma amiga de Avery — que motivava a devolução.

— Tenha um bom dia — desejou Georgina, com um sorriso, e as cascavéis abalaram.

«Ainda estão na escola preparatória», pensou Holly, esperando que a amiga de Mia não tivesse herdado os modos da mãe e das suas amigas. Pois, sim.

Ao escutar um som sibilante, Holly lembrou-se dos *ravioli*.

Não. Não. Não. Todo aquele trabalho! Correu para o fogão a tempo de ver os *ravioli* a boiar junto à borda da panela. Alguns tinham já caído para o lado.

Bem, ali estava outro desejo que era capaz de não se realizar.

Holly estava tão desanimada com as horas de trabalho desperdiçadas que calçou as suas confortáveis botas de caminhada e resolveu fazer os três quilómetros que distavam até ao Blue Crab Cove, esperando que o bonito hotel inspirasse as suas receitas. Para além disso, Juliet não lhe telefonara de volta e, quiçá, a encontrasse; isso se não estivesse encafuada no quarto. Holly entrara apenas uma vez no Blue Crab Cove, para um almoço de aniversário com a avó, e espreitara um dos quartos, tão sumptuoso e romântico que Holly se imaginou a viver lá.

O hotel, que se projectava de um penhasco rochoso, parecia mais próximo visto à distância; porém, a estrada de acesso ziguezagueava em redor da baía de tal forma que ficava a quase dois quilómetros da estrada principal. À medida que se aproximava do hotel, a sua fachada de conto de fadas, os torreões e varandins, quase a deixaram sem fôlego. Ela, Holly Maguire, antiga tratadora de cães, empregada temporária, e bióloga marinha substituta, poderia muito bem vir fazer o *catering* de um luxuoso casamento naquele lugar maravilhoso.

Os jardins, a baía circundante e o majestoso estilo Queen Anne eram de tal modo bonitos que Holly teve de parar para apreciar tudo aquilo. Depois dirigiu-se ao elegante átrio com os seus tapetes orientais e gigantescos quadros renascentistas. Atravessou um corredor até avistar o interior de um salão de banquetes com imponentes lustres e janelas que chegavam ao tecto adornadas com cortinados de veludo.

Fazia uma nota mental para não se esquecer de demolhar os feijões para o patê de feijão-branco quando viu Juliet do outro lado das janelas, junto à beira do penhasco, para lá de uma fileira de árvores iluminadas pelas suas folhas alaranjadas. Estava ali parada, envergando umas calças de ganga e uma comprida camisola cinzenta, a olhar para a paisagem. Depois agachou-se, começou a escavar no chão pedregoso com as próprias mãos e colocou algo no buraco, tapando-o em seguida.

E depois caiu de joelhos, como se chorasse, e Holly teve vontade de correr para ela, mas não podia.

«Oh, Juliet, que aconteceu?», questionou-se. Talvez se deixasse ficar ali pelo átrio até que Juliet voltasse para dentro. Holly acomodou-se num dos confortáveis cadeirões junto à lareira na companhia das suas brochuras e menus e notas que tirara para aperfeiçoar o seu menu de degustação. Podia ser que Juliet entrasse e a visse e desejasse falar consigo.

Holly espalhou os seus papéis, mergulhou no caderno de apontamentos e pedia um bule de *Earl Grey* e um pratinho de bolachas quando Juliet entrou pela porta lateral, o seu olhar detendo-se em Holly. Aproximou-se, as mãos em cada uma das extremidades do cinto da camisola.

— Desculpa não te ter ligado de volta. Agradeço o teu telefonema. Eu apenas não...

— Não faz mal, Juliet. — Holly esticou o braço e apertou-lhe suave e brevemente a mão. Esperou que a amiga dissesse mais alguma coisa, mas como não o fez, Holly apressou-se a acrescentar: — Estou a tentar ganhar um serviço de *catering* para um casamento aqui no hotel. Por isso pensei vir até cá para ver o ambiente enquanto elaboro o menu de degustação.

— Isso é fantástico, Holly. Tenho a certeza de que te vais sair muito bem. Fiquei tão impressionada com a aula. És uma professora nata. E a forma como organizaste a aula, de maneira a que fizéssemos tudo juntos e aprendêssemos a distinguir os utensílios e as técnicas tão facilmente como se seguíssemos uma receita, foi bastante útil.

Holly sorriu de orelha a orelha, apreciando o elogio.

— Acho que poderei ter encontrado o meu lugar, Juliet. Lembras-te de falarmos sobre isso, de sentirmos que não pertencíamos a lado nenhum? Eu sinto que devia estar aqui, a fazer isto.

Juliet exibiu um sorriso muito breve e sentou-se na beira do cadeirão ao lado de Holly, como se pudesse ter caído se não o fizesse.

— Desculpa se lanço uma sombra cinzenta sobre tudo. Até aquela mulher de cor-de-rosa ter comentado o meu aspecto sombrio, não fazia ideia da imagem que transmitia. Pouco me importa o meu aspecto, mas não quero transformar a tua aula numa coisa deprimente.

— Não te preocupes com isso — replicou Holly.

Juliet olhou para o chão por momentos.

— Vejo-te na segunda-feira à noite para a segunda aula. Gostei muito da primeira. Gostei de escutar todos aqueles desejos e memórias. Tenho estado tão... ausente ultimamente que quase me esqueci de que as outras pessoas têm desejos e memórias. O meu marido acha que é egoísmo, diz que sou egoísta por me fechar e fugir para aqui, mas somos pessoas tão diferentes...

Aproximou-se das janelas, contemplando a água azul-acinzentada.

Holly ficou aliviada por saber que o marido de Juliet estava vivo e de saúde.

— Bem — disse Juliet. — Então vejo-te na segunda-feira.

E, com o mais breve dos sorrisos, atravessou o corredor e desapareceu.

...

De volta a casa, exausta depois de ter cozinhado durante horas, Holly olhou em redor da imaculada cozinha que acabara de limpar. Não havia o menor sinal da desarrumação e porcaria que fizera, e que incluíra partir uma garrafa de azeite caro com a panela de feijões-brancos que ia levar ao lume. Depois de cinco tentativas, o *risotto alla milanese* tinha saído bastante bem. Ia, sem dúvida alguma, incluir o *risotto* no menu de degustação.

Holly apagou as luzes, subiu as escadas até ao quarto da avó e começou a mudar algumas das suas roupas para os armários, interrogando-se o que poderia fazer com a bonita colecção de vestidos de

Camilla. Não suportava a ideia de os dar, mas não podia vesti-los, por isso talvez até não fosse má ideia doá-los. Quando se sentiu demasiado cansada até para pegar numa pilha de camisolas, Holly acomodou-se sob o confortável edredão branco com o diário da avó.

Setembro de 1962

Querido diário,
Desde que Lenora conseguiu engravidar e os insuportáveis sogros de Jacqueline foram viver com o outro filho para o Massachusetts, começou a correr o boato de que tudo o que se desejava em minha casa se tornava realidade. Lenora sugeriu que eu começasse a cobrar dinheiro pelos desejos, mas isso pareceu-me um pouco exagerado: levar dinheiro por algo que não envolvia nenhum esforço da minha parte. E as suas amigas não tardaram a vir também formular desejos, que aos poucos se transformaram em conversas e em perguntas sobre as suas vidas, o seu futuro, os casamentos, os filhos e os empregos. E, de súbito, eu estava a trazer do quarto as três pedras do rio Pó e a usá-las mais como muleta do que como meio para obter respostas. As mulheres pareciam gostar daquilo, de acreditar que o que eu «sabia» vinha das mágicas pedras italianas. Por fim, acabei por seguir a sugestão de Lenora e comecei a cobrar cinco dólares. Todos os dias tenho pelo menos uma cliente para ler a sina; assim, criei um recanto privado, na cozinha, junto à janela lateral, com vista para as árvores e para o céu.
Apesar disso, apesar de todas as marcações pelo telefone, das visitas à minha casa, apesar do muito que sei sobre as mulheres desta ilha, ainda não fiz nenhuma amiga de verdade, embora tenha tentado, tanto com as senhoras locais como com as mães da escola da Luciana, em Portland. Continuo sozinha. Talvez até seja melhor. Sou agora a guardiã dos segredos aqui na ilha,

e uma vez que sei tanta coisa sobre tanta gente, quiçá até faça sentido elas manterem a distância.

Hoje na aula foi dia de tagliatelle bolognese. Claro que elas não queriam aprender a fazer a massa fresca. Dizem que não têm tempo. Mas tempo é o que não lhes falta. Quando Annette acrescentou as carnes à panela, a vitela, a carne de porco e a pancetta, disse:

— Acredita que a minha mãe já está a tentar casar-me com o médico dela? O meu marido morreu no mês passado.

As outras picavam os vegetais, as cenouras, o alho, a cebola e o aipo. Esperei para ver se surgia alguma coisa, uma visão de Annette e um homem a acariciarem-se num consultório médico, mas não vi nada.

— Desejo que soubesse tudo — disse Lenora, acrescentando o tomate esmagado à panela. — Desejo que pudesse dizer-nos tudo o que vai acontecer.

— Acho que nenhuma de nós gostaria realmente de saber — repliquei. — Se eu tivesse sabido que o meu Armando ia morrer subitamente, como o teu marido, Annette, depois como seria? Sofreria mais duas semanas, um mês? Seria incapaz de apreciar o tempo que ainda tinha com ele porque já estava a lamentar o dia em que o ia perder.

Annette olhou para mim.

— Isso é muito sensato, Camilla.

— Pergunto-me se o meu bebé será um rapaz ou uma rapariga — disse Lenora, subitamente, mergulhando uma colher na panela para provar. — Oh, isto está mesmo bom.

Lenora interpretou o meu silêncio como um lembrete educado de que deveria pagar, e remexeu na mala em busca de uma nota de cinco dólares que colocou no balcão.

Mas eu não pensava em sinas disfarçadas de perguntas que uma amiga faria a outra, em busca de apoio, conforto. Pensava que o bebé de Lenora iria ser um rapaz — e que teria problemas.

A sensação estranha que tivera anteriormente era agora uma espécie de nuvem cinzenta.

— Então? — questionou Lenora, a colher parada no ar.

— Oh, meu Deus, não me diga que são gémeos!

— Um rapaz e uma rapariga! — exclamou Annette.

— Rapazes gémeos e idênticos — acrescentou Jacqueline.

— Lenora já tem a rapariga com que sempre sonhou.

Lenora ignorou-as.

— Quero ouvir o que a Camilla tem para dizer.

— *Não, não queres* — *pensei, fazendo de conta que estava muito interessada em descascar um último dente de alho.*

— Rapaz, certo? — perguntou Lenora. — Ouvi dizer que, se a barriga estiver baixa, é um rapaz. E dizem que as raparigas roubam a beleza, mas eu nunca tive tão bom aspecto.

Enquanto as amigas concordavam com aquela última declaração, eu virei costas por momentos. Sabia que o bebé era um rapaz, mas não queria dizê-lo a Lenora, não queria tornar aquele bebé muito definitivo na sua cabeça, algo que ela pudesse nomear e ao qual pudesse comprar roupas azuis no novo armazém em Portland.

—Tenho a impressão de que o bebé é um rapaz — disse-lhe.
— Mas... — e acrescentei isto na frente das outras para que exercessem pressão sobre ela e fossem contar ao médico — também pressinto um parto complicado.

Ela olhou-me fixamente.

— O parto da Amanda foi fácil, por isso não estou a ver porque não haveria este de correr bem. Certo?

Havia uma certa ênfase no certo.

— Tiveste o bebé em casa, com a ajuda de uma parteira?

Lenora olhou para as amigas.

— Sim, e correu tudo bem. É o que planeio fazer também com este bebé.

— Não, Lenora — retorqui. — Este bebé deve nascer no hospital.

Os seus penetrantes olhos azuis fixaram-se nos meus.

— Porquê? O que está a querer dizer-me?

Detestava aquilo. Detestava saber. Odiava saber tão pouco, mas o suficiente para inquietar os outros.

— Não sei, Lenora. Sei apenas que o parto será difícil e que deve realizar-se num hospital, não em casa.

— Então, talvez ela tenha de fazer uma cesariana? — perguntou Annette.

— Sim, talvez seja isso — respondi, embora não fizesse a mínima ideia.

— A minha irmã teve de ser submetida a uma cesariana com o filho mais novo — explicou Jacqueline. — Esteve em trabalho de parto umas vinte horas e por fim tiveram de fazer a cesariana para salvar o bebé. Nasceu perfeitamente saudável. E com quatro quilos e meio, a minha irmã ficou grata pela cicatriz. Nem se importa de não poder usar biquíni.

E assim a conversa mudou para histórias sobre nascimentos, os delas e os das amigas, e com isso Lenora acalmou. Contudo, sentia os olhos dela em mim.

Havia qualquer coisa a roçar na bochecha de Holly. Abriu os olhos e viu a cauda de *Antonio* a repousar sobre o seu rosto. Tinha-se deixado dormir, o diário da avó caído no chão. Olhou para o relógio: 0h:47. Apagou a luz e voltou a aconchegar-se sob o edredão, questionando-se sobre o que acontecera ao bebé de Lenora Windemere, se seria a mesma criança que Francesca Bean mencionara ainda jovem, mas ao mesmo tempo não querendo saber. Tinha a sensação de que sim e ficou a pensar qual seria a ligação da avó com aquilo. Algo que ela «previra»? O que quer que fosse, era algo pelo qual Lenora guardara um rancor de trinta anos.

Mesmo antes de adormecer, também se interrogou se o facto de Mia ser sua aprendiza lhe traria problemas com a sua nova amiga, uma Windemere. Não ficaria surpreendida se Madeline Windemere, do «vamos deixar-te entrar no nosso exclusivo Clube M porque gostamos do teu cabelo e o teu nome começa por um M» fosse tão má quanto a sua mãe, Amanda, e a sua avó Lenora.

Alcançou a bolsa de cetim branco que continha as pedras e apertou-a na mão, esperando que lhe revelasse algo enquanto dormia.

9

— Por favor, por favor, por favor, faz com que o Daniel Dressler me convide para o Baile de Outono — desejou Mia para a mistura de carne picada, ovo e pão ralado no centro da ilha. — Extra por favor, com um enorme se faz favor por cima — acrescentou, medindo uma colher de chá de sal e acrescentando-a aos outros ingredientes.

A segunda aula do curso de culinária da Camilla's Cucinotta tinha começado bem, com esparguete e almôndegas para conquistar a filha de Simon (planeava fazer a receita naquele fim-de-semana, quando ela o viesse visitar).

— Ainda que a Madeline Windemere o considere um idiota — sussurrou Mia para a tigela.

— E a Madeline Windemere acha que ele é um idiota porquê? — questionou Tamara.

Estava de novo com uma saia travada, camisola justa e botas até ao joelho. «Tinha, sem sombra de dúvida, um encontro naquela noite», pensou Holly. Acrescentou o queijo parmesão e meia colher de chá de pimenta.

Mia mordeu o lábio.

— Ela diz que ele é muito Edward Cullen[6], porque está sempre muito sério e usa coletes giros por cima das *T-shirts* e anda constantemente com um livro na mão que não é de leitura obrigatória. Mas essas são as três razões principais que me levam a gostar tanto dele.

— Deveria ficar envergonhado por saber quem é Edward Cullen? — indagou Simon, piscando o olho a Mia.

Ele e Juliet estavam de serviço a picar o alho, e o aroma que perfumava a Camilla's Cucinotta era de tal modo apetitoso que Holly sabia de antemão que as almôndegas seriam um êxito.

— Mmm, isto cheira tão bem e ainda está cru — comentou Mia, adicionando o alho picado e observando o manjericão às voltas na tigela. — O Daniel não é um miúdo esquisito, é apenas um tipo solitário que gosta de fazer as suas próprias coisas. E não se importa com o que os outros possam pensar dele. Não é fantástico?

— É, de facto, fantástico — concordou Holly. — Começo a perceber porque gostas tanto dele.

— E também é giro — continuou Mia. — Hoje na escola quase esbarrei contra a fonte porque estava a olhar para ele.

— Isso teria sido bastante embaraçoso. — Tamara fez um aceno de cabeça. — Tive um encontro ontem à noite, e o tipo fez exactamente a mesma coisa enquanto olhava para as mamas de uma mulher. Bem, não foi contra a fonte, mas contra uma parede a caminho da casa de banho dos homens.

— Presumo que não haverá um segundo encontro? — interrogou Simon.

— Nem pensar. Além de que não tenho tempo para segundos encontros, porque tenho primeiros encontros marcados para todas as noites desta semana. Decidi recuperar o controlo da minha própria vida. Não porque a minha família me pressiona e me faz sentir uma extraterrestre por ser solteira, mas porque quero encontrar o Homem Certo. E, pronto, confesso, nem morta vou aparecer sozinha no casamento da minha irmã mais nova, e ter todos os meus parentes a

---

[6] Personagem da série *Crepúsculo*, da escritora Stephenie Meyer. *(N. das T.)*

dizer: «Talvez se alisasses o cabelo ou deixasses de ser tão caprichosa, o teu príncipe encantado também aparecesse.» — Tirou o *iPhone* da mala e tocou no ecrã. — Hoje, Mark, nove horas da noite, num bar em Portland. Amanhã, oito da noite, prova de vinhos no Gem's. E continua assim pelo resto da semana.

— É como consegues todos esses encontros? — perguntou Holly. — São as tuas amigas que te arranjam?

— Oh, não, que horror — exclamou Tamara. — Já fiz isso e fiquei farta. Sou eu que os encontro na Internet. Pelo menos assim posso perceber, e nem sempre bem, se irei sentir-me atraída por este e ter algo em comum com aquele. No meu último encontro com uma pessoa que não conhecia, a minha melhor amiga Amy juntou-me com o contabilista dela por apenas duas razões: o tipo era solteiro e ganhava muito dinheiro.

— Porque haveria a tua melhor amiga de te arranjar um encontro com um tipo aborrecido? — quis saber Mia. — Só porque ele tinha dinheiro?

— Acho que ela apenas tentava ajudar, visto que ele é solteiro e ela tem um casamento feliz e deseja o mesmo para mim.

Mia enrolou uma almôndega, esmagando-a na primeira tentativa, mas sendo bem-sucedida à segunda.

— Bem, a minha talvez melhor amiga, a Madeline Windemere, tem um namorado giro e muito popular e acha que eu tenho de gostar do amigo dele, o Seamus, mas nem o suporto. Está sempre a vangloriar-se e já o ouvi dizer coisas muito más sobre as raparigas da nossa escola. Detesto que a Madeline ache que a minha grande paixão é um idiota. Nem sequer posso falar dele à frente dela porque começa logo a revirar os olhos e a dizer «que horror».

— Não digas a ninguém que eu disse isto — Tamara fez de conta que sussurrava ao ouvido de Mia —, mas os Windemere não decidem quem é idiota e quem não é.

— É isso mesmo — concordou Simon. — A minha ex-mulher era assim estilo Windemere e acho que está a transformar a minha filha noutra. Pelos vistos acertei na razão que leva a minha filha a não querer ficar comigo no meu fim-de-semana. Disse à mãe que o quarto que eu lhe fiz é muito feio e que se sente a dormir num hotel, embora seja a casa do pai. Comprei-lhe um cobertor cor-de-rosa e pendurei um *poster* da Dora, a Exploradora, na parede, por isso não sei o que mais fazer.

— A Dora é para crianças de três anos — declarou Juliet, puxando o casaco de lã de forma a tapar o peito.

Uma vez mais, ficaram todos tão surpreendidos por verem que Juliet tinha falado que pararam o que faziam e olharam para ela.

— A minha filha adorava o *Botas*, o macaco amigo de Dora. — Juliet irrompeu em lágrimas, tapando a cara, e ficou ali a chorar.

«Oh, não», pensou Holly. «Não, não, não.»

— Estás a chorar porquê? — perguntou Mia, enrolando outra almôndega, os seus olhos precipitando-se para Holly.

Juliet inspirou profundamente.

— Sabem o que eu desejo? — disse ela, pegando no prato com as almôndegas e colocando-as, uma a uma, na panela que estava sobre o fogão, o azeite quente sibilando sempre que entrava em contacto com a carne. — Desejo que a minha filha não tivesse morrido.

Holly apressou-se a ir ao encontro da amiga e tirou-lhe o prato da mão no instante em que Juliet desatou novamente a chorar. Mas desta vez não saiu a correr da cozinha, deixando-se ficar frente ao fogão, a soluçar.

— Mas posso desejá-lo vezes e vezes sem conta que isso nunca mudará.

— Oh, Juliet, lamento muito, muito mesmo — declarou Tamara, pegando-lhe na mão e esfregando-a.

Simon aproximou-se pelo lado oposto e pegou-lhe na outra mão.

Juliet tentou acalmar-se respirando fundo.

— Desejo chegar a casa e encontrá-la no quarto, a brincar com o *Botas* de pelúcia e a cantar a canção do alfabeto. Desejo que ela ainda aqui estivesse.

Mia olhou para Holly e depois disse:

— Olha, Juliet, levas a mal se eu perguntar de que morreu ela?

Juliet puxou o casaco mais para si e pressionou o queixo contra o peito.

— De uma coisa horrível chamada meningite bacteriana. Um dia ficou muito doente e o corpo não conseguiu reagir contra aquilo. Tinha apenas três anos.

Simon foi buscar uma caixa com lenços que se encontrava por cima do balcão e ofereceu-a a Juliet, que a encostou ao peito.

— Isso é muito triste — comentou Mia, mordendo o lábio. — Lamento muito.

— Todos lamentamos muito — afirmou Holly, pegando na mão de Juliet. — Queres uma chávena de chá? — ofereceu ela, como se o chá pudesse resolver tudo e qualquer coisa.

Juliet olhou pela janela por instantes, para o enorme carvalho com os três comedouros para pássaros.

— Preferia uma garrafa de vodca. Mas contento-me com um copo de vinho tinto, se tiveres.

Holly acenou afirmativamente com a cabeça e abriu o armário onde a avó guardava as garrafas de vinho. Escolheu um tinto e abriu-o, servindo um copo de vinho a cada um dos adultos e um sumo para Mia.

— E se fôssemos para a sala conversar um bocadinho? — sugeriu a Juliet, o seu coração desfeito em pedaços pela dor da amiga.

Holly sabia o quanto doía a perda de um ente querido, mas não imaginava sequer como Juliet estaria a sentir-se.

Simon anuiu.

— Sim, nós terminamos isto e chamamos quando estiver na altura de provar a nossa obra-prima.

Juliet abanou a cabeça.

— Estou bem. Quero ficar aqui. Aqui nesta cozinha. Fico satisfeita por ter conseguido dizê-lo em voz alta.

— E como se chamava ela? — inquiriu Mia.

Juliet inspirou e os seus lábios tremeram.
— Evie.
— Evie — repetiu Mia. — É um nome bonito.
Juliet esticou o braço e apertou a mão de Mia, depois deu um gole no seu vinho.
— E então, qual é o próximo passo? — perguntou, olhando para o esparguete que fervia no fogão. Nesse momento o relógio deu sinal de que o tempo se esgotara, e Juliet soltou uma gargalhada. — Bem, quem está de serviço ao coador?

Tamara colocou um enorme coador prateado no lava-loiça, depois aproximou-se do fogão com duas pegas e levantou a pesada panela. Holly, Juliet, Simon e Mia ficaram a ver o vapor subir antes de Tamara trazer o esparguete para a ilha central e o transferir para uma tigela larga.

— Proponho um brinde — sugeriu Juliet, erguendo o seu copo de vinho. — A esta aula. À culinária. À conversa. Ao desejar e recordar ainda que seja muito, muito doloroso.

A vontade de Holly era abraçar Juliet, mas pressentiu que a amiga precisava de um pouco de espaço, precisava de mudar do assunto da sua querida filha, pelo menos publicamente.

Todos levantaram os copos.
— Posso provar o vinho? — pediu Mia.
— Não creio que o teu pai fosse ficar muito contente se eu desse bebidas alcoólicas à sua filha pré-adolescente — declarou Holly.

Na semana anterior, Liam aparecera duas vezes para comprar *pasta* e molho. Viera sozinho. Nem sinal da mulher cor-de-rosa. Fora simpático, mas nada mais, e nem mencionara a sua aventura de uma hora em busca de Mia. Holly ficara a pensar que houvera qualquer coisa naquele gesto final à porta de sua casa, algo na maneira como ele erguera a mão num *okay, estás segura, já posso ir*, mas tentar ver tantas coisas no mero aceno de um homem era ridículo.

— Falando de pais — disse Juliet após um estimulante gole de vinho. — Simon, creio que as meninas de oito anos gostam da Hannah

Montana. Uma amiga minha tem uma filha de nove anos que é doida pela Hannah Montana.

Mia acenou afirmativamente com a cabeça.

— Eu também era. E ainda sou, não tanto pela Hannah Montana, mas gosto da Miley Cyrus.

Simon colocou o espremedor de alhos sobre o balcão.

— Não sei o que fazer. Fico com a sensação de que, mesmo se comprasse um *poster* da Hannah Montana e o pendurasse na parede, ela entrava no quarto, olhava para ele e depois sentava-se na cama de olhos fixos no chão. Não é o quarto, entende? Mas ao mesmo tempo é. Acho que se conseguisse acertar nisso, talvez ela se sentisse mais confortável e se abrisse um pouco comigo. Ela odeia-me desde a separação, e não fui eu que deixei a mãe dela. Creio que a minha mulher, a minha quase ex-mulher, deveria dizer, deseja que eu falhe, deseja que a Cass me odeie.

— Isso é triste — comentou Juliet. — E não está lá muito correcto.

— Nós ajudamos — ofereceu Tamara. — Uma coisa que temos todas em comum é o facto de sermos raparigas. Eu sou decoradora de interiores. Mostre-nos o quarto, nós vamos ao Target e arranjamos um quarto de sonho e dentro do orçamento que nos der.

— A sério? — disse ele, obviamente comovido. — Eu bem que preciso de ajuda.

— Então podia começar por nunca mais vestir essa camisa — referiu Mia, observando a garrida camisa de xadrez. — Até me faz doer os olhos!

Ele riu, e até Juliet sorriu. E assim, sem mais nem menos, já tinham planos enquanto grupo para se encontrarem no apartamento de Simon no dia seguinte por volta das seis da tarde, como se fossem... amigos. Holly ficou satisfeita. Muito satisfeita.

Quando Holly chegou à casa dos Geller na noite seguinte para ir buscar Mia, os seus olhos quase cegaram ao ver o brilhante *Prius* branco, com matrícula do Maine, que dizia JODIE, parado ao lado do

SUV azul-marinho de Liam. Mia não devia estar feliz por dar ao pai e à *Barbie* — Jodie, corrigiu-se Holly — algumas horas de privacidade por já ter outros planos. E Holly teve de admitir que sentiu um aperto no coração ao reparar no nome com um *e* a mais. Tudo em Jodie era a mais.

Holly respirou fundo, tocou à campainha, três sinos barrocos, e Liam veio abrir, deslumbrante numa *T-shirt* verde-escura de mangas compridas e calças de ganga.

— Olá, Holly — cumprimentou ele. — Mia, está na hora da tua viagem de estudo — gritou na direcção das escadas.

Sorriu para Holly e, de súbito, a cabeça dela ficou vazia de pensamentos, excepto por uma vontade enorme de o beijar. Nos lábios.

Isso até escutar uma certa voz estridente.

— Mia, querida, tens a certeza de que não queres que eu escreva algumas sugestões? Cor-de-rosa, cor-de-rosa e mais cor-de-rosa. E brilhantes também. A minha sobrinha de oito anos tem um quarto de princesa que até já foi fotografado para uma revista local, e eu ajudei a decorá-lo.

Ao ver Jodie descer as escadas com Mia, Holly sentiu uma pequena nuvem cinzenta por cima da cabeça.

Mia olhou para Holly e, sub-repticiamente, revirou os olhos.

— Ah, obrigada, mas o Simon disse que a filha não é muito dada a princesas. É mais... Holly, qual era a palavra?

— Ecléctica — respondeu ela, sorrindo para Mia.

Virou-se para Jodie, vestida de forma tão casual quanto Liam, de calças de ganga justas e de cintura descaída, de maneira a mostrarem, Holly quase podia jurar, um nadita da tanga atrás, e uma camisola cor-de-rosa justa de angora com a roupa interior de renda também cor-de-rosa a espreitar por baixo. Detestava pensar no que poderia passar-se naquela maravilhosa casa junto à baía assim que ela e Mia virassem costas.

— Sim, ecléctica — repetiu Mia. — Gosta de coisas de rapariga, mas também se interessa por planetas e ciência.

— Ora, mas que interessante — replicou Jodie, com o seu sorriso demasiado brilhante e enlaçando o braço no de Liam.

Mia vestiu uma camisola grossa com capuz e torceu o nariz.

— Adeus.

— Venho trazê-la por volta das oito, pode ser? — perguntou Holly a Liam ao mesmo tempo que ela e Mia caminhavam até à porta.

— Está perfeito — respondeu Jodie antes que Liam conseguisse sequer abrir a boca. — Divirtam-se! — acrescentou, abrindo a porta e praticamente empurrando Mia e Holly para a rua.

Enquanto percorriam o pequeno caminho até ao portão, Holly podia jurar ter escutado «onde íamos?» numa voz estridente.

«Não quero saber», disse para si mesma. «Não quero saber. Não gosto dele. Não devia gostar dele.»

Mia meteu o dedo na boca e simulou vomitar.

— Quase tive vontade de cancelar o passeio de hoje e fingir um ataque de vómitos para ele ser obrigado a cancelar o encontro com a *Jokie* — comentou ela, entrando no carro de Holly. — O que não entendo é como consegue ele suportá-la. É tão falsa! Acho que os dentes dela estão ainda mais brancos desde a última vez que cá esteve, que foi, tipo, ontem!

Falsa, mas bonita. E sensual. E provavelmente muitas outras coisas, como boa na cama.

— Bem, isso é o que a química tem de fantástico — declarou Holly, pondo o motor do carro a trabalhar. — Não decidimos por quem nos vamos sentir atraídos. É por essa razão que o coração humano é tão misterioso e fascinante.

— Sim, tipo, se eu me sentisse atraída pelo Seamus um pouco que fosse, a minha vida seria bem mais fácil. Mas ultimamente só consigo pensar no Daniel.

Holly sorriu. Ainda se recordava da sua primeira paixão quando tinha doze anos. O rapaz chamava-se Ethan Walsh. Holly gostava tanto dele que permitira que uma amiga perguntasse a Ethan se este também gostava de Holly, e ele respondera que não, mas que ela era boa a Espanhol, e nada conseguira fazer Holly sorrir durante duas semanas.

— Mas agora tenho um problema enorme — disse Mia quando viraram à direita para a Blue Crab Boulevard.

Simon vivia do outro lado da ilha, longe da água, num novo complexo de apartamentos que os insulares haviam tentado impedir que se construísse.

— Qual? — perguntou Holly, olhando para ela.

— Bem, a primeira parte do meu problema é fantástica. Mas a segunda é o verdadeiro problema. Esta é a parte boa. — Virou-se para Holly com um sorriso feliz no seu bonito rosto. — Adivinha quem me convidou hoje para o Baile de Outono?

— O Daniel?

— Sim! — guinchou ela. — Depois da aula de História, perguntou-me se podíamos falar uns minutos em privado, e eu pensei que ele me ia pedir os apontamentos de ontem emprestados, porque vamos ter um teste amanhã, e eu sou uma barra a História, mas ele pegou-me na mão, *pegou-me na mão* — repetiu ela, fechando os olhos e suspirando —, e conduziu-me até a um pequeno espaço entre os cacifos e perguntou-me se eu ia ao Baile de Outono, e eu disse: «Bem, *gostava* de ir», e então ele continuou: «E gostavas de ir comigo?» E eu respondi: «Adorava ir contigo». E ele fez um sorriso que nunca mais na vida esquecerei.

Holly sorriu.

— Isso é fantástico, Mia! Fico tão feliz por ti!

— Mal consigo acreditar. Achas que foi porque o desejei para as almôndegas?

Holly soltou uma gargalhada.

— Talvez. Desejar por vezes resulta. Mas aposto que é porque o Daniel gosta de ti.

— Sim, e esse é o problema — afirmou Mia, enquanto Holly parava o carro frente ao Blueberry Ledge Condominiums, verificando o endereço que Simon escrevera num papel. — A minha amiga

Madeline voltou a dizer que o Daniel Dressler não pertence à nossa liga e que, se vou continuar a babar-me por tipos esquisitos que pensam que são fixes quando não o são, então preciso de procurar novas amigas.

Meu Deus. Aquelas patetices pareciam nunca mudar.

— Ela disse mesmo isso?

Mia mordeu o lábio inferior.

— Sim. E as outras M apoiaram-na. E depois a Madeline disse: «Toda a gente sabe que o código das raparigas manda que as amigas venham primeiro que um tipo qualquer.» E que esperava que eu também o soubesse ou não poderia pertencer ao Clube M.

Uau, a mini-Windemere era um osso duro de roer.

— Mia, essa coisa do código das raparigas não existe, mas, se existisse, diria que as amigas devem apoiar-se umas às outras. Se gostas de um rapaz e as tuas amigas não entendem, devem mesmo assim ficar contentes por ti. Principalmente se ele te convidou para um acontecimento importante na escola e tu estás feliz com isso.

— Então, isso significa que não de tenho de dizer ao Daniel que não posso ir com ele?

— Não.

— Oh, que bom! É que eu gosto tanto dele! — Os ombros de Mia descaíram. — Mas assim não terei amigas. A Madeline e o grupo dela são muito populares. Se me expulsarem, serei uma pária. E se depois o Daniel acaba tudo comigo por eu ser uma falhada?

— Primeiro, vais fazer certamente novos amigos. Amigos sem condições. Amigos que te apoiem. Amigos que fiquem contentes por ti quando estás feliz e te ajudem quando estás triste. E pelo que me disseste, o Daniel não toma decisões baseado no que os outros pensam.

Mia alegrou-se.

— E, quem sabe, talvez a Madeline não esteja a falar a sério.

Holly adoraria saber o que Jodie diria a tudo isto. *Fica com as tuas amigas populares e esquece o miúdo esquisito*, era o mais provável. Com sorte, ainda a ouvia dizer uma versão distorcida do código das raparigas: *Mia, querida, os rapazes vão e vêm, mas os amigos são para sempre.*

— O que achas que devo fazer? — perguntou Mia quando Holly virou para a zona marcada GRUPO DE APARTAMENTOS B 1-12, parando num espaço assinalado como estacionamento para visitas.

Dirigiram-se para o edifício B-6. Os prédios brancos de três andares eram ambos idênticos, cada um com uma pequena varanda e uma porta de entrada preta. Uma piscina dominava a zona verde frente a um edifício que dizia GESTÃO E ADMINISTRAÇÃO, e um grupo de pessoas, parecendo todas segurar um copo do Starbucks, passeava os seus cães, que se perseguiam alegremente uns aos outros.

— Acho que deves fazer o que fizer sentido para ti. E quer-me parecer que te apetece aceitar o pedido do Daniel.

A expressão de Mia iluminou-se.

— É isso mesmo. Queres saber um segredo? — inclinou-se para Holly. — Nem sequer gosto assim muito da Madeline nem das amigas dela.

«Vais ficar bem, Mia», pensou Holly ao mesmo tempo que Mia tocava à campainha e Simon as mandava entrar.

Apesar de Simon ser um investigador científico cheio de personalidade, o apartamento era desprovido de toda e qualquer característica e exibia apenas o mobiliário necessário para ser confortável: um pequeno sofá, uma mesinha de café e um móvel para o televisor. As janelas exibiam as típicas persianas pequenas de vinil, e Holly não viu um único tapete. A cozinha, com os seus falsos armários de madeira, continha uma mesa quadrada e quatro cadeiras. O quarto de Simon era igualmente aborrecido, com um edredão às riscas verde e branco e uma cómoda velha com uma fotografia dele e da filha. Cass era parecida com o pai, de olhar inocente e cabelo ruivo aloirado. Na foto apareciam os dois de rosto colado. Em dias mais felizes, presumiu Holly, e por certo a única foto feliz e mais actual que Simon tinha dele e da filha juntos.

E depois havia o quarto de Cass. Igualmente desprovido de personalidade, para já não falar de feminilidade e de infância, como o resto da casa. Tinha uma cama junto à janela com um edredão cor-de-rosa e uma almofada da mesma cor, sobre a qual se destacava um coelho de pelúcia com orelhas moles e compridas. Mais persianas de vinil nas janelas. Uma cómoda de madeira, uma secretária a condizer e um pequeno tapete redondo compunham todo o mobiliário. Os únicos objectos pessoais eram um pequeno calendário com planetas por cima da secretária, dois livros sobre o sistema solar e a colecção completa da série Harry Potter. A porta do armário estava aberta e Holly viu umas quantas peças de roupa azul-claras. O quarto não estava mal de todo, mas era um pouco padronizado, entendiante e pouco convidativo, principalmente para uma menina cuja vida familiar havia ficado virada de pernas para o ar e precisava de se sentir igualmente em casa no novo apartamento do pai.

— Porque não a deixou escolher o que mais gostava e ficou logo com o assunto resolvido? — indagou Mia, fazendo uma careta enquanto observava o quarto da porta.

Simon encontrava-se atrás dela.

— Mas eu fiz isso. E o que estão a ver foi o que ela escolheu. Acho que também não sabia o que queria.

— Bem, ajuda bastante ter vindo aqui — declarou Holly —, porque assim já sabemos o que lhe agrada. Gosta de azul-claro. De planetas e do Harry Potter.

— Já sei! — exclamou Mia. — Um quarto de feiticeiro, mas no espaço. Como se tivesse poderes mágicos e pudesse viver nos planetas ou algo do género.

Simon acenou afirmativamente com a cabeça.

— Excelente ideia, Mia. Ela ia adorar. O planetário é um dos seus locais favoritos e é louca pelo Harry Potter. Mas não sei como fazer isso.

— A Tamara é decoradora de interiores — recordou Mia. — Ela deve saber.

E sabia. Tamara chegou, deu uma vista de olhos, abanou a cabeça e começou a tomar notas. Depois escutou as ideias de Mia e rabiscou furiosamente. Combinaram ir às compras no dia seguinte. Meia hora mais tarde, a campainha tocou e ficaram todos surpreendidos por verem Juliet ali.

— Espera até veres as ideias da Tamara — disse Mia, pegando em Juliet pela mão e levando-a até ao quarto de Cass.

Enquanto ali estavam, Holly reparou que o olhar de Juliet se deteve no coelho de pelúcia com uma das orelhas meio arrancada.

— Estás bem? — sussurrou Holly.

— Nem por isso — respondeu Juliet —, mas tento.

Holly passou-lhe o braço por cima dos ombros e levou-a até à cozinha, onde Simon tinha dispostos alguns copos e um jarro de chá gelado.

— Já nem sei se ainda sou mãe — comentou Juliet. — Não é estranho? Quero dizer, sei que não sou porque não tenho... filha, mas já tive.

Holly apertou suavemente a mão da amiga.

— Serás sempre mãe, Juliet. Tal como sempre serás a filha do teu pai.

Juliet parecia à beira das lágrimas, mas anuiu, e Holly ficou aliviada por ter dito a coisa certa. Questionou-se qual seria a situação entre Juliet e o marido, mas esperaria até a amiga abordar o assunto.

Simon ofereceu a todos os seus famosos *nachos*, por isso sentaram-se em redor da mesinha do café na sala de estar, apreciando as pequenas tortilhas de milho com o molho de frango moído, queijo e feijões. Tamara falou-lhes sobre o encontro que tivera na noite anterior com um homem chamado Rick, que atendera três telefonemas à mesa. Dali a uma hora ia encontrar-se com um mecânico de barcos, que se chamava Fred. Mia contou a todos que Daniel a tinha convidado para o Baile de Outono. E Juliet revelou que o ar do Maine, o ar de Blue Crab Island, havia feito algo — embora fosse uma coisa ainda muito ténue — pela sua alma, que ela já pensava ter desaparecido para sempre, como o marido a alertara que aconteceria.

— Ele está contigo no Blue Crab Cove? — inquiriu Tamara.

Juliet abanou a cabeça.

— As coisas entre nós estão um pouco tensas.

O grupo ficou em silêncio por momentos. Holly sentiu-se aliviada por saber que o marido ainda estava por perto, que havia alguém à espera de Juliet, quer a relação estivesse tensa ou não.

E num instante chegou a hora de levar Mia a casa para terminar os trabalhos de casa. Tamara, Simon e Mia combinaram uma hora para os dois primeiros a irem buscar a casa no dia seguinte e conhecerem o pai dela, e depois todos se despediram.

— Se chegar a casa e a Fakie ainda lá estiver, desato aos gritos — afirmou Mia, entrando no carro de Holly e colocando o cinto de segurança.

Para seu próprio bem, Holly quase desejou que Jodie ainda lá se encontrasse, para assim poder esquecer mais depressa a sua paixoneta.

Quando Holly parou frente à casa dos Geller, com os *beagles* a ladrar junto à porta do carro, o *Prius* brilhante com a matrícula JODIE já lá não se encontrava. Liam saiu de casa ao escutar o barulho do motor.

— E que tal uma chávena de café? — ofereceu ele, passando o braço por cima dos ombros de Mia.

«Recusa.»

Tinha vontade de aceitar. Apetecia-lhe sentar-se no sofá com Liam Geller e sentir o perfume do seu sabonete (*Ivory*, Holly podia apostar) e olhar para o seu rosto. Mas o homem tinha namorada. E uma filha da qual Holly já começava a gostar demasiado. E Holly ainda tinha muito trabalho pela frente se realmente planeava ter sucesso nalguma coisa.

— Agradeço, mas é melhor ir andando. Tenho muito que fazer para ganhar um trabalho de *catering* daqui a quatro dias e preciso de aperfeiçoar o meu *risotto* de açafrão.

«Linda menina», disse para si mesma.

— Meu Deus, adoro *risotto* — comentou ele. — Comi *risotto* de açafrão uma vez quando estive na Itália, no Verão em que vagueei pela Europa depois de terminar a faculdade. E embora já o tenha pedido várias vezes aqui nos restaurantes, nunca é tão bom.

— Podias ser o provador da Holly, pai! — sugeriu Mia.

Liam sorriu para Holly.

— Provador de *risotto*? Contem comigo.

— Pode passar por minha casa amanhã, depois do trabalho — disse Holly. A sua vontade era esmurrar-se. Que diabo estava ela a fazer? A tentar meter-se em sarilhos?

— Irei com todo o gosto — confirmou Liam. — Por volta das seis?

— Oh, espera, pai, esqueci-me de te dizer, os outros alunos da aula de culinária convidaram-me para ir às compras com eles, para o quarto da filha do Simon, que tem oito anos. O quarto que ela tem agora é muito aborrecido, e eu tive a ideia de o decorar com feiticeiros e coisas do espaço, e o Simon, que é o pai da rapariga, adorou a ideia, e a Tamara é decoradora de interiores, por isso, posso ir? Eles disseram que vinham buscar-me por volta das seis, seis e quinze.

— Garante que são boas pessoas? — perguntou Liam a Holly.

Ela acenou um sim com a cabeça.

— Vão apenas ao centro comercial e estarão de volta pelas sete, sete e trinta. Tal como hoje.

— Gostaria de estar aqui, a fim de os conhecer, quando vierem buscar-te — explicou para a filha. — Passo na sua casa assim que eles abalarem — acrescentou para Holly.

— Óptimo — disse Holly. — Vemo-nos nessa altura. Diverte-te amanhã, Mia.

— Tu também — retorquiu ela, sem sequer piscar o olho.

«Oh, meu Deus.»

10

Não conseguia parar de mexer no *risotto*; quanto mais acrescentava pitadas disto e pitadas daquilo — um pouco mais de queijo *parmigiano-reggiano*, ou de sal —, menos saboroso ia ficando (o que *estaria* a fazer de errado?), e se o mantivesse em lume baixo por mais um minuto, começaria a queimar, apesar de ainda ter demasiada água. Inicialmente, estava muito denso, e acrescentara-lhe um pouco de caldo, mas depois ficou peganhento. A sineta da porta tocou no momento em que Holly despejava a mistela amarela para uma tigela de ir à mesa.

Liam encontrava-se sob a arcada de blusão de cabedal, calças de ganga e com as mãos metidas nos bolsos. Como era possível que estivesse mais giro de cada vez que o via? A verdade era que gostava mais e mais dele a cada encontro. Liam esboçou aquele seu sorriso, meio torto, sincero, gentil.

— O provador de *risotto* apresenta-se ao serviço.

O facto de o sorriso dele, o rosto, o comprido, magro e musculado corpo conseguirem apagar a nota dois que dera ao *risotto* era bastante significativo.

Assim estava mesmo perdida.

— Entre — convidou Holly, passando um garfo para a mão de Liam.

«Não tires o casaco. Nem penses em ficar. Prova e vai-te embora.»

Claro que ele tirou o casaco, colocando-o nas costas de uma cadeira junto da janela. Em seguida aproximou-se da ilha central, ocupando o lugar ao lado de Holly, inclinou-se para a frente e aspirou o aroma do *risotto*.

— Cheira deliciosamente.

Cheirava bem. E quando ela o provara não o achara mau de todo, o que a impedira de o avaliar com um mísero um.

— Creio que lhe falta qualquer coisa. Nunca consigo fazê-lo bem.

Liam mergulhou o garfo no *risotto* e ela ficou a vê-lo provar.

— Está bom.

— Bom como o italiano?

Deu outra garfada.

— Bom como o do restaurante. E isso já é bastante bom, Holly.

E como que para o mostrar, comeu mais uma garfada.

Apreciava a sinceridade de Liam. Estava contratado como provador.

— Uma cerveja para acompanhar?

Ele aceitou e Holly foi ao frigorífico buscar duas garrafas de cerveja *Shipyard* que comprara especialmente para um momento como aquele. Abriu-as e passou-lhe uma.

— Pode dizer-me o que falta?

Ele deu um gole na cerveja e depois pousou a garrafa no balcão.

— Vejamos a receita.

Holly dirigiu-se ao balcão do outro lado do fogão, onde deixara o dossiê com as receitas, consciente de que Liam estava a observá-la, a vê-la caminhar, a vê-la abrir as argolas, a vê-la caminhar de regresso, a observá-la enquanto lhe entregava a folha.

— Bem, não entendo nada de caldo de carne nem de fios de açafrão, mas sei apreciar uma boa coloração dourada e o seu açafrão é um bom exemplo disso. Um dos meus anteriores clientes queria um tom dourado nas paredes dos celeiros, por dentro e por fora, para que brilhassem e deixassem o gado satisfeito.

— Não sabia que o gado se interessava por brilho — comentou ela, esperando que ele continuasse a falar de celeiros e depois passasse para os galinheiros e para o que fazia as galinhas felizes. Mal conseguia tirar os olhos do rosto dele. — Os arquitectos também têm de se preocupar com as cores? Sempre pensei que se limitassem às plantas, às medições e coisas do género.

— Quando somos uma empresa de um homem só, acabamos por fazer um pouco de tudo. No ano passado fui contratado para criar uma pequena quinta para uma mulher excêntrica que exigia que todas as estruturas se assemelhassem a tendas cónicas. Tendas cónicas cor de laranja. Era tão ridículo e quase impossível que acabei por ganhar uma fortuna com o projecto. — Deu outro gole na cerveja, lendo novamente a receita. — Uma memória triste, mmm. A Mia falou-me destes ingredientes especiais. Nunca tinha visto nada assim. Sabe, talvez a recordação que adicionou ao *risotto* tenha sido demasiado triste.

— É capaz, mas não posso alterar os ingredientes, mesmo aqueles que não se compram no supermercado. A minha avó era original. E se quero manter o negócio dela, tenho de seguir as receitas à letra. Desejos, memórias e tudo. A Mia tem partilhado as memórias e os desejos dela consigo? — perguntou antes de conseguir deter-se. Não era uma pergunta justa.

— Comentou que um dos desejos que formulara para uma tigela de carne picada fora que a minha namorada caísse acidentalmente de um penhasco. O que interpretei como significando que ela deseja ver a Jodie fora da minha vida e não necessariamente morta. — Inspirou e depois deixou escapar o ar. — Quem diria que a comida podia ser tão reveladora?

Holly sorriu, decidindo manter a boca calada.

— Qual foi a memória que adicionou ao *risotto*? A menos que seja demasiado pessoal — apressou-se ele a acrescentar.

Holly olhou para ele, depois para *Antonio*, em seguida para os pés, depois de volta para ele e posteriormente para as várias tigelas, frigideiras, caixas e latas que decoravam a cozinha.

— Pensei no homem que me partiu o coração há umas semanas, antes de me mudar para cá.

— Ah. Um coração partido de fresco. Lamento. Sei bem como isso é. — Deu outra garfada no *risotto*. — Está bom, acredite.

Para ter algo que fazer que não fosse lançar-se nos braços dele, experimentou também o *risotto*, e, sim, estava aceitável. Mas não digno do Blue Crab Cove. E tinha de estar. Tinha de ser tão bom quanto o italiano.

Liam fitou-a.

— Talvez o *risotto* tente dizer-lhe qualquer coisa, Holly. Quiçá que deve parar de pensar tanto nesse despedaçador de corações.

— Uma memória triste é uma memória triste, não acha? — Embora tivesse de admitir que as angústias que sentia ultimamente tinham mais que ver com Lizzie do que com John.

Ele magoara-a tanto, desapontara-a tão profundamente, que nos últimos tempos só sentia raiva quando pensava nele. O rosto de John materializava-se na sua mente e ela pensava logo: «Cretino. Idiota. Imbecil.» Ao invés de: «Sinto a tua falta.» Mas pensar na adorável Lizzie e na forma como os seus caracóis em saca-rolhas se espetavam para os lados depois de uma sesta, na maneira como gritava de alegria quando Holly a empurrava cada vez mais alto no baloiço, ou na forma como o seu corpo macio se aninhava para um abraço, essas eram as memórias que picavam o seu coração, deixando pequenos buracos.

— Sim, mas algumas memórias tristes são agridoces — contrapôs Liam. — Como quando a Mia começou a fechar a porta do quarto a toda a hora. Claro que eu sei que ela precisa de privacidade. Mas era inquietante perceber que a nossa relação tinha de mudar de criança e pai para quase adolescente e pai. Simultaneamente perturbador e digno de orgulho. A minha menina está a crescer.

Mmm. Ele tinha razão.

— Isso parece-me bastante sensato — afirmou Holly. — Posso optar por agridoce. Tenho várias recordações dessas.

— Com que gravidade é que esse tipo lhe partiu o coração? — inquiriu Liam, pegando na garrafa da cerveja.

— A suficiente para me impedir de me voltar a apaixonar para o resto da minha vida.

Deu um gole na cerveja, fitando-a de um modo penetrante.

— Não acredito nisso.

Ela sorriu.

— Eu também não. — Liam levantou a garrafa numa espécie de brinde de solidariedade, e ela perguntou antes de conseguir calar-se: — Então... qual a seriedade da sua relação com Jodie?

Ele olhou para o chão. Era uma pergunta demasiado pessoal. Contudo, pensando bem, as coisas também haviam ficado bastante pessoais durante a busca por Mia no outro dia, por isso, quiçá, até fosse razoável.

— Não sei — respondeu, encostando-se à bancada. — Por vezes, penso que ela é exactamente o que preciso, mas outras, como ontem à noite, fico a cogitar se ela não será de outro planeta. Acreditei que ela pudesse ser útil com a Mia, que fosse capaz de me dar a perspectiva feminina, entende? Mas ela é tão diferente da Mia.

Holly acenou com a cabeça, secretamente satisfeita por ele ter notado. Liam alcançou a garrafa e bebeu mais um pouco.

— Os relacionamentos são complicados, não é?

— Como esta mistela — declarou ela, apontando para o *risotto*, e ele riu.

E depois houve um momento, um brevíssimo momento, mas um momento real, em que os olhares de ambos se cruzaram por mais de um segundo. Um momento que poderia ter resultado num beijo.

— A propósito, tentei fazer o frango *alla milanese* — referiu Liam, o momento rebentando como uma bola de sabão —, mas creio que cozinhei pouco o frango. «Castanho de ambos os lados» não significa necessariamente cozinhado *por dentro*. Assim, como a carne ainda estava um nadita rosada no interior, decidi cozinhá-la mais alguns minutos e acabou a saber a borracha. — Endireitou as costas. — Gostaria de aceitar a sua oferta de me ensinar a cozinhar uma refeição decente e fácil, em vez de estar sempre a depender de comida já feita ou de pizas.

«Ou que Jodie o ensinasse», pensou ela, demasiado feliz. Sentia-se exultante.

— Quando quiser.

— Talvez... na quinta-feira à noite?

Quinta-feira à noite. Dali a três noites. Era também o dia do seu teste no Blue Crab Cove. Era bom. Se falhasse miseravelmente, podia beneficiar do consolo de um homem bonito pelo qual tinha uma paixão monstruosa. E se conseguisse o trabalho, estaria a brindar com um homem pelo qual tinha uma paixão monstruosa. Era perfeito. Excepto pela namorada cor-de-rosa.

...

Durante os três dias que se seguiram, Holly não viu mais nada para além de comida, tigelas, panelas e cozinha, excepto a ocasional mensagem de texto de Mia, que vira o vestido dos seus sonhos para o Baile de Outono numa revista e esperava conseguir encontrá-lo na loja Forever 21 ou no Macy do Maine Mall. Contou ainda que se divertira muito nas compras com Simon e Tamara e que a rapariga não haveria de querer sair do quarto, que levara apenas meia hora a montar.

Holly apreciava aquela ligação ao mundo exterior, uma vez que mal saía do bangaló a não ser para ir ao supermercado ou ao mercado dos lavradores, preocupada se estaria a gastar demasiado dinheiro em ingredientes dispendiosos para garantir a melhor qualidade para a prova de degustação. Vendera o que saíra bem (e escutara rasgados elogios da bibliotecária, que achara os *ravioli* de espinafres e três queijos deliciosos) e deitara para o lixo o que não considerara aceitável (outro *risotto* e os *gnocchi* de caranguejo do dia anterior, se bem que os daquele dia estavam excelentes). Adormecia todas as noites com receitas e menus espalhados por cima dela. E acordava às seis da manhã, com a cabeça repleta de receitas e a desejar ir para a cozinha amassar a farinha e o ovo para a massa.

Seguira à letra a sugestão de Liam. Desejou sorte ao confeccionar o patê de feijão-branco, mas nos *ravioli* de espinafres e três queijos optou por uma memória agridoce em vez de uma abertamente triste, recordando-se de um inesperado fim-de-semana com a mãe que as havia aproximado (ainda que apenas por um fim-de-semana), no Verão em que terminara a escola secundária. A mãe levara-a ao Maine e retirara a sua própria mala da bagageira do carro, o que era raro em Luciana, que habitualmente mal podia esperar para se afastar de Blue Crab Island e de Camilla. Mas naquele fim-de-semana decidira ficar, parecendo necessitar de algo da mãe, coisa que Camilla demonstrara entender de imediato. E como só Camilla Constantina sabia fazer, deu à filha aquilo de que ela precisava sem dizer palavra sobre o assunto. Uma sina disfarçada de opinião. Uma costeleta de carneiro com puré de batata, a refeição preferida da mãe, sem a menor influência italiana. E chávena atrás de chávena de chá de ervas com propriedades calmantes.

Holly não conseguira arrancar grandes informações da mãe nesse fim-de-semana, mas aparentemente havia problemas com o pai, que a magoara de uma forma cruel. E quando, durante a confecção da piza *margarita*, a mãe desejou não ter perdido as duas gravidezes que se seguiram ao nascimento de Holly, pois talvez tivesse sido uma pessoa mais feliz, tal como Bud Maguire gritara na noite antes de Luciana e Holly terem abalado, Holly sentiu como se entendesse a mãe um pouco melhor. Os desejos não pareceram ajudar Luciana, que acabou por admitir que ficara devastada por perder os bebés, mas fora Bud quem a pressionara para um segundo filho e era Bud quem então a acusava de não ser feliz por não ter o rapaz que ele sempre desejara.

Depois disso, a sua mãe abrira-se mais um pouco e as três haviam falado e falado e falado, acompanhadas por comida, vinho e sobremesas que se derretiam na boca. Porém, quando Holly voltou a ver a mãe, no dia em que veio buscá-la após um mês no Maine, Luciana Maguire estava na mesma, como se o fim-de-semana mágico nunca tivesse acontecido.

«Telefona-lhe agora, Holly», disse para si mesma. «Não conseguirás aproximar-te de ninguém, ficar mais íntima, se não estiveres disposta a dar um passo nesse sentido.» Holly limpou as mãos ao avental e ligou à mãe.

— Pegaste fogo à casa? — perguntou Luciana Maguire.

Porque tinha a mãe de fazer aquilo? Desacreditar as capacidades de Holly *e* ser tão desapaixonada em relação à casa da própria mãe, à casa onde crescera? E tudo antes de dizer olá. Desejou não ter ligado.

— Só queria dizer olá — disse Holly, franzindo o sobrolho.

— Oh. Bem, fico contente por teres ligado. Tenho-me perguntado como te estás a dar por aí. Muito sozinha?

— Na verdade, não. Fiz alguns amigos, os meus alunos. E há uma pessoa — atreveu-se a acrescentar.

— Ah, então é por isso que vais ficando. Logo vi que não podia ser pelas aulas de culinária e por essa sociedade de nariz no ar. — A mãe parecia tão aliviada.

Holly suspirou. Ela e a mãe nunca haviam de se entender, nunca seriam capazes de falar uma com a outra, de se escutar uma à outra. Não fazia ideia de como resolver aquilo, de como dizer-lhe simplesmente: «Não, mãe, não é pelo tipo. São as aulas de culinária e a ilha, que não é assim tão altiva e distante, ao contrário das Avery Windemere.» A mãe nunca entenderia porque já ali vivera, já experimentara tudo aquilo e fora miseravelmente infeliz por razões que Holly desconhecia.

Seria um empate constante.

— Mãe, tenho de desligar. Os *ravioli* estão quase a queimar. Dá um beijinho meu ao pai.

Agridoce, pois sim. O seu relacionamento com a mãe era simplesmente triste.

Continuou a cozinhar, provando, deitando fora, testando, aperfeiçoando. Consciente de que a mãe estava errada. Estar ali, naquela cozinha que a fazia sentir-se tão feliz, tão desafiada, tão segura, nada tinha que ver com um homem e tinha tudo que ver com ela própria.

Ainda assim, naquela noite, ao fazer o *risotto* de açafrão, Holly desejou, fosse lá como fosse, poder desfrutar de uma noite fantástica com Liam, sentir aqueles magníficos lábios nos dela, aquelas mãos no seu corpo, os seus olhos em si. E quando desligou o lume e mergulhou o garfo no *risotto* para o provar, constatou que estava perfeito, e teve a certeza de que tudo se devia àqueles desejos e memórias agridoces.

E quando a quinta-feira chegou, presenteando-a com um dia esplendoroso, a luz do Sol a iluminar as árvores de folhas amarelas e laranja do lado de fora da sua janela, Holly sentia-se bastante optimista. Tinha o seu menu, as suas receitas e as pedras do rio Pó da avó no bolso. Deitou mãos ao trabalho, começando pela massa, certa pela primeira vez de que seria capaz de fazer aquilo. Mesmo quando Francesca Bean telefonou a dizer que a sua mãe insistia que ela incluísse uma vitela *al marsala* no menu de desgustação, pois era o prato favorito do marido e toda a gente o apreciava, ainda que a filha não. Francesca também a alertou de que as duas mães insistiam em que nenhuma palavra fosse trocada durante a degustação até elas terem tomado todas as notas necessárias e pousado os talheres.

Vitela *al marsala*? Não havia o menor problema. Notas como se ela fosse uma concorrente do programa *The Next Food Network Star*? Tudo bem. Estava pronta. Planeava até contratar uma empregada do hotel para a ajudar a dispor os pratos, a levantá-los e a manter um serviço impecável.

E assim, com *Antonio* a observá-la, os U2 a gritarem na *dock station* do *iPod*, e a cozinha com um irresistível aroma a alho e a cebola, deitou mãos ao trabalho.

11

Holly meteu a cabeça na porta da pequena cozinha anexa à Sala de Banquetes B e viu Francesca Bean, a mãe e a futura sogra entrarem e despirem os casacos. Ambas as mães exibiam cortes de cabelo à tigela com madeixas perfeitamente pintadas e fatos semelhantes — calça, blusa leve e fluida e colares grandes e vistosos. Era de espantar que não fossem irmãs. Uma mesa pequena e rectangular fora preparada pelo pessoal do hotel e as duas sentaram-se, deixando a cadeira do meio para a futura noiva. Francesca virou-se na direcção da cozinha e disse «boa sorte», mexendo apenas os lábios, e sentou-se entre as duas difíceis mulheres.

— Com aquelas caras, ao menos já sabes o que enfrentas — disse Sarah, a empregada que Holly contratara para a ocasião, com um piscar de olhos. — A do ar carrancudo está sempre aqui, a queixar-se de que o café não está quente o suficiente. — Ao ver as sobrancelhas carregadas de Holly, acrescentou: — Mas não te preocupes, já servi bifes mais duros que ela. Vai correr tudo bem.

«Oh, que bom», pensou Holly. Quando se preparava para pedir a Sarah que não dissesse nem mais uma palavra, fez-se ouvir uma sineta. Fora Mrs. Bean quem tivera a ideia do sistema de sinetas, pois estava obviamente habituada a fazer soar uma quando queria que a sua empregada doméstica espanejasse uma cadeira sobre a qual o seu flácido traseiro estava prestes a sentar-se. Ao primeiro toque, Holly devia emergir e apresentar-se, e depois regressar com o primeiro prato. O toque seguinte indicaria que tinham terminado e estavam prontas para o próximo prato, e assim por diante.

Holly olhou de relance para o seu avental da Camilla's Cucinotta, assegurando-se de que não estava manchado de *marinara*, colou um sorriso nos lábios e entrou na sala, detendo-se frente à mesa.

— Olá, o meu nome é Holly Maguire e estou muito contente com esta oportunidade de cozinhar para vocês hoje. Criei um menu de degustação que penso que se adequará muito bem ao feliz casal, a este bonito local, à ascendência do noivo e ao estado natal da noiva, bem como a todos os vossos pedidos especiais. Faço votos para que o resultado seja do vosso agrado.

O pequeno discurso pareceu encantar Mrs. Mariano, a mãe do noivo; esboçou um sorriso que dizia: «oh, que simpático» para Francesca, mas Mrs. Bean manteve o mesmo ar pretensioso do costume. Pois bem, Holly planeava desfazer-lhe aquele ar de obstipação com uma garfada da maravilhosa *mozzarella* que descobrira num minúsculo mercado italiano em Portland. Por alturas da vitela com *marsala*, a mulher já estaria a irromper em canções.

Holly fez uma pequena vénia e apressou-se a regressar à cozinha. Estava tudo preparado, aquecido à temperatura certa, e as provadoras esperavam.

— Tem tudo um aspecto maravilhoso — assegurou-lhe Sarah. — Vai dar cabo delas. Bem, não *literalmente* — acrescentou.

«Se ao menos fosse fim-de-semana e Mia tivesse estado disponível para ajudar», pensou Holly. Fechou os olhos por um momento e formulou um desejo, o de conseguir aquele trabalho, e depois emergiu da cozinha com o primeiro prato num enorme tabuleiro redondo, dispondo três pequenos pratos do seu *antipasto*, habilidosamente empratado — a deleitável *mozzarella*, as azeitonas mais intensas, e *bruschetta*, regada com azeite e ervas aromáticas e com uma camada de tomates frescos e pedacinhos de beringela por cima.

— Mmm, isto tem um aspecto delicioso! — comentou Francesca, como se não conseguisse conter-se.

— Xiu — admoestou-a a mãe, fazendo a faca deslizar pelo queijo.

A porta da cozinha ficava perpendicular à mesa, e as provadoras estavam de costas para a dita; portanto, Holly não conseguia ver as expressões delas, mas, pelo menos, nenhuma cuspira nada com uma exclamação de «isto é detestável», como John Reardon fizera.

Os *ravioli* de espinafres e três queijos estavam prontos a sair, e, quando a sineta tocou, Sarah foi recolher os pratos e servir mais água. No fim, Holly trouxe o tabuleiro dos *ravioli*, colocando um prato frente a cada mulher.

Mrs. Bean espetou cada um dos três *ravioli* com o garfo, apontando qualquer coisa num pequeno bloco a seu lado como se fosse um dos júris do concurso *Top Chef*. Mrs. Mariano limitou-se a colocar um no garfo e a levá-lo à boca, a sua expressão não traindo qualquer opinião. Francesca provou uma garfada e Holly percebeu pelo ar dela que adorara.

E a refeição prosseguiu com os *gnocchi* de caranguejo, a vitela com *marsala*, o *tagliatelle bolognese*, que Holly considerava a sua obra-prima, dois tipos de massa vegetariana, e uma solha macerada em ervas que se desfazia em lascas perfeitas.

E, por fim, Mrs. Bean enterrou o garfo no *risotto* de açafrão, que Holly classificaria com nota cinco. Não um cinco mais, não a Itália de Camila Constantina, mas a de Liam, talvez. Bom o suficiente para o Blue Crab Cove, considerava Holly.

Mrs. Bean provou mais duas garfadas do *risotto*, e rabiscou no bloco dela. Finalmente, os guardanapos foram pousados e a sineta accionada. A única coisa que faltava a Holly trazer era a sua pessoa para ser avaliada.

— Eu começo — disse Mrs. Bean, observando Holly, através dos seus óculos, com todo o desdém que conseguia reunir. — Gostei da vitela com *marsala* e dos *gnocchi* com recheio de caranguejo, mas a bolonhesa estava demasiado temperada para mim, e o *risotto*, não sei, um pouco demasiado aromatizado. Oh, e na selecção de *antipasto*, gostei muito da *mozzarella*. Era excepcional.

Holly desanimou um pouco. A única coisa que excitara Mrs. Bean fora precisamente a única que ela não fizera.

— Bom, eu *adorei* a bolonhesa — comentou Francesca. — Na verdade, adorei tudo, excepto a vitela com *marsala*, que achei um pouco pesada de mais, mas apenas porque, primeiro, não gosto de vitela com *marsala*, e, segundo, porque imaginei um cardápio mais leve para um casamento primaveril. Adorei o *risotto*. Mmm, estava delicioso. E tinha uma cor lindíssima.

O orgulho de Holly voltou a inflar um pouco.

Porém, a pessoa com quem Holly estava mais preocupada, devido à sua costela italiana, era Mrs. Mariano.

A mãe do noivo clareou a garganta e colocou os óculos de leitura, pendurados ao pescoço numa corrente multicolorida. Pegou então no pequeno bloco de notas.

— Atribuí a todos os pratos um quatro, excepto ao *tagliatelle bolognese*, ao qual dei um cinco menos, e ao *risotto*, um cinco. Oh, e concordo com Mistress Bean em relação à escolha do *antipasto*. Aquela *mozzarella* era magnífica.

Mrs. Bean sorriu.

— Infelizmente, querida — disse para Holly, — Um quatro e apenas dois pratos classificados com cinco não é bem o que procuramos quando se trata da comida para o casamento dos nossos filhos. Mas obrigada... Holly, não é? Com tempo e experiência, e um pouco mais de amadurecimento, tenho a certeza de que se tornará uma excelente *caterer*.

— Mãe — reclamou Francesca, as suas bochechas enrubescendo-se.

Holly convocou um obrigada do fundo de algures dentro de si. Estendeu a Francesca um breve sorriso e depois começou a recolher pratos para se ocupar, regressando à cozinha, onde se escondeu atrás da porta e tentou não irromper em lágrimas. Sarah apertou-lhe a mão e correu à sala de jantar para recolher o resto da louça.

— Mãe, eu achei tudo excelente — disse Francesca, a sua voz chegando de forma bem audível à cozinha.

— Discordo, querida — respondeu Mrs. Bean. — Algumas coisas, sim, mas à maioria teria sinceramente de dar nota três. Nem o teu pai teria ficado entusiasmado com a vitela, e tu sabes o quanto ele adora aquele prato.

Francesca abanou a cabeça.

— Mãe, a comida estava deliciosa. E eu quero Camilla Constantina representada no meu casamento.

— Eu compreendo. Nesse caso, pedimos uma das receitas dela emprestada e damo-la à Avery ou à Portland Cooks, e ela estará representada.

— Não é a mesma coisa — argumentou Francesca. — A avó da Holly é a razão por que o Jack e eu estamos juntos. Se ela não me tivesse dito que pegasse nas minhas tintas e nas minhas perguntas e fosse para o pontão todos os dias durante aquela semana, eu poderia estar agora mesmo na Califórnia, a namorar uma série de surfistas.

— Os surfistas nunca foram o teu género, Francesca. E pára de ser tão melodramática em relação a isto.

Enquanto raspava a comida por consumir para o caixote do composto, Holly deitou uma vista de olhos pela porta e viu Mrs. Bean empurrar a cadeira para trás e colocar a carteira ao ombro.

— Para além disso, o facto de tu e o Jack irem casar-se já significa que ela está representada, não dirias? — fez notar Mrs. Bean, consultando o relógio. — Vamos andando, querida. Temos um compromisso daqui a menos de uma hora para vermos toucados.

Francesca levantou-se e cruzou os braços frente ao peito.

— Mãe, eu adorei a comida. Quero contratar a Holly e a Camilla's Cucinotta.

Mrs. Bean revirou os olhos e lançou as mãos ao ar de forma dramática.

— Anna, meta algum juízo na cabeça desta minha filha, que é uma romântica.

Mrs. Mariano abanou a cabeça.

— Isso é que não, não me vou tornar na típica sogra que mete o nariz onde não é chamada.

Sorriu e pegou também na sua carteira.

— Mãe, é o meu casamento — afirmou Francesca.

Mrs. Bean soltou um suspiro bem audível.

— Querida, nós concordámos que a Anna e eu tomaríamos a decisão final em relação à comida. A menos que consigas arranjar os cerca de dez mil dólares que o *catering* custará.

Francesca afundou-se na cadeira, virando-se na direcção da porta da cozinha, onde Holly se encontrava com um prato de *risotto* meio comido nas mãos. Com os lábios, esboçou um «desculpa» para Holly, e depois seguiu a mãe e a futura sogra porta fora.

Holly despejou o resto do *risotto* no lixo e fechou os olhos. Todo aquele trabalho, toda a expectativa, todo o dinheiro gasto em ingredientes. Para nada.

— Desculpa, *nonna* — sussurrou para o ar.

Havia dinheiro suficiente para manter a Camilla's Cucinotta em funcionamento durante mais alguns meses. Depois disso, teria de encontrar um emprego, e a tempo inteiro, a fazer sabe Deus o quê, e deixaria de ter tempo para fazer as massas e os molhos para a pequena loja de comida para fora. Deixaria de ter energia para dar as aulas ou para a prática diária que tornar-se perita nas receitas exigia. E a Camilla's Cucinotta tornar-se-ia uma recordação, tal como a avó.

Os olhos marejaram-se-lhe de lágrimas. E agora, no espaço de quatro horas, era esperada em casa dos Geller, onde tinha de fazer de conta que estava qualificada a ensinar quem quer que fosse a cozinhar.

— Holly, certo?

Holly virou-se, uma cabeça de alho nas mãos, e deparou-se com Avery Windemere à sua frente, o carrinho de compras dela contendo o que se assemelhava a uma garrafa de champanhe.

— Sim, sou a Holly — disse, relutante em deixar Avery perceber que a reconhecia.

Avery irradiava, os seus compridos e alvos dentes quase da mesma cor que o cabelo louro platinado, e natural, Holly sabia-o. Avery era uma daquelas mulheres bonitas que não necessitam de qualquer maquilhagem para terem um ar elegante.

— Bem me pareceu que eras tu! Já se terão passado, quê, uns dez anos, talvez, desde que nos vimos pela última vez? — Observou o mesmo cabelo de sempre de Holly, que não mudara desde que ela tinha cinco anos, liso e a pender até aos ombros, com franja. — Não mudaste nem um pouco.

— Nem tu — devolveu Holly, mal conseguindo esboçar um sorriso.

— Bom, há dez anos não tinha isto — arrulhou Avery, exibindo a Holly um anel de diamantes de dois quilates e uma aliança de casamento. — E não estava ainda no negócio da hotelaria. Mas agora tenho um casamento feliz e o meu próprio bistrô, e viste os meus panfletos, estou a oferecer aulas de cozinha.

— Sim, eu vi.

— Um segmento do curso é sobre cozinha italiana, mas um pouco de concorrência saudável é bom para toda a gente, não achas, Holly? Vai-nos manter às duas sempre no melhor das nossas capacidades.

Jesus, ela era revoltante. Não só por ser naturalmente bonita, com um cabelo deslumbrante e bons dentes, como por ter a capacidade de fazer parecer que o que dizia era perfeitamente amável e inofensivo. Fora o que a livrara sempre de se meter em sarilhos quando era uma criança mazinha e depois uma adolescente tirana e fanfarrona. «Tudo o que eu disse foi que, se a Holly deixasse o cabelo crescer para além daquele comprimento insípido e deixasse de usar verde perto da cara, uma vez que é tão pálida e a cor a torna ainda mais branca e lhe dá quase um tom verde, como a Bruxa Má do Oeste do filme *O Feiticeiro de Oz*, que ontem vimos em família — não é um filme tão comovente? —, teria muito melhor aspecto.»

E o comentário do adulto era sempre: «Oh, também vimos o filme! Devias mesmo pensar em tornares-te estilista, Avery. Para a televisão ou para a indústria cinematográfica. Tens um dom natural para a moda e para a beleza.»

— Oh, e lamento muito em relação ao casamento Bean-Mariano, espero que não fiques aborrecida comigo por dizê-lo — acrescentou Avery. — Acabei de ouvir que um dos *caterers* da lista delas fora riscado e como sabia que a tua degustação era hoje...

Holly olhou para o relógio.

— Oh, são quase cinco horas. Tenho de ir andando. Foi um prazer ver-te. — começou a empurrar o carrinho.

Avery bloqueou ligeiramente o carrinho de Holly com o dela.

— Estou tão nervosa com a minha degustação amanhã à tarde. Mas entusiasmada também. — Consultou o relógio incrustado a diamantes. — Oh, já são estas horas. A minha Madeline não tarda a regressar do treino de líder de claque. É melhor despachar-me.

Holly ficou a vê-la afastar-se nos seus saltos altos, mas às tantas Avery virou-se.

— Ah, Holly? És muito bem-vinda no meu próximo curso, que começa na semana que vem — disse ela. — Só na terceira semana é que chegamos à cozinha italiana, mas tenho a certeza de que as aulas serão uma mais-valia. O que correu mal na tua degustação tem que ver com a habilidade, a prática.

— Ou outra coisa, talvez — respondeu Holly e virou o carrinho mesmo a tempo de ver o ar de perplexidade nos pequenos olhos azuis de Avery enquanto esta tentava discernir ao certo o que Holly quisera dizer com aquilo.

«Obrigada, Avery Windemere», pensou ao mesmo tempo que colocava as compras no balcão. «Acabaste de me animar por seres tão transparente e estares tão equivocada. O facto de não ter conseguido o trabalho não teve nada que ver com as minhas habilidades como *chef*. Sei que me portei bem. Sei que nada teve que ver com a comida. E há outros trabalhos de *catering* para conseguir.»

A sensação de vitória manteve-se até emergir para o ar fresco de Outubro e a realidade a esmurrar no estômago.

12

— Ui, ui — comentou Mia quando abriu a porta de casa. Holly segurava o saco de papel pardo das compras contra o peito.

— É ui, ui mesmo. Não consegui o trabalho.

Mia fez uma careta e esbugalhou os olhos.

— Como é isso possível? Não era a irmã e a mãe da Tamara? Como puderam elas não adorar os teus cozinhados? Fizeste o teu *tagliatelle bolognese*?

— Fiz. E foi apelidado de demasiado temperado.

Mia revirou os olhos.

— Que disparate. Se o que pretendem é carne mistério e galinha borrachosa, suponho que contratarão outra pessoa.

Holly sorriu.

— Pelo menos tenho uma fã.

Liam desceu as escadas e por um momento o coração de Holly inchou, mas depois voltou a desinflar. Liam olhou para Holly e depois para a filha, e de volta para Holly.

— Depreendo pelas vossas caras que esta noite não vai haver comemoração.

Holly abanou a cabeça.

— E o *risotto* até merecia o epíteto de italiano, pelo menos eu achei que sim. Guardei um pouco para ti lá em casa, por isso talvez um dia destes me possas dizer se estou maluca e se estaria tão sofrível quanto o do outro dia.

— Lamento — disse ele, tirando o saco das mãos dela. — Sei que este trabalho significava muito para ti.

— Significava tudo — corrigiu ela. — Não sei bem como vou manter o negócio em funcionamento. Mas posso tentar ir atrás de outros trabalhos de *catering*. Se conseguir recuperar a minha confiança.

— Vai haver de certeza outros trabalhos, Holly. É apenas um casamento. E não estás nisto nem há bem seis semanas. Se o teu *risotto* já está tão saboroso ao fim de apenas seis semanas, imagina depois de quatro meses.

Isso fê-la sem dúvida sentir-se melhor. Mas se não conseguia um trabalho de *catering* com a noiva a torcer por ela, porque haveriam estranhos de a contratar? Pensando bem, talvez fora de Blue Crab Island, onde as mães de amigas de inimigas da sua avó não abundavam, não tivesse os mesmos problemas.

Liam olhou para a cara dela, obviamente à beira das lágrimas, pegou-lhe na mão e conduziu-a até ao sofá.

— Porque não nos deixas cozinhar para ti? Temos a receita. Eu tenho os ingredientes. Recosta-te e descontrai com um copo de vinho tinto e música. Não estou a dizer que o jantar vai ser bom, mas uma vez que tens cozinhado sem parar estes últimos dias, é a tua vez de seres servida.

«Isso mesmo, torna as coisas ainda piores. Sê maravilhoso, Liam.» Recostou a cabeça contra o suave couro e observou a paisagem do lado de fora da janela, concentrando-se no local onde a estreita faixa de praia arenosa se encontrava com a escura água. Contemplou o barco a remos preso ao pequeno embarcadouro quadrado, *The Mia* escrito a tinta roxa-escura no costado. Semelhante visão fez Holly sorrir. Era um pai que amava a sua filha.

Enquanto desapareciam os dois na cozinha, no meio de muitos «não, pai, é suposto passares isso primeiro pela farinha, *depois* pelo ovo e *por fim* pela polenta» e «paizinho, a frigideira tem de estar quente primeiro», Holly deu-se conta de que Mia absorvera mais do que ela pensaria em apenas duas aulas. Um copo de vinho tinto e um sorriso deslumbrante surgiram à frente dela, e quando Liam regressou à cozinha, Holly aproveitou a oportunidade para apreciar o traseiro dele naquelas calças de ganga gastas. O homem era sensual.

Olhou em redor da divisão, observando a decoração, composta por peças interessantes que Liam trouxera de férias no estrangeiro, até que deu com os olhos numa fotografia de Mia com uma mulher numa rua citadina, talvez Nova Iorque, na comprida fila de estantes junto à janela. Holly levantou-se, copo de vinho na mão, e aproximou-se, fingindo um grande interesse pelas muitas esculturas na prateleira, mas não tirando os olhos da fotografia. A mulher tinha de ser a mãe de Mia. Tinham a mesma cor e textura de cabelo, mas o da mulher estava cortado numa imitação de Cleópatra, com uma farta franja. Era sofisticada e elegante, usava saltos altos e um interessante agasalho que parecia embrulhá-la. Era também muito bonita.

Holly foi acometida por uma fugaz visão de um Liam mais jovem a estender àquela mulher o anel de noivado, não importava há quantos anos, com todo o amor que o coração dele continha. Interrogou-se como seria ser-se amada o suficiente a ponto de alguém nos pedir em casamento e nos oferecer um anel de diamante simbolizando a eternidade e tudo o resto que os anúncios daquelas joalharias prometiam.

Bebeu um gole de vinho, voltou a sentar-se no sofá e inclinou a cabeça para trás, contemplando o tecto. Há seis, sete semanas, estava na Califórnia, sonhando com uma vida, e agora encontrava-se ali, a viver outra completamente diferente, ali naquela sala com aquelas pessoas cuja existência desconhecera até Setembro. Outro pai e filha. E o pai tinha uma namorada.

«Prosseguir com cautela», disse para ela mesma lentamente, enunciando bem cada palavra, só para o caso de o vinho lhe ter subido à cabeça, algo que esperava bem que tivesse sucedido.

— O jantar está servido! — anunciou Mia, atravessando a cozinha com um enorme prato de frango *alla milanese* que cheirava divinalmente. Liam entrou na sala com uma tigela de *linguini* coberto de *marinara*.

Sentaram-se à mesa, Liam e Holly frente a frente, Mia deliciando-os com histórias acerca dos professores dos quais gostava e dos que detestava.

— Ei, isto está óptimo — elogiou Holly depois de provar um pedaço de frango. Estava ligeiramente cozinhado para além da conta, mas ainda assim muito saboroso. — E o *linguini* ficou mesmo cozido no ponto.

Mia inchou de orgulho.

— Eu é que praticamente fiz ambas as coisas. O pai estava de serviço à louça.

— E não estou sempre? — devolveu ele, e Holly riu.

Mia presenteou ambos com uma careta.

— Porque é que os adultos são tão palermas?

Liam fez de conta que lhe dava um pancada na cabeça com uma baguete de pão que Holly trouxera da padaria da cidade.

— Decidimos não formular os nossos desejos em voz alta, mas eu sei que o meu se concretizará — revelou Mia, sorrindo.

— Espero que sim — disse Liam, e Holly interrogou-se qual teria sido o desejo que ele formulara.

— Holly, posso pedir-te um enorme favor? — inquiriu Mia. — Agora que não estou assim nos melhores dos termos com a Madeline, podias ir comigo comprar o vestido?

Liam enrolou o *linguini* no garfo.

— Mia, com certeza que a Holly...

— Adoraria ir contigo procurar um vestido — completou Holly.

Preparar-se-ia ele para dizer que Holly estaria seguramente ocupada e que Jodie, a rainha dos vestidos de gala, a levaria de bom grado a todas as suas lojas preferidas?

— Iupi! — exclamou Mia. — Podemos ir depois das aulas? Passo em tua casa assim que sair da escola e vier aqui deixar a mochila.

— Claro.

— A Holly é muito fixe, não é? — perguntou Mia ao pai.

— É certamente muito amável — afirmou Liam, piscando o olho a Holly.

Holly odiava piscadelas de olho. Na sua opinião eram algo que as pessoas faziam quando queriam retirar o que haviam acabado de afirmar ou então quando tencionavam dizer «não estou a falar a sério».

E depois Liam conduziu a conversa para a quinta que estava a renovar para um casal de Nova Iorque que decidira abandonar a correria diária. Nenhum deles alguma vez ordenhara sequer uma vaca e de repente até já produziam a própria manteiga.

— É mais ou menos o que aconteceu com a Holly — fez notar Mia. — Antes de vir para aqui, nunca tinha cozinhado. E agora é professora, e uma professora bestial. Porque é que os meus professores da escola não são como tu?

Holly sorriu para Mia com vontade de a abraçar. E fê-lo, uma vez que já ali estava há duas horas e as oito da noite abeiravam-se. Estava na hora de ir andando.

Liam pôs-se de pé e começou a levantar a mesa.

— Mia, se tu terminares de levantar a mesa, eu lavo a louça e arrumo a cozinha depois de acompanhar a Holly a casa.

— Oh, não tens de me acompanhar até casa — disse Holly, muito embora a ideia lhe agradasse.

— Livro-me de lavar a louça e de arrumar a cozinha e em troca só tenho de levantar a mesa? Acordo aceite, podes crer!

— E a seguir, faz favor de ires fazer os trabalhos de casa — acrescentou Liam.

Mia fez uma careta e começou a empilhar a louça.

— Vemo-nos amanhã depois das aulas, Holly. Vou ter contigo a tua casa por volta das três e meia, pode ser?

— Perfeito — respondeu Holly, e Mia partiu na direcção da cozinha equilibrando pratos e copos.

Liam colocou a trela nos cães e partiram caminho acima, rumo a Blue Crab Boulevard, comentando o tempo, ainda quente o suficiente para dispensar casacos, como o jantar ficara bom e o quanto Liam estava espantado por uma refeição deliciosa e saudável demorar tanto tempo a preparar quanto demorava a encomendar e a esperar que o Pizza Palace fizesse uma piza extra-grande com almôndegas e pimento.

Quando chegaram ao alpendre dela, Liam sentou-se no degrau de cima. Holly acomodou-se ao lado dele e, por um momento, ficaram ambos a contemplar a Lua, um crescente perfeito e amarelo no céu nocturno.

— Obrigado por esta noite — declarou ele. — Andava à procura de algo que me aproximasse mais da Mia, e nunca me passou pela cabeça que seria a professora da aula de culinária dela. Estou mais em dívida para contigo do que as minhas palavras podem exprimir. — Virou-se para ela. — Obrigado.

Liam estava sentado tão junto dela, a coxa tão tentadoramente perto, que, por um momento, Holly ficou sem palavras. E quando ele se inclinou na sua direcção, como se tivesse intenção de a beijar, Holly sentiu os braços encherem-se de pele de galinha.

Era uma boa sensação *e* uma má sensação, contudo. Afastou-se ligeiramente.

— A tua vida parece um pouco complicada de momento, Liam. E eu não beijo homens que têm namoradas.

Ainda que estivesse mortinha por o fazer.

— E homens com ex-namoradas? — inquiriu ele.

Ela olhou de imediato para ele.

— Tu e a Jodie zangaram-se?

Liam acenou que sim com a cabeça e prendeu o olhar na escuridão do horizonte. Por um momento parecia que não iria dizer mais nada, mas então acrescentou:

— Ela questionou-me acerca da relação, qual o rumo que estava a tomar e se eu tinha intenções sérias em relação a ela, e eu disse-lhe a verdade. Disse-lhe o que disse à Mia. E ela respondeu que isso não era o suficiente para ela e, uma mancheia de palavras mais tarde, deu-me um valente murro no estômago e foi-se embora.

— Deu-te mesmo um soco?

— Sim.

Holly não teve qualquer dificuldade em imaginar Jodie a esmurrar uma pessoa.

— Mas porquê?

— Disse que eu agia como se gostasse mais dela do que obviamente gostava e que eu era uma fraude, e depois presenteou-me com o soco.

— Doeu?

Ele abanou a cabeça.

E tudo isto significava que Holly estava livre para ficar caidinha por ele e permitir que o seu coração fosse quebrado em cinco locais diferentes. Mais valia dar-lhe a *sa cordula* a provar já e acabar com o assunto de uma vez por todas.

— Já contaste à Mia?

— Não. Contarei na devida altura. — Ele olhou-a fixamente nos olhos por um momento. — Portanto, se estivesses interessada, tinha pensado em convidar-te para uma saída, um encontro. Na verdade, uma saída que não envolvesse comida.

Holly estava felicíssima em relação a isso.

— Estou fartinha de comida até às orelhas.

Uns quantos minutos mais tarde, acordados um dia e uma hora para o encontro, ele e os cães iam já de regresso, a caminho de Cove Road. Atravessada a estrada, virou-se e deteve-se, olhando para ela por um momento antes de acenar adeus e desaparecer estrada abaixo com o coração dela nas mãos.

Na manhã seguinte, alguém colara o dedo à campainha. Holly consultou o relógio na mesa-de-cabeceira. Ainda nem eram oito horas!

Seria Mia? Dirigiu-se à janela para ver o que era e deparou-se com um pequeno *Honda* encarnado com matrícula do Maine estacionado à sua porta.

Vestiu o roupão e desceu ao mesmo tempo que a campainha voltava a fazer-se ouvir. E mais outra vez.

— É bom que seja uma coisa importante — sussurrou na direcção da porta.

Mais toques da campainha.

— Está bem, está bem — disse Holly, com alguma impaciência, ao mesmo tempo que abria a porta.

Deparou-se com Francesca Bean, irradiando alegria e num fato de calça e casaco com um lenço translúcido em redor do pescoço.

— Desculpa arrancar-te da cama ao raiar da aurora, mas queria vir ver-te em pessoa antes de ir para o trabalho. Estás contratada, Holly! Vais tratar do *catering* do meu casamento!

Holly ficou de queixo caído.

— O quê?

— Tive uma longa conversa com o Jack acerca do casamento e do que isto de sermos comandados e de termos de engolir porque «são elas que vão pagar» significa para o nosso futuro, em termos de reuniões, jantares em família, férias, e por aí adiante. É que se não bater com o pé agora em relação ao meu próprio casamento, à minha própria vida, serei sempre um pau-mandado para elas. E o Jack apoiou-me.

— Isso é maravilhoso — comentou Holly. — É óptimo, por ti e por ele.

— Podes crer! Fiquei tão orgulhosa de mim. Assim, quando nos sentámos os quatro para o nosso pequeno-almoço semanal em que verificamos a lista de afazeres para o casamento, o que está já feito, o que precisa de ser feito, e...

— Espera lá, vocês têm uma reunião semanal com a tua mãe e a do Jack por causa do casamento?

— Holly, tu conheceste a minha mãe, onde está a estranheza?

Holly soltou uma gargalhada.

— Continua.

— Bom, dissemos-lhes que decidíramos pagar nós mesmos o nosso casamento e que queríamos uma coisa simples na faculdade, no salão do departamento de Inglês, uma vez que tinham uma mobília giríssima, com sofás e cadeiras numa imitação perfeita de pele verde, e todos aqueles livros antigos. Elas ficaram com um ar de pavor na cara que só queria que visses e concordaram que seria eu quem tomaria todas as decisões. Elas podem opinar, mas no final quem decide sou eu, acerca de tudo. Portanto, adivinha quem vai tratar do meu banquete de casamento para sessenta e duas pessoas?

Holly abraçou Francesca com força.

— Nem sei como te agradecer, Francesca. Colocaste-te numa situação complicada por mim. E pela minha avó. És bestial.

— Sinto-me mais feliz do que alguma vez me senti na vida, Holly. E tudo porque a tua avó me mandou até àquele pontão. Eu até que era feliz antes de ter conhecido o Jack, mas o que temos, o modo como ele me faz sentir em relação a mim mesma, confortável e verdadeiramente feliz só por estar sentada no sofá ao lado dele a vermos televisão... Nunca antes tive este tipo de relação, louca, perfeita, completa, Holly. A minha vida amorosa era uma porcaria até ter conhecido o Jack.

— Eu sei como isso é.

Francesca apertou a mão de Holly.

— Bem como a pobre da minha irmã, que não tarda está com uma depressão, tudo porque quer arranjar à força uma companhia para levar ao casamento. Nada do que eu lhe digo parece surtir efeito, por isso talvez tu consigas fazer-lhe ver que não pode forçar o destino. Pois, não tem ninguém com pedras mágicas que lhe diga que o homem dos sonhos dela aparecerá no supermercado, no corredor da manteiga de amendoim, mas é como se achasse que vai perdê-lo se não sair com tudo o que é homem da região.

— Acho que ela apenas quer o que tu tens. Quer o que toda a gente quer.

Francesca olhou para o relógio.

— Oh, meu Deus, são quase oito e meia. Tenho de ir andando. Mas não quero esquecer-me de te dizer que a minha mãe até admitiu que o teu trabalho era mais merecedor de um cinco que de um quatro, e que estava apenas a pensar na sua «querida amiga Amanda Windemere e em Avery, que são tão boas amigas da família», e blá, blá, blá. Portanto, esquece as maldades que foram ditas. Voltamos a encontrar-nos mais perto da data para planearmos o cardápio final, mas não deixes que ninguém te contrate para o primeiro dia de Primavera.

— Nada de encontros semanais para revermos o cardápio? — inquiriu Holly, com um sorriso.

— Isso também passou à história. E na verdade, eu é que tenho de te agradecer, uma vez que a grande confrontação foi por tua causa. Tenho mesmo de ir. Adeus!

Holly fechou a porta, a felicidade fazendo-a sentir-se nas nuvens. Conseguira.

— Consegui, *Antonio*! — gritou, agarrando no maldisposto gato e fazendo-o andar às voltas na cozinha, o local onde ela se sentia confortável e verdadeiramente feliz e com a qual estava a ter uma relação louca, perfeita, completa.

13

Depois de uma taça de champanhe (sumo de uvas brancas para Mia) e dos devidos e justos brindes, Holly e os seus quatro alunos começaram a cortar legumes para a *minestra maritata*, uma sopa italiana, em homenagem à vitória de Holly. Camilla tinha duas versões desta robusta sopa no seu livro de receitas, uma em que as carnes demoravam horas a cozer lentamente, e uma versão mais rápida, e Holly escolheu a última. A receita envolvia almôndegas mais uma vez, mas tendo em conta que o esparguete com almôndegas da semana anterior fora um grande sucesso, em especial junto da filha de Simon, Holly começara a encarar as almôndegas como amuletos da sorte.

Enquanto Juliet misturava a carne picada e a salsicha italiana com o miolo de pão e os ovos na tigela metálica, Mia cheirava a base da sopa, o clássico *soffrito* italiano, um refogado de cebola, alho, aipo e cenouras numa panela grande sobre um dos bicos do fogão. Simon e Tamara estavam destacados para as tarefas de cortar e picar — um conjunto de legumes e erva coloridos aguardavam a faca de Juliet e o ralador e picadora de Simon, desde folhas de louro e manjericão a espinafres luxuriantes e tomilho.

— Sempre achei que *orzo* fosse arroz — confessou Tamara, vertendo a chávena de massa com a forma de pequeninas pevides para a fragrante panela de caldo e legumes. — O que me traz à memória o meu taciturno companheiro de refeição de há um par de noites. Pôs-se com um monólogo sobre se o cuscuz era uma massa ou um granulado. Só me apetecia saltar para cima da mesa e gritar «e que interessa isso?» a plenos pulmões. O tipo não se calou com estes monólogos de quinze minutos sobre os seus pensamentos mais profundos acerca de tudo e mais alguma coisa.

— Eu nem sequer consigo imaginar voltar a sair com mulheres — disse Simon, bebendo um gole de champanhe. — Mal sou capaz de perceber o que devo fazer como pessoa singular, agora que me vejo de repente a morar sem a minha mulher e filha. Não há dia que não me sinta como se estivesse a viver a vida de outra pessoa.

Holly recordou-se da sua conversa com Liam durante a busca por Mia há algumas semanas.

— Por vezes também me sinto dessa forma. Como se tentasse ser a minha avó, quando nunca serei sequer capaz de lhe chegar aos calcanhares.

— Tens um grande trabalho de *catering* pela frente, por mérito próprio — fez notar Juliet enquanto ripava espinafres para uma tigela de madeira. — Isso é uma grande conquista. Usaste as receitas da tua avó, mas foste *tu* quem conseguiu o trabalho.

Toda a gente ergueu o seu copo, e Holly deslocou-se em redor da cozinha, brindando com cada um dos seus alunos, incapaz de acreditar no quanto progredira ao longo daqueles dois meses. Passara de soluçar escondida debaixo das cobertas a liderar aquela aula com algo que se assemelhava a confiança.

Enquanto Simon e Juliet moldavam as pequenas almôndegas, Holly disse:

— A sopa exige uma memória feliz, e a minha é o último dia que passei com a minha avó, aqui mesmo, vendo-a dar à manivela da máquina da massa e observar o que dela emergia com tal amor que era como se fosse a primeira vez que fazia *pasta*. Setenta e cinco anos, e ainda adorava o que fazia, muito embora o tivesse feito a vida inteira.

A almôndega que Mia moldava escorregou-lhe das mãos e aterrou no chão.

— Ups — disse ela. — Estava a moldá-la ao mesmo tempo que pensava na minha memória feliz. Funciona à mesma se começar uma almôndega nova?

— As tuas memórias serão sempre as tuas memórias — respondeu Holly. — Portanto, sim.

Mia apanhou a almôndega suja do chão com uma pedaço de papel de cozinha e lançou-a para o balde do lixo. Depois sentou-se num dos bancos junto à ilha da cozinha e começou uma nova.

— A minha memória feliz é de há dois anos, quando a minha mãe veio para o meu aniversário. O meu pai não parava de me dizer que não tivesse demasiadas expectativas, que talvez ela não conseguisse vir, mas ela partira uns quantos meses antes disso e eu não a vira desde então, e por isso tinha muitas expectativas, e quando acordei de manhã, adivinhem quem estava sentada numa cadeira junto à minha cama?

Holly imaginou a bela e sofisticada mulher, com o cabelo de modelo e os saltos altos, da fotografia que vira em casa dos Geller. Era um tipo de mulher tão diferente do de Holly. Holly, fã de calças de ganga e botas de montar e camisolas confortáveis e rabos-de-cavalo, raramente usava um vestido, quanto mais saltos altos. E a sua única peça de joalharia era um delicado fio de ouro, uma corrente com três minúsculos discos pendentes que a avó lhe dera no décimo sexto aniversário, quando por fim revelara a sina da neta. Cada disco continha uma inicial do nome de Holly, HMM, Holly Marie Maguire.

Discos. Holly levou a mão ao fio e caminhou até à entrada, onde um bonito espelho redondo estava pendurado por cima de uma mesa de apoio com explicações acerca de massas e molhos. Contemplou a corrente. Os minúsculos círculos simbolizavam supostamente as pedras do rio Pó. Porque nunca antes se dera conta disso?

— E sabem que mais? — prosseguiu Mia, formando outra almôndega. — A minha mãe disse que já ali estava sentada há mais de uma hora, só a ver-me dormir. O meu aniversário é esta sexta-feira e eu sei que ela virá. Há quase seis meses que não a vejo, e da última vez foi apenas por uns dias.

— Deve ser difícil não veres a tua mãe com muita frequência — comentou Tamara. — A minha mãe é um autêntico pesadelo, mas é a minha mãe... — Calou-se, observando Mia, que a olhava de volta expectantemente. Tamara parecera ter-se dado conta de que falava com uma menina de quase doze anos e não com uma adulta, e que aquele era um assunto sensível. — Será emocionante vê-la. Como se chama ela?

— Veronica Feroux. Não é um nome bonito? É francês. O nome dela de solteira era Smith. E depois Geller quando se casou com o meu pai. E agora que está casada com o René, é francês. É uma pena que o nome do Daniel seja tão entediante. Dressler. Não que planeie casar-me com ele.

— Daniel Dressler. Eu gosto desse nome — comentou Simon. — E tu também nunca o esquecerás, uma vez que é ele quem te vai levar ao teu primeiro baile.

Mia sorriu de orelha a orelha.

— Esta semana será a minha melhor recordação de sempre. Primeiro o meu aniversário e a minha mãe e, na noite seguinte, o baile com Daniel. Haviam de ver o meu vestido. A Holly levou-me às compras nesta quinta-feira depois das aulas. É brilhante, cor de alfazema e tem um decote lindíssimo.

— Na próxima segunda-feira queremos ver fotografias — pediu Simon. — Oh, quase me esquecia de juntar a minha memória feliz à sopa. A expressão no rosto da Cass quando abriu a porta do quarto e viu o que nós tínhamos feito. Estivera tão... obstinada um momento antes, e depois animou-se, virou-se para mim e perguntou: «Isto é meu?» Entrou muito devagarinho e lentamente olhou em redor, observando cada pequena coisa, cada estrela no tecto. E depois deu-me o abraço mais apertado da minha vida. Quase me deixou sem fôlego e tem apenas oito anos.

— Ooooh — comentou Tamara. — Que bom. Fico tão feliz que o nosso grande plano tenha funcionado.

— Obrigado a todos — disse Simon, erguendo o copo aos restantes.

Juliet bebeu um gole do seu champanhe e pousou o copo.

— Eu também tenho uma recordação feliz para acrescentar à sopa. Umas quantas semanas antes de a minha filha morrer, foi o seu terceiro aniversário, e o pai dela e eu fizemos-lhe uma festa, só nós os três, e foi o dia mais completo da minha vida. Estivemos no parque perto da nossa casa, que tem um lago de patos, e lançámos pedaços de pão aos patos, e ela fartou-se de rir. — Um sorriso iluminou-lhe o rosto por um momento, mas depois os olhos marejaram-se-lhe de lágrimas. — Lembro-me de me ter sentido tão grata. E agora que ela partiu, não sei como seguir em frente sem ela. A minha vida com ela estava completa; como pode a vida prosseguir sem ela?

— Ajuda recordares-te desse dia no lago dos patos, com ela toda satisfeita? Ou a recordação faz-te ficar muito triste? — inquiriu Mia.

— Ambas as coisas — respondeu Juliet.

Mia mordeu o lábio inferior.

— Então, talvez seja dessa forma. Recordando o que te deixa feliz e o que te deixa triste. A sério, é assim que eu lido com o facto de a minha mãe estar ausente. Há alguns dias, uma das amigas da Madeline disse que tinha ouvido que a minha mãe me *abandonara*. Acreditam que ela usou essa palavra? Em primeiro lugar, ela não me *abandonou*, apenas se mudou para a outra ponta do país. Se ela vivesse mais perto, vê-la-ia muito mais vezes. Mas metade do tempo ela vive na Europa. Seja como for, por vezes, quando preciso dela, quando desejo com todas as minhas forças que ela aqui estivesse, penso que talvez ela me tenha abandonado de facto e fico muito triste. Mas depois esforço-me por me lembrar de alguma coisa que me faça ter bons pensamentos em relação a ela, e sinto-me melhor. O meu pai disse-me que isso era uma boa técnica para lidar com isto, um bom meca-qualquer-coisa.

— Mecanismo — ajudou Holly. — Um bom mecanismo.

— É um homem inteligente — comentou Simon.

«E uma rapariga inteligente», pensou Holly, o coração apertado por causa de Mia.

— Sim — concordou Juliet. — É uma ideia inteligente. Obrigada, Mia. Eu não quero esquecer a Evie; portanto, não posso *não* pensar nela. Mas quando penso, sinto-me totalmente dominada pela dor e pela saudade.

— O teu marido não te faz sentir melhor? — perguntou Mia, e toda a gente se virou para Juliet, curiosa em relação à história do casal.

— Ele tentou, mas suponho que cada pessoa sofre de uma maneira diferente. Ou, pelo menos, isso é o que a minha psicóloga diz. Eu via-o lidar com a perda de uma forma bem diferente da minha, e para mim era difícil ser confortada por alguém com aquela atitude. E ele começou a fartar-se de ser acusado de não se importar com a morte da Evie.

Holly viu o rosto de Juliet desfazer-se em lágrimas.

— Oh, Juliet.

Juliet fungou.

— Hoje pus-me a pensar na época em que tinha a tua idade, Mia, ou talvez fosse um pouco mais nova, e me metia num barco e ia até Blue Crab Bay com a Holly e conversávamos acerca do nosso futuro. Eu tornar-me-ia uma bióloga marinha e casaria com um especialista em baleias e a Holly seria uma famosa dramaturga e casaria com um actor famoso. E agora, aqui estou eu, e a minha vida é tão... — Encolheu os estreitos ombros e cravou os olhos no chão.

— E casaste com um especialista em baleias? — quis saber Tamara.

— Ele é advogado, tal como eu. — Juliet sorriu. — Nunca pensei que me tornaria advogada. Ou que casaria com um.

— Tens saudades dele? — perguntou Mia. — Uma vez que ele está... onde? Em Chicago?

— Por vezes sinto, mas outras vezes apenas quero ficar aqui, sozinha.

— Penso que é dessa forma que a minha mãe se sente também — referiu Mia. — Tem saudades minhas, mas também quer estar na França e na Califórnia com o René. É o meu padrasto. Ainda só o vi duas vezes. Não é de loucos?

— Porque é que a vida se complica tanto? — perguntou Tamara.

— É verdade — concordou Mia.

Cinco copos erguidos no ar.

Uma vez que na sexta-feira seguinte era o aniversário de Mia e no sábado o baile, do qual Liam iria fazer parte como «pau-de-cabeleira», marcaram o encontro deles para quinta-feira. Liam telefonara a meio do dia a pedir a Holly que fosse ter com ele ao quintal das traseiras às seis da tarde — e que vestisse roupa quente.

Tendo em conta que haviam acordado numa saída que não envolvesse comida, não podia ser um piquenique. Será que iam contemplar as estrelas? Observar aves nocturnas?

Passara meia hora a vasculhar o roupeiro e os demasiados pares de calças de ganga, descartando qualquer um que exigisse sapatos bicudos de salto alto, e escolheu um par confortável que tinha um ar ao mesmo tempo semi-sensual e digno de uma caminhada pelos bosques do Maine. A seguir, revistou as *T-shirt*s de manga comprida e camisolas e escolheu um *top* branco de algodão com uma bainha ligeiramente rendada, uma camisola fininha de decote em V acinzentada e coleante, mas que nada revelava, e o seu casaco preferido de malha, grosso e de apertar com cinto. As confortáveis botas castanhas de *cowboy* nos pés, o fio das pedras do rio Pó ao pescoço, e umas gotinhas apenas de um dos perfumes de Camilla, e estava pronta.

Olhou-se ao espelho de corpo inteiro que havia no canto do seu quarto. Não se assemelhava nem de longe à mulher da fotografia que vira em casa dos Geller. Ou a Jodie. Era óbvio que Liam gostava de mulheres sofisticadas que usavam batom. Porém, Holly era uma rapariga de calças de ganga e camisolas, que ocasionalmente talvez colocasse um pouco de bálsamo perfumado nos lábios. E uma vez que há alguns dias ele se inclinara para a beijar, era óbvio que, de alguma maneira, se sentia atraído por ela. *Não importa*, como Mia diria. Holly era quem era.

E, para além disso, ele ia levá-la a algum lado que envolvia um quintal e a necessidade de roupa quente.

Respirou fundo e saiu de casa, descendo o caminho que conduzia à água. Era tão tranquilo e silencioso, os únicos sons o ocasional grasnido de uma gaivota ou a voz de alguma criança oriunda de um quintal. Chegada a casa de Liam, dirigiu-se ao quintal das traseiras, onde o encontrou no pequeno cais quadrado de madeira, vestindo o sensual casaco preto de cabedal, as mãos nos bolsos, a brisa soprando-lhe o cabelo.

Liam acenou-lhe para que fosse ter com ele e, à medida que Holly se aproximava, viu que o barco a remos preso ao cais tinha duas almofadas nos bancos, um ramo de flores silvestres e uma garrafa de vinho com dois copos. Uma aparelhagem antiga de estéreo estava colocada na proa, tocando suavemente o que parecia *blues* ou *jazz*.

Toda a tensão que carregava nos ombros se dissipou com a perfeita simplicidade de tudo aquilo, com o inofensivo romantismo que a cena evidenciava. A última vez que alguém a levara a andar de barco fora numa colónia de férias de Verão, Holly era uma desajeitada adolescente de treze anos e o rapaz, pelo qual estava completamente de beicinho, acabara por cair à água porque se assustara ao ver uma serpente.

— Olá — cumprimentou ele. — Estás muito bonita.

Holly sorriu e aceitou a mão dele ao subir para o cais e depois a descer para o barco.

— Adoro isto.

A mão dele estava tão quente.

— Tinha o pressentimento de que irias gostar.

Holly apreciava que ele tivesse planeado aquilo a pensar nela. Passara os últimos dois anos a ir a eventos e festas nos quais as pessoas conversavam acerca do mercado a termo, de títulos e índices bolsistas.

Uma vez que não havia muitas festas e ocasiões para empregadas de mesa e passeadoras de cães, Holly tivera total liberdade para acompanhar John a todos os eventos, e de bom grado, uma vez que achara que até aprenderia alguma coisa por osmose e um dia seria capaz de fazer conversa de circunstância acerca do Dow Jones, algo que continuava ainda sem compreender. «Não deves tentar pronunciar-te acerca de assuntos que não dominas», sussurrara-lhe John asperamente ao ouvido certa vez que ela o envergonhara ao tentar participar numa conversa durante a qual permanecera plantada ao lado dele durante vinte minutos como uma idiota. Ficara demasiado tempo na festa, literal e metaforicamente falando.

Liam sentou-se à frente dela e pegou nos remos, avançando para o meio da baía, mas mantendo o barco alinhado com a casa. Naquela extremidade, a baía era rodeada por enormes e vetustos carvalhos, árvores de folha perene e falésias rochosas de ambos os lados, uma extensão de água tão privada quanto se lhe pertencesse.

— Isto aqui é tão bonito e tranquilo — comentou ela, escutando o estridular de cigarras e grilos, a Lua no firmamento num crescente quase perfeito.

— Costumo vir até aqui por essa mesma razão. E às vezes até trago a Mia, quando preciso de conversar com ela e não quero que ela tenha oportunidade de me virar as costas, mas houve uma vez em que ela ficou tão zangada que saltou para dentro de água, aqui mesmo, no meio da baía.

— Sou doida por aquela miúda — afirmou Holly antes mesmo de se conseguir travar.

Não era a melhor coisa para se dizer ao pai «daquela miúda» no meio de uma saída com ele. Soava tão... à Jodie, tão falso. Mas era verdade, deu-se Holly conta. Adorava Mia, do fundo do coração.

— Eu também. E estou preocupado com ela. Está completamente convencida de que a mãe virá na sexta-feira para o aniversário dela, e quem sabe se virá ou não? Já mandei duas mensagens de correio electrónico a Veronica a perguntar-lhe se vinha e até telefonei para o *château* dela, ou lá onde é que ela mora em França, e não me respondeu. A Mia mandou-lhe mensagens de telemóvel, por três vezes, e foi a mesma coisa. Nada de resposta. — Liam abanou a cabeça e contemplou a água.

— Isso é costume?

— Infelizmente.

Holly não conseguia imaginar que alguém tivesse um filho e se mantivesse tão longe dele, tão fora da vida dele, vivendo num outro universo, basicamente. E não responder a *e-mails* e mensagens de telemóvel...

— Assim, ao invés de um emocionante dia de aniversário, ela vai estar uma pilha de nervos o dia inteiro, na escola à espera que a mãe apareça durante a aula de Inglês ou História, ou à hora de almoço, com um presente completamente desproporcionado e demasiado dispendioso.

— Ela faria isso?

Liam encolheu os ombros e depois começou a remar de novo, o movimento dos músculos dele quase hipnotizando Holly.

— A Veronica é capaz de qualquer coisa. E adora gestos grandiosos.

— E se a mãe não vier? — inquiriu Holly. — A Mia vai ficar muito aborrecida?

— Ficará um caco durante umas boas duas semanas. E depois arranjará uma racionalização qualquer para engolir a decepção e ficar a sentir-se melhor, uma explicação que transforme a mãe numa espécie de criatura mítica, ao invés de uma progenitora negligente.

— Isso deve ser tão penoso para vocês os dois — comentou Holly, desejando ter algo mais perspicaz para dizer. Porém, não conhecia nem compreendia de todo a situação. Como é que uma mãe se afastava da própria filha daquela maneira? Telefonando apenas de quando em vez! Enviando presentes caros como se isso compensasse a ausência dela, substituísse o seu amor!

— É apenas difícil para mim, porque não posso fazer nada em relação ao assunto. Não consigo fazer com que a mãe dela se comporte como uma mãe. Não consigo dar-lhe isso.

— Mas tu és um pai bestial — argumentou Holly.

— Espero que sim. Por vezes sinto-me como se não soubesse o que raios estou a fazer. Em especial agora que ela vai fazer doze anos e está tudo a mudar. Tudo: o corpo dela, os interesses, a nossa relação. Há uns meses, estava no supermercado a comprar dentífrico e espuma para a barba e dei-me conta de que havia alguns produtos de que a Mia iria em breve necessitar, e que não havia mais ninguém para os comprar a não ser eu, por isso avancei corajosamente em direcção ao corredor dos artigos femininos e nem sequer aguentei ficar frente às centenas de caixas de tampões. Não teria sabido o que levar, ainda que não estivesse envergonhado por me encontrar ali.

Holly sorriu.

— Compraste alguma coisa disparatada ou assim?

— Fiquei completamente apalermado e pisguei-me dali. Depois pedi à Jodie que escolhesse os artigos básicos de que uma rapariga a atravessar a puberdade iria precisar. Ela voltou com dois enormes sacos de compras.

— De quê?

— Sei lá eu. Um monte de caixas de cores garridas. Desodorizante cor-de-rosa. Elixir para a boca. Creme depilatório em embalagens cor-de-rosa. Lâminas cor-de-rosa. E mais umas quantas coisas que nem percebi o que eram.

Holly riu.

— É bastante óbvio que amas muito a tua filha e lhe és totalmente dedicado. Estás a sair-te muito bem.

Liam desacelerou o barco e deslizou para um dos lados do seu assento.

— Vens remar comigo?

Ela sorriu e colocou a sua almofada ao lado dele, pegando no remo esquerdo. Tentaram remar juntos, mas demoraram algum tempo a sincronizar os movimentos.

— Porque não ficamos à deriva por um tempo e abrimos o vinho? — sugeriu ele, esticando o braço na direcção da garrafa e de um saca-rolhas.

Ela estendeu os copos e ele encheu cada um até metade com vinho tinto.

— Obrigada, Liam. Que bom.

E bom era mesmo a palavra certa.

— Eu sei que disse que a nossa saída não envolveria comida, mas não resisti a trazer um bom pão francês e o meu queijo preferido.

Fez deslizar uma pequena geleira de debaixo da popa, extraindo de lá o apetitoso pão e colocando o queijo e a faca em cima de uma pequena tábua de madeira.

— No que é que tu não pensaste? — perguntou Holly, comovida com a amabilidade dele.

Aquela noite era a imagem perfeita do romantismo. Um barco. A água. Um homem bonito que estava mortinha por beijar. Bom vinho tinto, um naco de *Gouda*, e um pão estaladiço e saboroso.

— Não pensei em como iria tentar abraçar-te e beijar-te sem deixar os remos caírem à água.

Holly soltou uma gargalhada.

— Então, mas isso não é uma manobra clássica? O tipo deixa os remos deslizarem «acidentalmente» para a água a fim de a mulher não ter escapatória.

Liam olhou-a nos olhos, o maravilhoso rosto dele tão próximo do dela no assento de madeira, e depois inclinou-se para a frente e beijou-a, suave e ternamente, nos lábios, sem pressa, até que afastou a cabeça para olhar para Holly — contemplando-a como se a achasse linda. Beijou-a de novo, desta feita com mais força e intensidade, com o braço puxando-a para ele, colando o corpo dela ao seu.

— O teu cabelo cheira a flores — sussurrou ele.

— Não a alho ou a molho de bolonhesa?

Ele riu.

— A flores. E esse perfume está a dar comigo em doido.

Ela podia ter sussurrado «óptimo» de volta, mas Liam puxou-a para o colo e começaram a beijar-se tão apaixonadamente que foi para Holly uma surpresa o barco não se ter virado.

14

Na manhã seguinte, Holly sentia-se nas nuvens, como se flutuasse. Acordou com um enorme sorriso, tudo por causa de um encontro perfeito num barco a remos sob as estrelas, muito provavelmente o melhor encontro de toda a sua vida. Ainda que tivesse terminado demasiado cedo. O vento começara a soprar e as oito e meia da noite aproximaram-se rapidamente, altura em que Liam esperava que Mia regressasse a casa de um jogo de hóquei na escola. Portanto, remaram juntos em direcção ao cais e Liam acompanhara-a a casa, os cães correndo à frente deles. E no alpendre beijara-a de novo, o beijo tão doce quanto apaixonado, e Holly percebeu que aquela noite havia sido o início de alguma coisa.

De roupão, desceu as escadas feliz e indolente e reparou que havia qualquer coisa enfiada por debaixo da porta, mais um bilhete escrito no papel com perfume a morango de Mia. Só que aquele exibia a letra de Liam.

> *Holly,*
> *Obrigada por uma noite maravilhosa. Estou ansioso por repeti-la. E repeti-la. E repeti-la.*
> *Liam*

Sorriu e pressionou-o contra o peito, depois enfiou-o no bolso do roupão e flutuou até à cozinha, onde deu a *Antonio* o pequeno-almoço. Não conseguiu tirar o sorriso apalermado do rosto todo o dia, mesmo quando se deu conta de que se esquecera do vinho branco seco no molho da bolonhesa, algo em que apenas reparou ao prová-lo, depois de ter desejado mais um encontro perfeito com Liam. Cometera erros palermas, típicos de quem tem a cabeça nas nuvens, todo o dia, mas não se importou nem um pouco com isso. E tinha de admitir que se sentia bem por conseguir dizer que se esquecera do vinho.

Muito embora no princípio da semana Holly se tivesse oferecido para levar Mia à pastelaria, para um *latte* e uns bolinhos, no dia de anos dela, Mia recusara, não querendo desencontrar-se da mãe, caso esta a fosse buscar a casa. Assim, às quatro horas daquela tarde, Holly embrulhou o presente de Mia (a avó tinha um armário cheio de diferentes papéis de embrulho, laços e cartões para todas as ocasiões), uns bonitos brincos com minúsculas contas azuis que condiziam com o vestido que Mia ia levar ao baile de Outono, e encetou caminho rumo à casa dos Geller.

A meio do caminho, começou a ouvir alguém correr atrás dela, e depois a voz entusiasmada de Mia a chamar «mãe?». Holly virou-se e lá estava Mia, esbaforida, o ar de desapontamento no rosto dela, como quem dizia «é apenas a Holly», de quebrar o coração.

— Ah — disse Mia, o brilho no olhar dela desvanecendo-se. — Pensei que eras a minha mãe.

— Então, ela vem esta tarde? Isso é maravilhoso!

— Bom, não tenho a certeza. Não recebi notícias dela. Mas presumo que venha. Provavelmente planeou chegar depois de as aulas terminarem. Já sabes como os pais às vezes são com as aulas. Tenho a certeza de que a qualquer instante chegará, vinda directamente do aeroporto.

Holly esperava que sim. Esperava mesmo, mesmo que sim. O facto de a mãe vir para o seu aniversário significava obviamente muito para Mia. E Holly compreendia bem porquê. Se havia um dia em particular em que mãe devia demonstrar que a amava mesmo, era no do seu aniversário.

— Viste alguém em Blue Crab Boulevard à procura do desvio para esta estrada? — perguntou Mia, esticando o pescoço para ver a curva na estrada onde as árvores obscureciam a vista do caminho. — Talvez a minha mãe esteja com dificuldades em dar com a estrada.

— Está bastante bem indicada — fez notar Holly com todo o tacto. — E ela pode perguntar a qualquer pessoa na cidade. Encontrará a estrada sem problemas. — Se viesse mesmo. — Porque não continuamos até tua casa?

Mia voltou a perscrutar a estrada, mas não viu mais nada a não ser o ocasional esquilo e ave. Avançou rumo a casa, desencorajada, subiu os degraus do alpendre e sentou-se, envolvendo os braços em redor das pernas.

— Não queres entrar? — perguntou Holly. — Está a arrefecer bastante.

— Não, estou bem. Estou tão entusiasmada com a vinda da minha mãe. Quero dizer, tenho a certeza de que ela virá. É o meu *aniversário*. — Subiu o fecho do casaco com capuz até ao queixo. — E o carteiro veio e não trazia nenhum postal de aniversário dela. Só pode querer dizer que planeia estar aqui. Com certeza não iria não enviar um postal *e* não vir em pessoa, não achas?

Oh, caramba. Holly esperava que não.

— Olha, toma — disse Holly, sentada ao lado dela e estendendo-lhe o pequeno embrulho. — Feliz aniversário, querida.

Mia alegrou-se.

— Uau, obrigada. — Desfez o laço, rasgou o papel de embrulho e abriu a caixa. — Oh, meu Deus, Holly, são lindos! Segurou nos brincos de pendentes com contas contra a luz. — E vão condizer na perfeição com o meu vestido. Muito obrigada — acrescentou, inclinando-se e abraçando Holly. — Queria colocá-los era já, mas sinto que devia guardá-los para o baile.

Holly sorriu.

— Concordo plenamente. E não tens de quê. Estou desejosa de ver fotografias de ti com o vestido... e com o teu bonito par.

Os olhos cor de mirtilo de Mia tremeluziram.

— Também eu. Estou tão entusiasmada. Só mais um dia.

— Bom, fala-me lá então mais desse janota do Daniel Dressler — pediu Holly, e ficaram ali no alpendre mais uma hora, a conversar, a rodar a cabeça a cada som, mas, por volta das cinco horas, a mãe de Mia continuava sem aparecer.

Às cinco e meia, depois de uma hora e meia sentadas nos degraus, um carro começou a descer o caminho e Mia pôs-se de pé de um pulo e correu na direcção dele, mas era apenas o carro azul. Era apenas o pai.

Mia largou a chorar. Permaneceu onde estava, as lágrimas correndo-lhe pelo rosto abaixo ao mesmo tempo que Liam emergia do carro.

— Ela ainda não chegou, pai. Ela vem? Deixou-te alguma mensagem?

A expressão de Liam basicamente dizia «oh, merda!».

— Lamento muito, querida, a mim ela não deixou quaisquer mensagens. Telefonei-lhe e enviei-lhe *e-mails* várias vezes, e voltei a tentar esta manhã, mas não tive notícias.

O rosto de Mia contorceu-se.

— Nesse caso, deve vir a caminho. — Voltou a sentar-se nos degraus, animando-se um pouco com a nova esperança que infundira na espera.

«Oh, Mia», pensou Holly, suspirando. Por um momento, Liam pareceu capaz de matar alguém, nomeadamente a ex-mulher, mas o facto era que ela ali não estava. Olhou de relance para Mia e as suas feições suavizaram-se.

— Estás aqui fora sentada desde que chegaste das aulas?

Mia acenou que sim com a cabeça.

— A Holly veio por volta das quatro com um presente para mim. Olha como são bonitos os brincos que ela me deu. Condizem na perfeição com o meu vestido para o baile.

A animação no olhar dela durou apenas alguns segundos.

«Obrigado», disse ele para Holly, mexendo apenas os lábios.

— Mia, vamos para dentro. Eu vou encomendar uma piza com os teus ingredientes preferidos. E tenho um presente para ti. Uma coisa que te tens fartado de pedir desde o aniversário do ano passado.

— Prefiro ficar aqui fora à espera da mãe — disse ela, pontapeando o degrau com a ponta do sapato.

— Querida...

— Quero ficar aqui à espera, pai.

Liam contemplou o céu por um momento.

— Eu agora encarrego-me disso — disse ele para Holly. — Obrigado por teres ficado com ela — acrescentou, num sussurro.

— Ora essa — respondeu ela. Aproximou-se de Mia e apertou-lhe as mãos. — Feliz aniversário, Mia. E não te esqueças de que quero ver fotografias do baile, está bem?

— Está bem — respondeu ela, e depois continuou a pontapear o degrau, levantando a cabeça a cada pequeno som.

Holly não se queria ir embora e não sabia ao certo se Liam lhe pedira que fosse ou apenas lhe concedera essa opção. Embaraçoso. Queria ficar e tentar confortar ambos, mas tratava-se de um assunto de família. Holly precisava de ir embora e permitir que Liam lidasse com o assunto da forma que melhor achasse.

— Pronto, então, adeus — despediu-se Holly.

Liam presenteou-a com um ténue sorriso e depois sentou-se ao lado da filha, os cotovelos apoiados nos joelhos.

Holly fazia figas para que os dois não ficassem ali sentados durante muito tempo. Mas até chegar a casa e abrir a porta nenhum carro se cruzara com ela ou virara para Cove Road. Aqueceu um dos pratos de massa daquele dia, *penne* em molho de vodca, que mesmo com a cabeça no ar não conseguira estragar, e sentou-se a comer com um olho na janela. Nunca chegou a ver qualquer carro virar para Cove Road.

Por Mia, esperava que o carro tivesse passado sem que ela reparasse.

Pouco depois da meia-noite, o telemóvel de Holly tocou. Ela estava na cama, o edredão macio e quente protegendo-a do frio da noite, o livro de receitas da avó no colo. Estivera a planear menus para as restantes aulas de culinária, mas não conseguira concentrar-se em mais nada a não ser nos Geller, um alto, moreno e muito jeitoso, a outra uma adolescente adorável, ambos haviam conquistado um lugar no seu coração. Agarrou no telefone, achando que era um deles.

Era Liam.

— Uma vez que é meia-noite, a Mia desistiu por fim — afirmou ele, a sua voz zangada, magoada, desesperada. — Foi agora para a cama, a chorar. Estou tão desorientado quanto ao que devo fazer para tornar a situação um pouco melhor.

Oh, meu Deus.

— Lamento muito — disse Holly. Juntou as três pedras do rio Pó na mão, na esperança de que a ajudassem a encontrar as palavras certas, mas não fazia ideia do que dizer, e também não queria dizer nada de errado ou disparatado.

— Holly, simplesmente... não sei. Não sei o que quero dizer. Quero apenas cuidar da minha filha. É tudo o que quero fazer.

Liam ficou em silêncio; portanto, Holly esperou um momento e disse:

— Fazes o que achares que deves fazer, está bem?

— Está bem.

Assim sendo, talvez não viesse a haver um segundo encontro perfeito. Liam estava certo em concentrar-se na filha, e não na sua vida amorosa. Respeitava-o ainda mais por isso.

— É só porque tu és a primeira pessoa em quem ela deposita confiança há muito, muito tempo, Holly. És um exemplo óptimo para ela, um modelo feminino. Não queria estragar isso. Se meto os pés pelas mãos nisso... — Inspirou. — Isto que eu estou a dizer faz algum sentido? Nem faço ideia do que digo nem que quero dizer com isto.

«Estás a dizer que, se começarmos a namorar e as coisas correrem mal, a Mia pode perder-me.» Holly entendia e compreendia, mas ainda assim a ideia... magoava-a.

— Eu compreendo inteiramente, Liam. Queres apenas proteger a tua filha, que acabou de ficar com o coração partido de uma forma que não consegues consertar. E queres assegurar-te de que não fazes nada que piore ainda mais as coisas.

— É isso mesmo. Eu disse-lhe que rompera com a Jodie, e isso animou-a um pouco, mas não será por muito tempo. Por isso, talvez seja melhor avançarmos com muita calma?

A dor parou. Muita calma não era *parar*.

— Com muita calma está muito bem. Com muita calma é um encontro perfeito num barco a remos que termina com um beijo maravilhoso e nada mais.

— Foi um beijo de boas-noites e peras, não foi? E os que o precederam, difíceis de travar. — Liam ficou em silêncio por um momento e depois disse: — Não sei se quero que o encontro da Mia para o baile da escola termine com um beijo maravilhoso. Os miúdos de doze anos dão beijos?

Ela sorriu.

— Beijos inocentes. Seja como for, tu vais fazer de pau-de-cabeleira. E ainda bem. É uma noite importante para ela, uma coisa com a qual está muito entusiasmada, e talvez a expectativa do baile a ajude a concentrar-se menos no desapontamento. É óptimo que vás lá estar. Ela pode não o confessar, mas aposto que isso é muito importante para ela.

— A menos que eu a envergonhe ao tentar fazer o *moonwalk* ou coisa parecida.

Holly soltou uma gargalhada. A sua vontade era correr estrada abaixo e abraçá-lo e depois voltar a correr para a segurança daquela casa, mas deixou-se ficar onde estava, *Antonio* enroscado num semicírculo aos pés dela.

Durante todo o sábado, Holly ansiou por telefonar para casa dos Geller a saber se Mia necessitava de alguma coisa para o baile, se precisava de ajuda a preparar-se. Podia não se ter dado muito bem com a sua mãe durante a adolescência, mas Luciana Constantina Maguire estivera sempre presente, com aquela caixa de *Tampax* quando ela ficara menstruada pela primeira vez, quando precisara de um sutiã sem alças para o seu primeiro baile da escola, quando fora traída por amigas ou desapontada por rapazes. A mãe não era propriamente carinhosa e terna, mas estivera sempre lá.

Holly não conseguia sequer imaginar o que seria ser-se uma rapariga com uma mãe que basicamente desistira dela por um novo marido e uma vida deslumbrante a cinco mil quilómetros de distância, na Califórnia, e viagens constantes à Europa, de tal modo que Mia nem tão-pouco sabia para onde havia de telefonar se quisesse falar com a mãe. Dois anos disso teriam certamente os seus efeitos em Mia — e em Liam. Não era portanto de espantar que ele tivesse tamanhas expectativas na cor-de-rosa Jodie, com as suas bonitas madeixas no cabelo e sabedoria acerca de que cores iam melhor com cada tipo de pele. No relacionamento havia superficialidade suficiente que não interferisse com a frágil composição da família Geller; contudo, havia também uma superfeminilidade que Liam acreditava poder compensar a ausência total da mãe. Holly não precisava de se interrogar se Jodie tinha saudades de Mia. Presenciara a falta de verdadeira ternura quando Jodie perguntara acerca das aulas de culinária. Porém, Jodie teria dado jeito naquela noite, enquanto Mia se aprontava, não que Mia tivesse deixado Jodie sequer aproximar-se.

Holly adoraria ver Mia toda aperaltada com o seu vestido brilhante cor de alfazema e os brincos de contas. Mas manteve-se longe do telefone. Concordara em levar as coisas com muita calma, e isso não incluía imiscuir-se na primeira experiência de Liam com o primeiro baile escolar da filha. Liam era capaz de lidar com o que quer que surgisse. Como dizer a Mia que estava lindíssima com uma voz trémula que lhe asseguraria que falava a sério.

Num dia em que podia manter-se ocupada a tender massa e a tentar uma forma nova, como o *tortellini*, que a Holly parecia muito intrincada, quase não passou tempo nenhum na cozinha. Vendera quatro embalagens do *penne* e seis frascos do molho de vodca do dia anterior, e depois dera por si no meio da sala de estar a contemplar a mobília e a decoração, como se de repente se tivesse dado conta de que aquela era agora a sua casa, e que podia mudar o que quisesse. Como, por exemplo, o deprimente quadro a óleo de um homem idoso de rosto severo a caminhar com uma bengala — o avô de Camilla Constantina. E o candeeiro, na bonita mesa de apoio junto à janela, com os três macacos sábios em redor da base, assustava-a de morte. Holly tirou o quadro da parede e o candeeiro da mesa e subiu ao piso de cima. Puxou as rangentes escadas para o sótão e levou o quadro e o candeeiro, um de cada vez, para os guardar ali. O pequeno sótão era limpo e não continha muita coisa, mas havia alguns candeeiros e vários quadros e uma estante carregada de livros, a maior parte deles italianos. Holly passou uma hora a vasculhar tudo, enchendo um cesto grande com coisas de que gostava, como três pequenas esculturas da figura humana — um homem, uma mulher e uma criança — e quatro pequenos quadros — um de *Antonio*, com um ar rabugento como de costume, outro da casa onde Camilla crescera em Itália, outro daquela casa, e um de Camilla sentada num banco de pedra perto da sua horta de tomate.

Holly trouxe os seus tesouros para baixo, feliz com a ideia de poder tornar aquela casa ainda mais sua. Uma vez que conseguira o trabalho de *catering* e que havia o potencial de ir atrás de outros, em especial até ao casamento, já não se sentia tanto uma hóspede na sua própria casa. Podia começar a pensar no bangaló como seu, como o seu lar, e imprimir-lhe o seu cunho. Apreciava o estilo ornamentado e romântico da avó, o gosto dela pelas cores da Toscana e pelas influências europeias. Mas com o bonito candeeiro de contas na mesinha de apoio e o quadro de uma perfeita oliveira onde estivera o do avô de cara obstinada, a sala de estar era um local onde Holly haveria de querer passar tempo, lendo um romance ou apenas olhando para o vazio.

Uma vez satisfeita com a decoração da sala, foi buscar os utensílios de limpeza e passou as duas horas seguintes a limpar o pó, a aspirar, a encerar, desfrutando de cada minuto do trabalho que antes achava entediante. Depois de um prolongado banho quente, vestiu um par de calças confortáveis e uma *T-shirt* de manga comprida e plantou-se de pé no meio do quarto, observando o que a rodeava. As espessas cortinas brancas de poliéster teriam de desaparecer. No seu lugar colocaria algo mais leve e vaporoso, talvez com umas cortinas laterais em veludo verde-escuro. Pediria ajuda a Tamara em relação a isso.

O telefone tocou e Holly saltou para ele. Pouco passava das sete e quarenta e cinco e o Baile de Outono começara às sete, por isso não podia ser Liam ou Mia a convidá-la para ir ver como Mia estava bonita. Algo que, tinha de admitir, esperara durante todo o frenesim limpador. Era Tamara, e Holly ficou satisfeita, pois conversar com uma amiga era mesmo do que precisava.

Tamara lançou-se num relato a par e passo do encontro que tivera na noite anterior, um segundo encontro com um repórter desportivo chamado Cameron. Fora ele quem planeara a saída, um jantar num cruzeiro em redor de Casco Bay, a partir do qual, Tamara reparara, não havia escapatória, por isso ficara convencida de que ele devia ter mesmo gostado dela no primeiro encontro.

— Mal falou de desporto a noite inteira — contou Tamara. — E é tão engraçado! E inteligente e tão, tão, sensual. Holly, devias vê-lo. Tem uns olhos verdes de morrer. E excelente cabelo, louro-escuro e meio ondulado. E de cada vez que lhe contava uma das minhas divertidas histórias acerca de decorar a casa ou o escritório de alguém, ele escutava mesmo e fazia perguntas. E trouxe-me a casa e pregou-me o beijo da minha vida à porta, e sem sequer fazer qualquer tentativa de entrar. Estive mesmo quase a convidá-lo, mas alguma coisa me disse que esperasse, que não apressasse as coisas, e ele convidou-me para um terceiro encontro ali mesmo, na hora. Oh, meu Deus, Holly, acho que estou apaixonada. É possível uma pessoa apaixonar-se ao fim de dois encontros?

— Com certeza que sim. E pelo que contas, ele parece extraordinário. Fico tão feliz por ti, Tamara.

— Ele vai ficar tão giro de *smoking* — comentou Tamara, e Holly percebeu que a amiga estava a imaginar-se de vestido de dama de honor no casamento da irmã, Cameron de olhos verdes e *smoking* ao lado dela. — Nem acredito no quanto gosto dele ao fim de dois encontros. Estou até a pensar presenteá-lo com sexo no terceiro encontro.

Holly riu. Sexo no terceiro encontro. Podia muito possivelmente vir a ter um terceiro encontro com Liam um daqueles dias. Se contasse o jantar com os Geller como o primeiro encontro. Mas sexo no terceiro não era avançar com «muita calma». Era o oposto disso.

— Quando já pensava que estava destinada a passar todos os casamentos, feriados, ocasiões especiais e noites de sábado... já para não falar do resto da minha vida... sozinha, conheço este tipo. Não achas o nome Cameron divinal? E sabes que mais, Holl? Vou cozinhar para ele na quarta-feira à noite. Estou a pensar fazer o teu *tagliatelle bolognese*, uma *bruschetta* com tomates e beringela e uma garrafa de bom vinho tinto. E para sobremesa, talvez *tiramisu*, em taças.

Holly ficou enternecida com «o teu *tagliatelle*». Não «o da tua avó». Não o da «Camilla's Cucinotta». O teu.

— Parece-me perfeito, Tamara. Romântico, sensual, informal, e contudo cheio de mistério.

Ela soltou uma gargalhada.

— Óptimo, pois era exactamente isso que eu pretendia.

Holly ainda pensou em contar a Tamara o seu próprio encontro com Liam, mas preferiu mantê-lo em segredo durante algum tempo, para que fosse só dela.

A campainha tocou mesmo quando Tamara se despedia.

Holly correu escada abaixo, olhando para o relógio de pé ao fundo das escadas. Passava pouco das oito. Seria Juliet? Francesca, a passar por ali para lhe dizer que estava tudo cancelado, que afinal de contas o *catering* do casamento fora entregue a Avery Windemere?

Mas era Liam, com um ar pálido, nervoso e furioso. Se eram oito horas, então o baile da escola, que ele devia estar a ajudar a vigiar, levava apenas uma hora de duração.

— Liam? Não era suposto...

— A mãe dela apareceu. Num minuto a banda está a tocar Miley Cyrus e no seguinte estão a cantar «Parabéns a você, parabéns, querida Mia», e lá está Veronica, no palco com um ramo de rosas e com uma fatiota toda à moda, que mais parecia uma estrela de *rock*.

Inesperado. Ou talvez não.

— Uau. A Mia deve ter ficado encantada.

Mas Liam não ficara, obviamente.

— Pois claro que sim. Ficou tão chocada a princípio que nem se mexeu, mas depois largou a correr para o que parecia o abraço encenado do ano.

Parecia um pouco cínico.

— Deve ter significado o mundo para a Mia, contudo.

— A Veronica já fez esta gracinha duas vezes antes. Não vê a filha durante meses e depois abate-se simplesmente sobre a cidade como a porcaria de um tornado, engolindo-a e cuspindo-a no final, quando está de saída.

— Entra, Liam — convidou Holly, a mão no braço dele. — Eu faço um café. Ou talvez prefiras uma bebida?

Ele entrou, mas não despiu o casaco nem lhe respondeu.

— Esquece-se do aniversário dela, faz a Mia chorar dia e noite e depois aparece a meio do baile da escola, interrompe o primeiro encontro da filha, e ainda inverte a situação, tornando-se o centro dela, clamando que não conseguia «suportar nem mais um minuto nesta terra sem ver a sua menina». Bravo. A Mia mal se despediu do rapaz que a acompanhou. Ou de mim.

— Imagino o quanto ela estava entusiasmada, Liam. Era o sonho dela.

Ele olhou-a fixamente.

— O sonho dela. O sonho dela de ver a mãe? A cada seis, oito meses? Sempre que a Veronica se sente deprimida ou se zanga com o marido e precisa de um sítio para se esconder durante algum tempo? Nessas ocasiões lembra-se de repente de que tem uma filha e o seu súbito e fingido amor e preocupação preenchem-na uma mancheia de dias, até se sentir bem o suficiente para voltar para o parvalhão do marido.

— Liam, não sei o que dizer. Não conheço esta mulher. Não me posso pronunciar em relação aos motivos dela. Sei apenas que ela é a mãe da Mia.

— *Fraca* mãe. E quando se farta da Mia, quando a Mia começa a exigir algo dela, a precisar de coisas como de *amor*, a Veronica vai-se embora e parte-lhe o coração em mil pedacinhos, e lá terei eu de apanhar os cacos. Até à próxima vez que acontecer. Estou farto disto, Holly.

Holly não sabia o que fazer, o que dizer, por isso abriu os braços e ele hesitou por um momento, depois deu um passo em frente e permitiu que ela o envolvesse num abraço.

— E eu também não posso fazer nada — disse ele, os braços pousados pesadamente sobre os ombros dela. — Sinto-me impotente no meio disto tudo. Tenho de permitir que o que aconteça, aconteça. E isso é uma merda.

— Talvez corra tudo bem — reconfortou-o Holly, a sua voz quase um sussurro, uma vez que a orelha dele estava mesmo colada à boca dela. Fechou os olhos por um momento, para desfrutar da tão agradável sensação de o ter colado a ela. Esperava que lhe ocorressem as coisas certas para dizer naquele momento em que ele precisava dela, precisava que ela dissesse alguma coisa que o consolasse. — Talvez a mãe dela fique o resto do fim-de-semana, trate a Mia como uma princesa e depois regresse a casa no domingo com promessas de voltar em breve. E talvez isso preencha a Mia até ao regresso dela. O facto de a mãe ter interrompido o baile provavelmente encheu-a de alegria. E toda a gente viu Veronica fazer um grande alarido em relação ao aniversário dela.

— Sim, com um dia de atraso.

Holly abraçou-o com mais força.

— A Mia agora está feliz, não está?

— Está.

— Então, aproveita, segue a maré. Ela está feliz. O desejo de aniversário dela, com um dia de atraso ou não, realizou-se. Ela está com a mãe. Desfruta disso e tenta não pensar no que pode acontecer.

Porque, muito provavelmente, o que pode acontecer é a Veronica ir-se embora amanhã, deixando Mia a sentir-se amada.

Liam descontraiu nos braços dela, mas não disse nada, limitando-se a abraçá-la.

— O teu cabelo cheira a flores outra vez.

— Tomei banho há pouco tempo.

Ele ficou em silêncio de novo por um momento e depois beijou-a, um beijo que parecia conter todo o espectro de emoções que estava a sentir, desde a raiva ao desespero. Mas que evidenciava também algo que não se coadunava com a decisão de avançarem com «muita calma». Assim, ela pegou-lhe na mão e conduziu-o à cozinha, onde se sentaram lado a lado nos bancos frente à ilha e ela lhe serviu queijo e uvas e um estaladiço pão italiano até ele se sentir mais calmo.

Tão calmo que se inclinou para ela e a beijou.

— Estou um caco.

— Eu trato disso — sussurrou Holly.

Levantou-se e colocou-se atrás dele, com o cuidado de não se aproximar mais do que o necessário, massajando-lhe a nuca, os musculados ombros, sentindo os nós de tensão e esforçando-se por os desfazer.

Foi então que ele se levantou e a beijou. Não foi um beijo como o anterior, em que nem sequer olhara para ela. Foi um beijo intenso, profundo, olhos nos olhos. Holly beijou-o de volta, tão dominada pela emoção e pelo desejo de sentir as mãos dele nela, não importava onde, que mal conseguia pensar racionalmente. Algures nos ombros dela, os imaginários anjinho e diabrete entraram em acção, o anjinho admoestando-a carinhosamente de que talvez não fosse uma boa ideia, tendo em conta todo o drama e complicações envolvidos, mas o diabinho, com a sua barriguinha proeminente e orelhas pontiagudas, era tão cómico que Holly quase se deixou rir quando ele revirou os olhos para o anjo e sussurrou «não sejas quadradão».

Assim, quando Liam lhe pegou ao colo como se fosse Richard Gere e a carregou escadas acima, ela ainda pensou por um breve instante e vagamente em dizer «talvez não seja uma boa ideia. Isto não é avançar com muita calma». Porém, quando abriu a boca para falar, nada saiu, e ele aproveitou a oportunidade para a beijar ao mesmo tempo que a carregava. Holly percorreu-lhe o pescoço com a língua, até à orelha, e quando ele entrou no quarto, o que era agora verdadeiramente o seu quarto, e a deitou na cama de ferro com as pedras do rio Pó, Holly decidiu que era o destino, e que as pedras estavam a estender-lhe a sua bênção.

E continuou calada quando ele lentamente lhe levantou a *T-shirt* por cima da barriga, por cima do peito, onde passou um longo momento antes de lhe despir a camisola por completo e a lançar para trás das costas. Ela fez o mesmo com a camisa dele, beijando-o à medida que lha desabotoava de cima para baixo. Adorou a visão de ambas as peças de roupa juntas numa pilha no chão, e logo a seguir a sua atenção foi completamente arrebatada pela sensação das mãos e boca dele explorando várias porções da sua pele, até a deixar nua, as calças e cuecas de renda, as calças cinzentas dele e *boxers* pretos *Calvin Klein*, lia-se no elástico dos mesmos, juntando-se à camisa e *T-shirt* no chão.

Depois, durante um longo momento, não houve mais nada a não ser sensações, prazer e o delicioso ar fresco penetrando pela frincha aberta na janela.

Liam voltou a transformar-se numa abóbora por volta das dez, hora de deitar de Mia, e hora a que esperava que a mãe a trouxesse de volta.

A cama de Holly, tão quente há um momento, parecia enorme e fria sem ele. Liam vestia-se, as suas feições fechando-se com cada botão, com cada fecho.

— Nem tenho a certeza se a Veronica vai levar a Mia a casa ou se fica com ela no fim-de-semana, ou o que quer que seja — reclamou, abotoando a camisa por cima do musculado peito que ela beijara de uma ponta à outra. — Quem me dera poder ficar. Quem me dera poder passar o resto da noite contigo.

— Também eu. Mas compreendo.

Holly vestiu o seu curto roupão de cetim e atou-o em redor da cintura, pronta para o acompanhar. À porta do quarto, ele virou-se de repente, desatou-lhe o roupão e puxou-a contra ele num abraço apertado que a deixou sem fôlego. E depois, com dois dedos, acariciou-lhe o rosto, a linha do maxilar. Atou-lhe o cinto do roupão de novo, esboçou um sorriso e colocou o braço em redor da cintura dela enquanto desciam as escadas.

Se Holly estivesse a fazer *ravioli* ou *risotto* de cogumelos, desejaria que ele pudesse ficar, que as circunstâncias fossem diferentes. «E sim, sim, sim, Tamara, posso agora confirmar que é possível uma pessoa apaixonar-se no segundo encontro. É possível apaixonarmo-nos numa breve visita, por alguém que nos bate à porta às oito da noite.»

Na cozinha, encontrou o casaco dele no chão, onde ele o largara quando a beijara da primeira vez. E depois acompanhou-o à porta da rua.

— Telefona-me se precisares de conversar, está bem?

Ele acenou que sim com a cabeça e inclinou-se para a beijar, ao mesmo tempo terna e apaixonadamente, nos lábios, e abriu a porta. Holly ficou a vê-lo atravessar a estrada, os ombros de novo tensos. Do outro lado, ele deteve-se e olhou para trás, levantando a mão como fizera da última vez, e Holly levantou a dela em resposta.

15

De manhã, quando Holly abriu a porta da frente para recolher o jornal de domingo, havia qualquer coisa embrulhada em papel de seda em cima do tapete, com um bilhete num envelope. Holly inspirou o frio ar de Novembro, pegou no embrulho plano e arredondado e abriu o bilhete.

> *H... Não consegui dormir por várias razões, mas principalmente porque não consigo parar de pensar em ti e na noite passada. Sou o tipo de pessoa que quando não dorme faz coisas, por isso fiz isto para ti.*
> *L.*

«Que seria?», interrogou-se ela, o sorriso apatetado regressando ao mesmo tempo que afastava o papel de seda e descobria uma tabuleta de madeira com a forma de um tomate. No meio dele, COZINHA DA HOLLY esculpido numa bonita letra.

Contemplou-o por um momento, ridiculamente feliz. Independentemente de tudo, havia um sentimento genuíno naquele presente, no que queria dizer e representava.

Pendurou-o ao lado do fogão e recuou para olhar para ele. COZINHA DA HOLLY. Sorriu, pegou no telefone e marcou o número de Liam, mas a chamada passou para o atendedor, por isso deixou uma mensagem a agradecer-lhe — pelo presente e pela noite anterior. Fez uma cafeteira de café milanês, abriu o último pacote dos biscoitos *Mulino Bianco*, os preferidos da avó, e, sem tirar os olhos da tabuleta, sentou-se à mesa do pequeno-almoço, onde a avó tantas sinas lera ao longo dos anos.

Holly não serviria a Liam Geller *sa cordula*. Nem pensaria em semelhante proeza.

À tarde, enquanto preparava a aula do dia seguinte, ele telefonou por fim de volta. Mia ia ficar com a mãe num hotel em Portland durante o fim-de-semana; Veronica trá-la-ia de volta na segunda-feira de manhã e Mia soara tão entusiasmada que ele mordera a língua e concordara. E, pelos vistos, ele e Veronica também haviam conversado durante um longo momento. A ex-mulher contara algumas novidades que haviam deixado a cabeça de Liam às voltas, segundo ele, e embora Holly estivesse mortinha por saber o que era, Liam não queria entrar em pormenores até que ele mesmo tivesse digerido tudo.

— Preciso de um manual sobre como lidar com isto — confessou ele. — Preciso de plantas. E de uma bebida bem forte.

«Igualmente», pensou ela.

Eram quase seis da tarde de segunda-feira. Holly interrogou-se se Mia viria à aula naquele dia. Porém, às cinco e quarenta e cinco, a porta abriu-se de rompante e Mia entrou a correr, o seu sorriso maior e mais radiante do que quando contara a Holly que Daniel a convidara para o baile. Vestia roupas que Holly nunca antes lhe vira, calças de ganga justas enfiadas para dentro de botas de montar castanhas, um lenço comprido e multicolorido ao pescoço, roçando a prateada fivela do cinto. E o cabelo, comprido e cor de avelã, estava agora cortado num estilo sofisticado, com franja penteada para o lado e escadeado. Parecia ter dezasseis anos.

Liam devia estar furioso. Se é que já a vira.

Mia entrou entusiasmadíssima na cozinha, executando três piruetas e detendo-se, rindo.

— Olha para mim, Holly! Não estou giríssima? A minha mãe levou-me às compras e ao cabeleireiro. Repara nas minhas sobrancelhas!

As sobrancelhas estavam muito bem antes, mas agora eram pinceladas perfeitas sobre os bonitos olhos cor de mirtilo de Mia. Pelo menos, não estava maquilhada. À excepção de um pouco de *gloss* brilhante nos lábios. Uma novidade também. Porém, o *gloss* não escandalizava Holly. Embora, provavelmente, fosse *Chanel*.

— Todos os meus desejos se realizaram, Holly! A minha mãe veio ao baile e depois levou-me para o hotel dela e passámos um fim-de-semana maravilhoso. E depois, esta manhã, deixou-me em casa, e o meu pai passou-se, é claro, por causa das minhas roupas novas e do penteado. Caramba, tenho doze anos. Não dez. Por que raios tenho de ter um cabelo de menininha que mais parece uma cortina? O meu cabelo agora não está diferente do da Madeline ou da Morgan. E grande coisa, estou de calças de ganga enfiadas para dentro das botas. Passo o Inverno todo assim.

Calças de ganga de rapariga de doze anos enfiadas em botas adequadas a uma jovem adolescente não eram exactamente a mesma coisa, mas Holly sabia que aquela conversa não tinha que ver com a roupa, nem com o cabelo, nem com as sobrancelhas. Tinha que ver com a mãe de Mia ter voltado à vida dela. Portanto, era melhor avançar com todo o cuidado.

— Devias ter *visto* a cara da Madeline Windemere e das amiguinhas dela quando hoje de manhã entrei na escola. E o Daniel não conseguia parar de olhar para mim na aula de História. Perguntou-me se podíamos voltar a sair esta semana, e eu disse-lhe claro, mas que não sabia quando, pois a minha mãe arranjou-nos programa para, tipo, todas as noites desta semana. Oh, meu Deus, Holly, a minha vida *podia ser* melhor? Podia! Porque, adivinha qual é a melhor parte? Ela vai ficar! A minha mãe vai mudar-se de volta para cá! Vai arrendar uma casa para nós em Portland, ou no Eastern ou no Western Promenade, ou talvez um daqueles apartamentos mesmo no porto, no Old Port, até encontrar exactamente o que procura para nós. E ela disse que eu tenho a palavra final na casa que ela comprar!

Uau.

— Ela vai mudar-se para cá? Com o marido?

— *Essa* é que é a parte melhor, na verdade — explicou Mia, pegando em ambas as mãos de Holly e pulando. — Ela diz que se vai divorciar!

Duplo uau. Estava tudo a acontecer muito depressa. E subitamente, como Liam dissera. Não era portanto de admirar que ele estivesse tão preocupado e perturbado.

— E sabes o que isso quer dizer? — perguntou Mia, girando mais uma vez.

— O quê?

— Que o meu pai e a minha mãe vão voltar a ficar juntos. Sei que sim. Devias ter visto a cara dele quando a minha mãe apareceu no baile. Estava no palco quando me começaram a cantar os parabéns, e eu olhei em redor em busca dele e vi-o a olhar para ela e há muito tempo que não o via com aquele ar. Ele nunca olhou para a Jodie daquela maneira.

«Como se a quisesse matar?», interrogou-se Holly.

Ou teria havido um momento, antes de a raiva e de o medo se terem instalado, em que Liam olhara para a ex-mulher e sentira algo bem mais terno?

— Oh, e Holly, há problema se eu hoje não ficar para a aula? A minha mãe vai levar-me a uma exposição de arte numa galeria. Não é tão fixe?

— Claro que não há problema.

— Quer dizer, eu continuo a fazer tenções de ser tua aprendiza, muito embora a nossa missão esteja terminada. Livrámo-nos daquela falsa e arejada! A minha mãe é uma excelente cozinheira, por isso, não é que eu agora precise de aprender, mas eu gosto muito da aula. E nós tínhamos um acordo, certo?

— Certo — respondeu Holly, apertando a mão de Mia, a cabeça a mil à hora para digerir tudo aquilo e não se concentrar em nada em particular. Como Liam a olhar para a ex-mulher com amor e ternura.

— Pronto, é melhor eu ir andando. A minha mãe ficou de me ir buscar daqui a quinze minutos. E agora tenho roupa deslumbrante para vestir! Obrigada por tudo, Holly. Se não fosses tu, a Jodie ainda estaria na vida do meu pai e isso iria complicar tudo. Agora ele é livre de novo e totalmente disponível para voltar para a minha mãe.

Holly conseguiu esboçar um sorriso, um sorriso que até parecia genuíno, pois gostava muito daquela menina, mais até do que se dava conta, e por ela queria que este conto de fadas tivesse um final feliz.

Mas não podia, pois não? Não havia como nem de que maneira, não era? Porque Liam já não amava a ex-mulher, nem sequer *gostava* da ex-mulher. E porque ele e Holly haviam tido um encontro perfeito num barco a remos que terminara com um beijo maravilhoso e depois haviam partilhado queijo *Gouda* e uvas e pão italiano e tinham feito amor.

Porque Holly estava apaixonada por Liam.

— Onde está a Mia esta noite? — perguntou Juliet, olhando em redor da grande cozinha à procura dela. Mia era uma presença tão alegre e barulhenta que a falta dela, em especial com apenas a preocupada Holly e a enlutada Juliet na cozinha, tornava a sua ausência ainda mais notória. Tamara telefonara, soando muito congestionada, a dizer que estava engripada e que não conseguiria ir à aula, e Simon, Holly ficou agradada ao vê-lo, acabara de entrar.

— Está com a mãe — respondeu Holly, acenando um olá a Simon ao mesmo tempo que colocava cópias das receitas na ilha da cozinha. Talvez depois passasse em casa dos Geller a levar as receitas de Mia, só para ter uma desculpa para lhes bater à porta. «Olha, não estás de novo apaixonado pela tua ex-mulher, pois não? Absurdo, certo?»

E ele diria: «Holly, minha palerma, como poderia eu sentir alguma coisa por outra mulher que não tu depois dos últimos tempos que passámos juntos? E a tabuleta que fiz para ti?»

Pouco provável. Embora tivesse de facto feito a tabuleta.

— Fico muito feliz — comentou Juliet. — Pela Mia, claro. Mas, na verdade, não compreendo aquela mãe. Como se parte assim, se começa uma vida nova como se não tivéssemos algures uma filha? Fico tresloucada, em especial porque faria qualquer coisa para estar com a minha filha nem que fosse mais um minuto, e vejo alguém que vira as costas à filha de dez anos e a troca por um homem, regressando de quando em vez para visitas-relâmpago.

Simon atou o avental.

— Eu entendo-te. Aquelas primeiras semanas sem ver a Cass todos os dias, obrigado a telefonar-lhe se quisesse escutar a voz dela, saber como passara o dia e como estava, foram tão difíceis. É quase impossível imaginar um progenitor que seja capaz de passar semanas ou meses sem ver a cara do filho. Eu também não entendo. A Mia deve estar nas nuvens, contudo. O desejo que juntou à sopa realizou-se.

A *minestra maritata*. Holly quase esquecera a sopa. Talvez tivesse ajudado à reunião daquela família sem se ter dado conta. Um verdadeiro momento *à la Camilla Constantina*.

Teve de se recordar de que se tratava de uma ocasião feliz para uma criança, que o desejo de uma menina se realizara. E quantas vezes é que uma coisa assim acontecia? E não era uma menina qualquer, era Mia, de quem ela gostava do fundo do coração. Durante as últimas semanas, Mia partilhara as suas esperanças e sonhos com Holly — porque não tinha mais ninguém com quem os partilhar — e agora Holly ia ser a intrusa?

Precisava de dar um passo gigantesco atrás.

— Vocês os dois colocaram as coisas em perspectiva para mim — declarou Holly. — Sem sequer se darem conta disso. Obrigada.

Juliet sorriu.

— Na verdade, não sou assim tão cega. Sei que sentes algo de muito sério pelo pai da Mia. E também sei que acontecem coisas sobre as quais não temos absolutamente qualquer controlo. Como o amor. E a perda.

— Então, estás a dizer que devo ficar de guarda? Ou que preciso de abrir mão dele?

Interrogou-se o que Liam estaria a fazer naquele momento. A passear com Mia e a mãe dela ao longo da ventosa praia perto do farol preferido de Mia, em Cape Elizabeth? Sentado a jantar em casa, os três a conversar acerca dos velhos tempos em que eram uma família?

Como podia ela juntar ao *risotto* daquela noite o desejo de que Liam a escolhesse a ela, ao invés da oportunidade de voltar a unir a família? Como poderia?

— Holly, estou apenas a dizer que não podes controlar tudo. Não podes controlar nada, na verdade. Como a comida que temos feito. Podemos seguir a receita tal qual a tua avó a escreveu, fazer tudo exactamente, ou quase, como ela fazia, e o prato ainda assim sair sofrível, ao invés de espectacular. Ou pode sair espectacular quando até nem tínhamos grandes expectativas.

Simon acenou que sim com a cabeça.

— És muito sábia, Juliet.

— Dificilmente. Tento apenas fazer sentido da morte da Evie. Um dia ocorre-me uma coisa tipo isto que acabei de dizer e eu até acho que acredito, mas no dia seguinte volto ao choro e à raiva que me faz querer bater nalguma coisa, volto ao desespero total que me faz querer esborrachar o carro contra uma parede.

Holly olhou para Juliet fixamente, depois para Simon, e de novo para Juliet.

— Mas não o farias, pois não?

Juliet abanou a cabeça e os olhos encheram-se-lhe de lágrimas.

— Não, não faria. Não que não tenha pensado nisso, quando estou ao volante e a chorar e calho a avistar algumas paredes de tijolo nas proximidades. Mas isso só desonraria a morte da Evie. —

Tapou então a cara, e embora há um momento tivesse soado tão forte, Holly percebeu que os joelhos da amiga cederiam se não se sentasse.

— Certo?

Holly conduziu Juliet até ao recanto onde estava a mesa do pequeno-almoço e sentou-a numa das cadeiras almofadadas.

— Certo, Juliet. Muito certo. É o que a minha avó diria, tenho a certeza.

— E o Ethan precisa de mim. Sei que sim. Eu só não estou é interessada em que ele precise de mim. Sei que isto soa muito frio da minha parte.

Simon serviu um copo de vinho branco e estendeu-o a Juliet.

— Frio, não. Toda a gente faz o luto de uma forma diferente. Há quanto tempo morreu a tua filha?

— Há quase seis meses. A princípio fiquei em casa com o Ethan. Tentei. Tentei deixá-lo consolar-me, mas quando ele começou a voltar ao trabalho ao fim de apenas duas semanas, *duas semanas*, comecei a odiá-lo. E depois chegava a casa do trabalho com conversas estúpidas e imprestáveis acerca de um qualquer caso de aquisição empresarial hostil em que trabalhava, e eu comecei a odiar o som da voz dele. Fechei-me no quarto da Evie, dormindo lá, o que, suponho, ainda piorou mais as coisas. E com o tempo ele deixou de falar comigo, limitando-se a caminhar em redor de mim. E eu por fim senti que podia sair de lá. E vim para aqui.

Holly apertou a mão de Juliet.

— Oh, Juliet. Tens chorado a perda do teu marido tanto quanto a da tua filha.

Ela encolheu os delgados ombros, tenuemente.

— E lá estou eu de novo, a sugar todo o ar da sala, como o Ethan me acusava de fazer. Não quero transformar esta aula numa deprimente história de ir às lágrimas. Vão vocês fazer o *risotto*. Eu acho que preciso de apanhar ar fresco.

— Então, vamos todos sentar-nos lá fora no alpendre com a garrafa — sugeriu Simon, tirando mais dois copos do armário. — Hoje estou estafado do trabalho. Nem energia tenho para picar alho, quanto mais para fazer caldo de tutano de vaca.

— Eu também não — confessou Holly. — Um copo de vinho e dois amigos parece-me bem ser o melhor remédio para qualquer um de nós.

Assim, encaminharam-se os três para o alpendre lateral e estenderam-se nas cadeiras que davam para os bonitos arbustos perenes e para o baloiço entre os carvalhos, beberricando o vinho e conversando acerca do amor e da desilusão, até Simon começar a ressonar.

Juliet riu. Era um som agradável.

Holly estava na cama com o diário da avó nas mãos e *Antonio* enroscado aos pés quando o telefone tocou. Por uma vez, não pulou para ele. Quase não atendeu. Mas é claro que acabou por fazê-lo.

— Olá — cumprimentou Liam.

— Como estás? — perguntou ela, sustendo a respiração.

— Estou bem. Tirando o facto de me sentir como se a minha cabeça fosse explodir. A mãe da Mia largou umas quantas bombas no meu colo e... — deteve-se por um momento, e Holly deu-se conta de que sustinha a respiração — de repente as coisas estão... *complicadas* quando não o estavam há alguns dias.

Complicado. A palavra de que Holly menos gostava.

Voltou a recostar-se e contemplou o tecto.

— Eu sei. A Mia passou por aqui antes da aula de hoje. Contou-me tudo. Acho que não deixou nadinha de fora.

— Ah. Isso provavelmente é uma coisa boa.

«Ou uma coisa muito má.»

— A Veronica diz que vai mesmo ficar, que vai procurar uma casa... para comprar. Parece falar a sério.

Isto era bom para Mia, Holly relembrou a si mesma quando a preocupação começou a inundar-lhe as veias.

— Então, ela deixou o marido, assim sem mais nem menos?

— É o *modus operandi* dela.

Era tudo tão confuso. Veronica abandonara dois maridos. E era suposto Holly torcer para que ela ficasse com um deles, e logo aquele pelo qual ela se apaixonara?

«É suposto torceres pela Mia», disse para si mesma. «Por uma família desfeita que poderá ter uma segunda oportunidade.»

Não é que houvesse ali uma família. Veronica era uma ex-mulher. *Ex*. Fora ela quem decidira ir embora. Holly acabou por dar-se conta de que podia continuar a pensar naquilo e a andar em círculos para sempre sem nunca saber o que devia ou não sentir ou pensar.

— Lamento tê-la mais ou menos defendido na outra noite, em prol da Mia — disse Holly. — Entendo porque estás tão preocupado em relação às intenções da Veronica. Mas suponho que, se ela está seriamente a planear ficar, isso será bom para a Mia, certo?

— Viste as calças de ganga dela? As sobrancelhas? A seguir arranjará uma tatuagem. Não sei se será muito bom.

Holly não fazia ideia do que dizer em relação a isso, em relação a nada, na verdade.

— Escuta, Holly, é possível que não nos vejamos muito nos próximos dias, só até eu perceber o que se passa na verdade, quais são as intenções da Veronica, se isto é a sério.

— Poderá ser?

«E tu fazes parte das intenções dela?»

— É bem capaz. Foi a sério o suficiente quando me trocou e à Mia por uma vida em Santa Barbara e Paris com o marido que está agora a abandonar. Se nos deixou a nós, com certeza que também é menina para o deixar a ele.

— Então, talvez haja outro homem na história? — aventou Holly. «Não tu», acrescentou silenciosamente. Mesquinhamente. Egoistamente.

— Não ficaria surpreendido, mas não a estou a ver a trocar um banqueiro internacional com casas em quatro continentes por um pescador de lagostas do Maine. Vamos encontrar-nos amanhã à noite para conversarmos, por isso planeio inteirar-me de tudo nessa altura.

Encontro. Os dois. Em casa de Liam, muito provavelmente. Não, o mais certo é que fosse no hotel onde Veronica estava, para poderem falar à vontade.

Tentou recordar as palavras de Juliet acerca de não poder controlar tudo. Porém, faria tudo por uma varinha mágica ou pelo dom de *sapiência* da avó.

A cozinha não podia ficar mais limpa. Apesar de não ter dado aula, Holly limpara o fogão, o frigorífico, as bancadas e o chão. Não lhe restava mais nada para esfregar. E a única coisa que precisava de uma boa esfregadela era o seu cérebro, para dele arrancar Liam e Mia.

— Que irá acontecer, *Antonio*? — perguntou ao gato, que olhou para ela da sua cama.

Holly estendeu-lhe o petisco preferido e *Antonio* levantou-se e avançou para ela, a sua pequena barriga balançando de um lado para o outro. Devorou-o e com o quente corpo descreveu um oito em redor das pernas da nova dona.

Pelo menos conquistara-o. Ainda que às custas de petiscos.

— Anda, *Antonio*. Vou tomar um longo banho. Podes ficar enroscado no tapete felpudo.

E de facto, o gato seguiu-a escadas acima e sentou-se na soleira da porta, mas por fim entrou e deitou-se no tapete ao lado da banheira. Holly pôs a água a correr e deitou-lhe umas bolas de sais de banho com a forma de pérola que cheiravam ao mesmo tempo a pó-de-talco para bebé e a consolo. Dirigiu-se ao quarto e pegou no diário da avó, deixado em cima da cama, e depois despiu-se e enfiou-se na água quente, segurando bem o caderno para não o molhar. Precisava de sair da sua própria vida por um momento e talvez encontrasse alguma lição nas experiências da avó sobre como lidar com o inesperado.

Assim que leu a primeira frase, porém, fechou o caderno, insegura sobre se queria descobrir o que acontecera ao certo ao pequeno bebé de Lenora Windemere. Contudo, ajeitou a almofada insuflável, respirou fundo e começou a ler.

Maio de 1964

Querido diário,
Lenora Windemere não teve o bebé em casa com a ajuda de uma parteira. Segundo a Annette, quando as contracções começaram, Lenora começou a cronometrá-las e ao perceber que estava na hora, Richard pegou na mala e foram a correr para o hospital.
Foi um parto difícil.
E o bebé, enfermiço e débil, nasceu com um buraco no coração.
— O bebé não sobreviveria se o tivesse tido em casa — disse o médico a Lenora. — Ainda bem que teve o bom senso de vir dar à luz no hospital.
Contudo, o bebé, chamado Richard como o pai, não melhorou. Os médicos deram-lhe algumas semanas de vida, depois, talvez, alguns meses. O pequeno Richard Windemere morreu pouco depois de ter completado um ano, no seu berço na unidade de cuidados intensivos pediátricos do Maine Medical Center, onde passara as semanas anteriores a lutar pela vida.
Na manhã do funeral, cozinhei e embalei o equivalente a uma semana de refeições que sabia que os Windemere gostavam e podiam congelar sem problemas. Vesti o melhor casaco de lã à Luciana, metemo-nos no carro e conduzi até à mansão Windemere, junto à água.
— Não te esqueças, Luciana — admoestei enquanto esperava que me viessem abrir a porta. — Não precisas de dizer nada enquanto lá estivermos, mas, por favor, porta-te bem.
Luciana tem agora seis anos e porta-se muito bem, contudo, estava preocupada que o ajuntamento de caras solenes, as pessoas vestidas de preto e o choro a fizessem recordar o funeral do pai e ela começasse aos gritos. Não planeava ficar muito tempo, precisamente por essa razão. Um funeral não é um lugar para uma menina que já teve de passar pela perda de um progenitor.

Martha, a criada interna dos Windemere, abriu a porta e informou-me de que Lenora e as amigas estavam na sala de estar formal a tomar café.

Senti-a assim que passei a soleira da porta. A raiva. Revoluteou em violentas cutiladas pretas e roxas à minha frente, como rastos de um fogo-de-artifício frente aos meus olhos, recusando-se a desaparecer. Agarrei na mão da Luciana com mais força, não sabendo ao certo se devia entrar. No entanto, já ali estava, com a comida e as minhas sinceras condolências. Ficaria apenas um minuto ou dois.

A raiva cresceu assim que entrei na sala. Lenora estava sentada no sofá, ladeada por Annette e Jacqueline, duas mulheres mais velhas, a mãe e avó de Lenora, sussurrando no sofá frente a elas.

Lenora segurava um lenço branco junto aos olhos. Annette segurava-lhe na outra mão.

— Oh, Lenora, lamento... — comecei.

— Fora da minha casa — gritou-me Lenora. — Devia ter deixado as coisas como estavam. Eu devia era ter seguido os meus instintos e tido o bebé em casa com a parteira. Odeio-a!

Luciana arquejou e senti-a retesar-se. Agarrei-a mais junto a mim.

— Mas, Len, assim o bebé teria morrido minutos depois — argumentou Annette, acariciando o ombro de Lenora. — Não teria chegado com vida ao hospital.

— Sim, isso mesmo — gritou Lenora. — E este último ano não teria sido um pesadelo, sempre à espera que ele morresse. Tornou este ano um inferno para mim, Camilla. O meu menino teria morrido pacificamente como um recém-nascido. Ao invés disso, teve uma curta vida de sofrimento! Cirurgia após cirurgia! E é tudo culpa sua. É uma bruxa repugnante. Fora da minha casa, já!

Luciana começou a chorar. Em choque, deixei cair o saco, que tombou ao chão com um baque. Fiquei simplesmente ali *plantada, incapaz de me mexer, incapaz de pensar, como se o ódio de Lenora tivesse bloqueado tudo dentro de mim.*

— Rua! — voltou Lenora a gritar. — A culpa é sua!

Lenora estava tresloucada pela dor, eu sabia-o. Precisava de alguém sobre quem despejar a dor e a raiva. E eu era esse alguém. Não havia nada que eu pudesse dizer. Segurei na mão da Luciana e abandonei a sala a correr, descendo a escadaria com os olhos cheios de lágrimas.

Foi o final do meu relacionamento com Lenora Windemere.

Porém, foi o início do florescimento do meu negócio de adivinhação. A triste história do pobre bebé Windemere alastrou por toda Blue Crab Island e vilas vizinhas. Que eu salvara a vida do bebé ao dizer a Lenora que desse à luz num hospital e não em casa com uma parteira. O facto de o bebé ter morrido era uma espécie de triste nota de rodapé da história que circulou; o que importava para as pessoas era que o bebé sobrevivera durante um ano, tivera a oportunidade de lutar para viver. E o meu telefone começou a tocar a toda a hora com marcações. Em prol da minha sanidade, limitei as consultas a um cliente por dia e cobrei vinte e cinco dólares a cada um.

No entanto, as coisas entre mim e a Luciana nunca mais foram as mesmas, desde aquele dia terrível na sala de estar de Lenora Windemere. Em que ela me chamou bruxa. Bruxa repugnante. E me expulsou da sua casa.

Quando a Luciana tinha perguntas, preocupações, receios, sonhos, recorria à professora, uma amável mulher que parecia uma princesa, de cabelo louro e olhos azuis e modos muito gentis. Insistia em ser chamada de Lucy e recusava-se a responder a Luciana. E olhava-me com uma espécie de desconfiança. Como se eu pudesse fazer-lhe algum mal.

Assim, tornei-me ainda mais amável e gentil, e durante algum tempo as coisas melhoraram. Mas apenas por um tempo.

A entrada do diário terminou, Holly fechou o caderno e deu-se conta de que tinha a mão a tremer. «Oh, *nonna*», pensou, tentando imaginar aquele momento na sala de estar de Lenora Windemere, a sua mãe uma assustada menina de seis anos a escutar tudo aquilo, a tomar parte naquela terrível cena.

Saiu da banheira, vestiu o espesso roupão azul que a avó tinha sempre pendurado no cabide para ela e dirigiu-se ao quarto para telefonar para casa dos pais, em Newton. Eram quase onze da noite e a mãe e o pai deviam estar muito provavelmente a ver *Lei & Ordem* na cama, à espera do telejornal, após o qual veriam um pouco do *The Tonight Show* e apagariam as luzes das mesas-de-cabeceira para dormirem.

A mãe atendeu ao terceiro toque, como de costume. Podia estar sentada ao lado do telefone a ler a revista *Good Housekeeping*, mas esperava sempre pelo terceiro toque para dar a entender que se encontrava ocupada e a conduzir uma vida agitada, um telefonema apenas uma das suas muitas actividades.

— Olá, mãe. Como estás?

— Holly? Que se passa?

— Não se passa nada. Preparava-me apenas para me ir deitar e apeteceu-me dizer olá e saber como estavas. Como está o pai.

«E de alguma forma transmitir pelo fio telefónico o quanto lamento o que aconteceu naquele dia na sala de estar dos Windemere. Deves ter ficado assustadíssima.»

— Oh, estamos bem. Tudo na mesma, como a lesma, já sabes. Ganhei um concurso na biblioteca e vou receber uma cópia autografada de um autor de livros de mistério. E as análises do teu pai ao colesterol estão muito melhores desta vez. Se ao menos conseguisse que ele parasse de fumar aqueles horríveis cigarros. O teu pai mais parece um homem de oitenta anos.

Holly conseguiu escutar o pai murmurar: «Oh, por favor, Lucy.» Riu, imaginando Bud Maguire, com a sua cabeça quase calva e penugem castanho-aloirada nas orelhas, fumando o seu cigarro e vendo distraidamente televisão ao mesmo tempo que folheava a sua revista preferida, a *Popular Mechanics*.

Pensou contar à mãe o que lera no diário de Camilla, mas depois decidiu não o fazer. Se levantasse o assunto, a mãe certamente que se colocaria na defensiva e se fecharia em copas. Conhecia bem a mãe. Não seria uma conversa que as aproximaria mais; apenas alargaria o fosso. Holly estava a escolher assumir as rédeas da vida a que a mãe não vira a hora de virar as costas.

— Então, continuas a dar as aulas de culinária?

— Sim, e esta noite foi a quarta lição. — Não que tivessem cozinhado de facto alguma coisa. — Assim que me comecei a descontrair e a seguir apenas as receitas, prestando verdadeira atenção aos ingredientes em si, e não à quantidade de trabalho que tinha pela frente, comecei a ficar bastante boa.

— Bom, para ser honesta, não sei como aguentas aí. Mas sempre foste uma boa cozinheira. Lembras-te daquela costeleta de vaca assada que fizeste para os cinquenta anos do teu pai quando nos vieste visitar há uns anos? E o puré de batata com alho? Ele adorou. Pede sempre o puré com alho quando vamos ao Olive Garden. Podias vender a casa e abrir uma cafetaria.

Holly sorriu. Agora que sabia mais acerca da infância da mãe e do motivo por que ela era tão crítica em relação à ilha, já não via um ataque em tudo o que a mãe dizia.

— Bom, estou empenhada na Camilla's Cucinotta, por isso, talvez tu e o pai pudessem vir até cá um dia provar o meu *risotto alla milanese*. Já quase o aperfeiçoei. Na verdade, até vou servir um casamento no Blue Crab Cove. O hotel já existia no teu tempo?

Luciana ficou em silêncio por um momento, e depois disse:

— Oh, sim, existe desde sempre. Isso é bom, Holly. Suponho então que estás bem, aí?

«À excepção do meu coração preocupado, sim.»

— Estou mais do que bem, mãe. Sinto-me como se pertencesse aqui. Sinto-me mal por te dizer isto, pois sei o quanto odeias a ilha.

— És mesmo neta da tua avó — comentou Luciana. — Sempre foste. Para te ser franca, Holly, a relação especial que vocês as duas tinham sempre foi um alívio para mim. A minha mãe e eu nunca nos entendemos muito bem, mas eu amava-a. E respeitava-a, embora não apreciasse nem um pouco aquilo de ela ler as sortes das pessoas. Não foi fácil para mim crescer com isso, mas sempre me senti mal em relação a tudo menos ao facto de me ter afastado. Ajudava saber que ela te tinha a ti. E que ainda tem.

Devia ter sido terrível — e aos seis anos — ouvir a mãe ser apelidada de «bruxa repugnante». E pelo que Holly lera no diário, isso fora apenas o início.

— Ouvir-te dizer isso significa muito para mim, mãe.

Lucy Maguire ficou calada por um momento.

— Sempre quis que fosses feliz, Holly. E tu nunca encontraste o teu lugar. Talvez Blue Crab Island seja o teu lugar. E talvez sempre o tenha sido.

— Penso que é, mãe — asseverou Holly, imaginando a tabuleta que Liam lhe fizera. — Creio que é aqui que eu pertenço.

— Bom, tenho a certeza de que a tua avó está em paz. E estou contente que tenhas telefonado, Holly.

— Eu também.

E depois de alguma conversa fiada e de um «dá um beijinho meu ao pai», Holly desligou, sentindo o coração ligeiramente mitigado.

Holly sentou-se na cama de um pulo, acordando de um estranho sonho que não conseguia recordar com grande nitidez, excepto que Juliet aparecia nele e havia qualquer coisa que Holly lhe queria dizer, mas Juliet não parava de pairar por trás de uma nuvem com a palavra hospital talhada nela (os seus sonhos eram assim esquisitos) de cada vez que Holly tentava fazer com que ela a escutasse.

Sim. Havia uma coisa que precisava de dizer a Juliet.

Olhou para o relógio. Quase duas da manhã. Pegou no telefone ainda assim e telefonou para a amiga, pois duvidava que ela estivesse a dormir.

Atendeu ao primeiro toque.

— Juliet, é a Holly. Desculpa telefonar tão tarde, mas preciso de te dizer uma coisa.

Juliet ficou calada por uns segundos e depois disse:

— Está bem.

— Estive a ler o diário da minha avó acerca da primeira aula que ela deu. Uma das alunas dela estava grávida, e Camilla percebeu que iria ser um parto difícil e aconselhou-a a ir ter o bebé ao hospital e não em casa, com a ajuda de uma parteira, como ela fizera com o primeiro filho.

Juliet não disse nada, mas Holly percebia que ela estava a escutá-la. À espera.

Holly levantou-se da cama e caminhou até à janela, de onde contemplou as poucas estrelas cintilantes e a Lua, quase cheia.

— O bebé nasceu doente, com um problema no coração. Mas sobreviveu, graças aos cuidados médicos imediatos que recebeu. Mas depois, ao completar um ano, morreu.

— Porque me contas isso, Holly?

— Porque a mãe do bebé culpou a Camilla pela dor que sentia. Preferia ter perdido o bebé à nascença do que tê-lo amado e perdido um ano depois. Li isso tudo esta noite e é tão dilacerante e...

— Ela preferia tê-lo perdido à nascença? — repetiu Juliet. — Não consigo nem imaginar ter semelhante pensamento em relação à Evie. Tive três inestimáveis anos com ela. Três anos que não trocaria por nada, nem por esta implacável dor e pesar. Não, não trocaria aqueles anos por nada.

— Foi o que me pareceu — comentou Holly, contemplando as perfeitas estrelas brancas no céu nocturno. Parecia que, mais uma vez, a sua avó encontrara uma forma de ajudar Juliet.

16

No decorrer dos dias que se seguiram, Holly manteve-se ocupada, fazendo listas de lojas *gourmet* locais e depois visitando-as sub-repticiamente para tirar apontamentos sobre o que ofereciam e o que podia complementar os respectivos menus. Marcou sete reuniões para apresentar as suas massas e molhos, mas naquele dia estava determinada a trabalhar nalgumas saladas de massa, algo de que a avó nunca fora grande fã. Porém, Holly era capaz de viver de saladas frias de massa com azeitonas e tomates secos ao sol, e as saladas pareciam-lhe uma forma segura de começar a tornar a Camilla's Cucinotta um pouco mais sua, de lhe imprimir um cunho mais pessoal.

Por duas vezes, uma quando saía de casa e a outra quando entrava, vira o carro azul-marinho de Liam a virar para Cove Road, uma mulher de cabelo escuro no lugar do passageiro. Desejou ter uma ideia do que se passaria. Tinha saudades de Mia. Tinha saudades de Liam. Sentia falta daquelas poucas horas em que cedera ao que sentia em relação a ele e se permitira entusiasmar com um novo romance, uma nova relação.

Nada a apaziguava e distraía tanto quanto fazer massa fresca. E estava determinada a fazer a sua própria *rotini*, massa em forma de espiral, para as saladas frias que planeara. Empilhou a sêmola e a farinha de trigo duro sobre a superfície de trabalho de madeira e partiu os ovos para dentro dela, misturando e amassando a massa até ficar uniforme e elástica, quando a sineta da porta tiniu e Liam apareceu na entrada. Com um ar sério.

Holly consultou o relógio. Eram quase dez horas.

— Tiraste o dia de folga? — A pergunta era tão banal e descomprometida que ninguém teria adivinhado que o estômago dela se contraíra ao vê-lo, enchendo-se de nervosismo. E de nós.

Ele olhou-a tão seriamente, com uma mistura do que parecia confusão e ao mesmo tempo certeza.

— Na verdade, vou tirar a semana toda.

— Compreendo. Queres estar atento e disponível enquanto a mãe da Mia está por cá. Para o caso de lhe dar na veneta fazer as malas e ir-se embora, apesar de toda a conversa acerca de querer comprar uma casa. — Estava a divagar. — Como vão as coisas, a propósito?

Liam olhou-a durante um longo momento e depois respirou fundo.

— Holly, eu... — Passou a mão pelo cabelo. — A Veronica, a mãe da Mia, é uma mulher muito convincente.

Holly sentiu então o estômago na garganta.

— Convincente?

— Acerca do que sente. Do que quer. Dos erros que cometeu.

— Em relação a ti?

Ele inclinou a cabeça para trás por uns segundos.

— Sim. Acerca de mim. Acerca da Mia. Acerca daquilo de que abriu mão e do que supostamente aprendeu.

— Supostamente? — questionou Holly, odiando a nota de esperança na sua voz. Esperança de que ele estivesse a colocar aspas invisíveis em redor da palavra «supostamente».

— Ela quer uma segunda oportunidade.

Holly desviou o rosto por um momento, os olhos enchendo-se de lágrimas. Pestanejou para as impedir de saltarem.

— E o que queres tu, Liam?

Ele ficou calado.

Se ao menos tivesse o dom da sapiência. Se ao menos fosse trinta por cento médium para ter previsto isto e enchido a boca de Liam de queijo e uvas e depois tê-lo enviado para casa e não para a sua cama.

«Não irrompas em lágrimas em cima da massa», ordenou a si mesma, pressionando os lábios um contra o outro.

Liam fechou os olhos e abanou a cabeça.

— Achava que a *odiava*. Pelo que ela me fez. Pelo que fez à Mia. À nossa família. A minha família era tudo para mim, e ela arruinou-a sem sequer pensar por um momento em mim ou na própria filha. E agora está de volta a pedir uma segunda oportunidade, e a princípio eu disse-lhe que nunca a aceitaria... nunca. E depois ela começou a falar, a falar e a falar, e ao fim de um momento dei por mim a escutá-la, e... — Deteve-se e olhou pela janela. — E uma parte de mim pensou: «Talvez ela *tenha* de facto mudado, colocado tudo em perspectiva e percebido o que queria na verdade.» — Inspirou fundo e soltou o ar todo de uma vez. — Não sei se sou o maior idiota deste mundo ou o que raio estou a fazer. Nem tão-pouco o que *devo* fazer.

Ele soava tão destroçado que a vontade de Holly era avançar para ele, abraçá-lo e dizer-lhe que tudo iria correr bem, mas é claro que não podia. Não fazia ideia do que «correr bem» significava naquela situação.

— E esta manhã, ver a Mia tão cheia de esperança, tão feliz, tão completamente imersa neste conto de fadas de que os pais irão voltar a ficar juntos... — Baixou os olhos. — É poderoso, Holly. Tudo isto é muito poderoso.

Por um momento, a emoção dominou-a de tal modo que apenas conseguiu acenar com a cabeça.

— Eu compreendo.

— Mas sabes o que é mais poderoso? — prosseguiu ele, olhando-a nos olhos. — Esta coisa maravilhosa entre nós. O que sinto por ti é muito forte, Holly. Não sei o que fazer.

Holly olhou-o nos olhos, procurando algo neles a que se pudesse agarrar, mas sem saber o que isso seria. Deveria tentar puxá-lo para o seu lado, não abrir mão dele? Seria errado.

— O que sinto por ti, Liam, também é algo de muito forte. E o mesmo se aplica aos sentimentos que nutro pela Mia. Portanto... se há alguma oportunidade de tu e a mãe dela voltarem a ficar juntos, de voltarem a ser uma família, deves pelo menos essa tentativa a ti mesmo e à Mia, certo?

Extraordinário que tivesse conseguido dizer tudo aquilo sem perder a compostura, sem largar a chorar.

Ele voltou a inspirar fundo e a soltar o ar todo à uma, as mãos enterradas nos bolsos do casaco de cabedal.

— Achas mesmo que sim?

Desta vez não conseguiu sequer acenar que sim com a cabeça. As lágrimas irromperam sem aviso e começou a chorar.

— Sim, acho que sim. Tu não?

Liam ficou em silêncio mais um momento.

— Lamento tanto — disse ele, avançando para ela e esticando o braço.

Holly abanou a cabeça.

— Não. Vai... faz o que tens a fazer.

Ele olhou-a fixamente e ela desviou o olhar.

— Desculpa. Odeio magoar-te, Holly. A sério. Falo do fundo do coração.

Olhou então para ele de relance, mas temia tanto perder o resto da compostura que se limitou a acenar com a cabeça e a esboçar uma espécie de sorriso pesaroso.

— Eu acredito, Liam.

— És uma pessoa importante na vida da Mia. Espero que ela possa ainda... ir às aulas, se achares que sim. Significas tanto para ela.

— É claro que ela pode continuar a vir às aulas. Vai então ter com a tua família — pediu ela, as lágrimas ardendo-lhe nos olhos.

Assim que a porta se fechou, a sineta cessando o seu tinido, Holly deixou-se escorregar pela parede abaixo e sucumbiu às lágrimas.

Na noite seguinte, sentada à mesa da cozinha, Holly contemplava a paisagem de carvalhos e comedores para pássaros, ao invés da tabuleta que Liam talhara para ela, ao mesmo tempo que escrevia a receita da sua primeira criação própria: *fusilli alla Holly*, com pinhões e azeitonas pretas e tomates secos ao sol num cremoso molho rosado. Passara a noite anterior e aquele dia a fazer várias repetições para afinar as medidas dos vários ingredientes. Cozinhar ajudara-a a remendar um coração partido e teria de surtir o mesmo efeito em mais outro.

A sineta soou e eis que entra Tamara, estranhamente de calças de ganga, *T-shirt* de mangas compridas e colete de penas. Parecia capaz de largar a chorar a qualquer instante, e foi o que aconteceu.

— Já ouvi a treta do «a culpa não é tua, é minha». — Os ombros de Tamara afundaram-se assim que se sentou na cadeira ao lado de Holly. — E sabes o que torna a coisa ainda pior? Fui apanhada totalmente desprevenida. E eu estou sempre à cautela, sei sempre quando um tipo está apenas metade empenhado na relação, ou até três quartos comprometido. Percebo logo quando há alguma coisa de errado, por mais pequena que seja. Mas desta vez, depois daquele magnífico terceiro encontro, e magnífico sexo, o tipo deu-me com os pés. Aparentemente, dormir comigo fê-lo dar-se conta de que ainda ama a ex-namorada e que talvez esteja preparado para encarar o relacionamento com ela como uma coisa de futuro. Dá para acreditar?

Sim, no que a Holly dizia respeito, dava. Contou a Tamara tudo o que acontecera entre ela e Liam, incluindo o discurso do dia anterior acerca de fazer o que estava certo.

— Oh, Holly, lamento muito. Os homens são uma porcaria.

— O amor é uma porcaria — corrigiu Holly.

— E quando o amor é maravilhoso, ainda assim pode acabar numa porcaria. Nunca mais saio com homem algum. Estou farta. Irei de bom grado sozinha ao casamento da minha irmã.

— Pelo menos saborearás uma magnífica comida italiana — fez notar Holly, tentando sorrir.

— Vamos fazer qualquer coisa já. Qualquer coisa cremosa e que engorde. — Pôs-se de pé. — Já sei. Vamos fazer *tiramisu*. Se não o retiro de volta, ficará para sempre com más conotações. Fiz *tiramisu* para aquele palhaço no nosso terceiro e último encontro.

— A minha avó sempre disse que o *tiramisu* era a versão italiana da canja de galinha, e podia curar tudo.

— Tens por acaso uma centena de palitos *la reine* na despensa? — inquiriu Tamara. — É porque eu vou precisar de pelo menos dez doses.

Holly apertou a mão de Tamara.

— Vamos às compras. Podemos trazer uma boa garrafa de vinho e um filme de ir às lágrimas, um dramalhão que nos faça sentir melhor em relação à nossa miserável vida amorosa.

Dez minutos mais tarde estavam no supermercado do outro lado da ponte, em Portland, o carrinho cheio de queijo *mascarpone* e palitos *savoiardi*.

— Então, isto tudo com o Liam aconteceu ontem? — perguntou Tamara enquanto escolhia o vinho branco. — Podias ter-me telefonado. Não que eu tenha algum bom conselho sobre como esquecer um tipo que nos deu com os pés.

— Depois de ele ter ido embora e chorado tudo o que tinha para chorar, ainda pensei em telefonar-te, mas não queria largar este fardo em cima de ti numa altura em que estavas tão feliz. Meti-me debaixo dos lençóis e lá fiquei por um bom bocado até me dar uma súbita ânsia de fazer qualquer coisa. Escrevi a minha primeira receita. É apenas uma salada de massa, mas escrevi-a e coloquei-a no livro de receitas.

— Isso é maravilhoso, Holly! Qual é o ingrediente final? Um desejo?

— Sim. Apenas um desejo simples e banal. E depois de ter adicionado a deliciosa salsicha à massa, desejei ser mais sensata.

— És bastante sensata, Holly. Apaixonaste-te por um tipo fantástico. Não que isso te vá fazer sentir muito melhor em relação ao sucedido. — Colocou as compras na passadeira da caixa. — Suponho que o meu também não era assim tão mau. Oh, e quem sabe? Talvez ele estivesse de facto a ser sincero. Talvez ao fazer amor comigo se tenha de repente dado conta do quanto fazer amor com um estranho nos faz sentir vazios e imprestáveis, e talvez isso o tenha feito pensar no que tinha com a ex-namorada. Eu até já passei por isso, na verdade. É tão complicado saber o que é verdadeiro e o que não é, o que será uma desculpa esfarrapada para «não estou assim tão interessado em ti».

— Bom, eu gosto de pensar que eles estavam a ser honestos e sinceros e que nós apenas acabámos por ser apanhadas pelos destroços. Faz-me sentir melhor do que começar a ser cínica.

Tamara acenou que sim com a cabeça.

— Penso que devíamos dobrar a receita do *tiramisu* para podermos comer o suficiente a noite inteira e esquecermos tudo.

— De acordo — disse Holly, grata pela presença da sua nova amiga.

Quando regressaram a casa de Holly, Tamara comentou, olhando em redor:

— Ei, há aqui qualquer coisa diferente. O que é?

— Tirei aquele enorme espelho de estanho que estava na parede junto ao recanto do pequeno-almoço e pendurei uma série de pequenos quadros a óleo. *Antonio*. Aquele ali muito bonito desta casa. E aqueles dois por cima da mesa da cozinha. Repara como as cores são tão vívidas. Oh, e há aquela tabuleta — acrescentou Holly, contemplando o presente de Liam.

— Cozinha da Holly — leu Tamara. Sorriu. — Esta é a tua cozinha. Mas receavas fazer mudanças? Como se talvez a magia da tua avó desaparecesse com as coisas que tirasses?

— Penso que a princípio tive medo de mudar o que quer que fosse, mas agora sinto-me mais confortável com a ideia de tornar este lugar meu. E o negócio também. Ainda nem acredito que escrevi a minha própria receita. Pode não parecer uma coisa muito importante, mas nunca me ocorrera que *fosse capaz*. — Holly olhou de relance para a receita de *tiramisu* e pôs-se a fazer o café, usando o fornecimento de café italiano de Camilla.

Tamara abriu a garrafa de vinho e serviu dois copos.

— É uma sorte teres esta casa. Tenho andado a pensar lançar-me como decoradora de interiores, mas não sei se conseguiria angariar clientela suficiente para me manter. Se ao menos pudesse ter uma lista de clientes tão comprida quanto a de ex-namorados e tipos que me dão com os pés ao terceiro encontro. Começo a pensar que é melhor não ter sequer expectativas que um tipo se apaixone por mim e que devia era contentar-me com um medianamente sofrível.

O café estava pronto; portanto, Holly verteu-o para uma taça e colocou-o de lado para que arrefecesse até atingir a temperatura ambiente.

— Não me parece que contentarmo-nos com qualquer um seja também a solução.

— Então, qual é a solução? E olha que nem sou daquelas que têm assim uma lista do que pretendem num marido. Apenas procuro uma verdadeira ligação. Alguém com quem possa conversar durante horas, entendes, como toda a gente diz que aconteceu no primeiro encontro com o tipo com quem depois acabam por se casar. Ah, e quero sentir-me loucamente atraída por ele. Mas isso não significa que ele tenha de ser deslumbrante, apenas que estou mortinha por lhe saltar para as cuecas. — Levantou-se, olhou para a receita e acrescentou o cacau sem açúcar e o conhaque ao café. — Quem me dera conseguir saber quando o tipo é mesmo o homem certo.

Holly suspirou, tirando outra tigela do armário e pegando numa varinha de arames para bater os ovos e o açúcar, acrescentando o *mascarpone* e mais um pouco de conhaque.

— Também eu.

Começava a pensar que devia aprender a fazer *sa cordula* e transportá-la em pequenos recipientes com ela, assim, se conhecesse um homem, podia dizer: «Importavas-te de me dizer se gostas disto?»

Pois, sim. Ia passar-se algum tempo — muito tempo — até que voltasse sequer a pensar em sair com homens. Naquele momento, havia comida em que pensar. Sobremesa. Numa outra tigela, bateu as claras em castelo, a mão praticamente entorpecida, e depois envolveu com cuidado as claras nas gemas.

À vez, embeberam os palitos na tigela do café, com cuidado para não os ensoparem em demasia, e depois dispuseram-nos numa bonita taça de servir, espalhando então por cima a mistura de *mascarpone*, depois mais palitos embebidos, mais uma camada de queijo, e por fim uma boa camada de cacau peneirado. Era suposto o *tiramisu* ser refrigerado durante umas boas quatro horas, mas Holly fez café e acrescentou-lhe conhaque e ambas combinaram que esperariam uma hora.

Sentaram-se no recanto do pequeno-almoço, onde a avó lera centenas de sinas. Onde Camilla reiterara a de Holly centos de vezes. Beberricaram o café e contemplaram a escuridão, a Lua, quase um crescente, lançando apenas uma nesga de luz no quintal.

Tamara suspirou.

— Queria mesmo levar um namorado sério ao casamento da minha irmã, por mais ridículo que isso possa soar.

— Não soa nada ridículo. Ei, porque não convidas o Simon? Ele aceitaria e divertir-se-ia e faria uma excelente conversa fiada com os teus familiares. Até podia fazer de conta que era teu namorado, e assim ninguém te chatearia.

As lágrimas brilharam nos olhos de Tamara.

— A questão é essa. Não quero pedir isso a um amigo, por mais que goste do Simon. Não quero um acompanhante qualquer. Não quero que ninguém se faça passar por meu amoroso namorado para impressionar quem quer que seja e me fazer sentir bem neste irritante mundo que parece só funcionar aos pares. Porque é que isto é tão difícil? E porque é tão fácil para as restantes pessoas? Quem me dera que fosses capaz de ler o destino como a tua avó. Estou preparada para *saber*.

— Eu acho que não quero realmente saber. Imagina, se soubéssemos mesmo, nem sairíamos da cama. Limitávamo-nos a mandar vir comida e a ver televisão e não valia a pena esforçarmo-nos por nada.

Tamara riu.

— Provavelmente, tens razão. — Olhou para o relógio. — Muito bem, só passou meia hora, eu sei, mas quero aquele *tiramisu*.

E, assim, lançaram-se à deliciosa sobremesa, conversando acerca de homens, do amor, da família e de corações partidos até muito depois de qualquer uma delas não conseguir comer nem mais uma colherada.

No mercado de agricultores, na quarta-feira à tarde, Holly viu Simon acompanhado por uma adorável menina com um cabelo louro-ruivo igual ao dele. Trazia uma mochila escolar com as iniciais dela gravadas na frente. Simon tinha um ar tão frustrado a tentar arrancar o invólucro de celofane do chupa-chupa de chocolate com a forma de lavagante que acabara de comprar na banca dos chocolates, uma das preferidas de Holly. Compadeceu-se dele e do quanto tudo aquilo devia ser difícil para Simon, ver a filha todas as quartas-feiras depois das aulas e fins-de-semana alternados, tentando conquistar a frágil confiança da filha quando não fora ele quem arruinara o casamento, quem destroçara a família.

— Simon, olá — gritou Holly, acenando ao mesmo tempo que ele fazia deslizar o celofane e estendia o chupa-chupa à filha, que logo deu uma enorme dentada na pinça do lavagante.

Quando a avistou no apinhado mercado, Simon acenou de volta e aproximou-se com a filha.

— Cass, esta foi uma das muito talentosas pessoas que me ajudaram a decorar o teu quarto. A minha professora de cozinha italiana, Holly Maguire.

Cass levantou a cabeça e sorriu para Holly.

— Foste tu que ensinaste o meu pai a fazer esparguete e almôndegas? — perguntou ela, o chupa-chupa quase tapando-lhe a cara.

— Fui. Espero que tenha ficado bom.

— Muito bom. Ontem à noite, para o jantar, fizemos rolo de carne com elas, usando a receita da minha avó, e ficou espectacular. E até comemos o esparguete como acompanhamento. Alguma vez comeste rolo de carne e esparguete? É maravilhoso.

Holly soltou uma gargalhada.

— Nunca, mas parece delicioso.

Cass acenou que sim com a cabeça.

— Hoje vamos usar a receita para fazer um castelo, utilizando o esparguete para construir o fosso.

Holly olhou para Simon.

— Podias escrever um livro de culinária para crianças. Castelo de carne e esparguete? Genial.

— Eu nem sabia que o meu pai sabia fazer estas coisas, mas fomos à biblioteca buscar um livro de culinária para miúdos e temos feito tudo — contou Cass. — E vamos fazer uma nave espacial de cartolina e pendurá-la no tecto. Não é espectacular?

— Muito — concordou Holly.

— Pai, está ali a minha amiga Amy. Vamos dizer-lhe olá. — Puxava-o para lá, quaisquer sinais da menina infeliz que ele descrevera há quatro semanas haviam desaparecido.

— Vemo-nos na aula — despediu-se Simon ao mesmo tempo que a filha marchava orgulhosamente na direcção da amiga.

Feliz por Simon, Holly ficou a observá-los por um momento e depois extraiu a lista de compras da mala e começou a examinar os tomates e a procurar espargos com o ar de alguém que sabia o que fazia.

— Olá, Holly — cumprimentou Robert, que estava sempre no mercado com os seus pães caseiros e artesanais.

Sentia-se tão satisfeita por conhecer já tantos dos vendedores, por muitos a conhecerem já também e a chamarem para lhe oferecerem um cesto de cebolas ou alhos ou tomates particularmente bons. Era uma cliente habitual. E gostava muito de ser uma cliente habitual.

Voltou para casa com os seus ingredientes, a visão dos bonitos pães redondos, da colorida beringela e dos maravilhosos tomates animando-a. Talvez abrisse uma aula de culinária para crianças como a filha de Simon. Almôndegas e esparguete. Macarrão com queijo. Piza.

Ou talvez não. Os miúdos gostam de falar, gostam de contar cada pensamento que lhes passa pela cabeça e, mais uma vez, ela envolver-se-ia emocionalmente e acabaria magoada, com o coração a ser partido em mil pedaços, de alguma forma, de certeza.

Em casa, arrumou as compras, fez uma chávena de chá, foi buscar o que sobrara do *tiramisu* e sentou-se na sala de estar. O bonito quadro da oliveira era bem mais agradável de contemplar do que o rosto severo do seu trisavô. E uma vez que Holly era oriunda das raízes daquela oliveira em Itália tanto quanto a linhagem do seu trisavô, achava a troca mais do que razoável. Adorava agora aquela divisão, adorava sentar-se no sofá de brocado, a cozinha longe da vista. Aquela era uma boa divisão, na qual podia descontrair e pensar. Em especial porque Liam nunca ali passara tempo algum.

O diário da avó estava na mesinha de apoio e Holly pegou nele, mas logo voltou a pousá-lo. Por vezes, ler acerca da vida da avó era demasiado doloroso, em especial no que dizia respeito à sua mãe. Contudo, por vezes, as palavras, experiências e lições da avó eram como um bálsamo, e talvez encontrasse nelas algum consolo.

Outubro de 1964

Querido diário,
Há algum tempo que não escrevo. Desde aquele infeliz dia em que a Luciana saiu do autocarro amarelo escolar a chorar, a cara lavada em lágrimas. Ajoelhei-me junto dela para lhe perguntar o que se passava e ela gritou comigo.
— A Amanda Windemere diz que tu és uma bruxa e que a mãe não a deixa brincar mais comigo!

Foi uma semana depois do funeral do irmãozinho da Amanda, o primeiro dia em que a menina regressou à escola.

Olhei para as crianças no autocarro. Todas me contemplavam fixamente pelas janelas, algumas apontando e fazendo caretas fingidas de medo, outras com ares verdadeiramente assustados.

Oh, Luciana.

— E quem quiser ser amiga da Amanda Windemere não pode ser minha amiga — gritou Luciana por entre os soluços.

Preparava-se para dizer mais qualquer coisa, mas deteve-se e ficou ali plantada a chorar.

Peguei-lhe ao colo e, embora ela se tenha debatido por alguns momentos, por fim cedeu e abraçou-se ao meu pescoço, chorando no meu ombro. Mas logo a seguir retesou-se e gritou:

— Põe-me no chão! Larga-me! — e desatou a correr para casa.

Escutei uma porta a fechar-se com estrondo.

Percebi, bem fundo no meu coração, de onde a minha sabedoria emanava, que perderia a minha filha, que ela não suportaria ser a filha da bruxa insular que vivia no bangaló cor de damasco no meio do bosque de arbustos perenes. Pensei em mudar-me dali, vender a casa e deixar isto tudo para trás, pegar na Luciana e começar de novo algures onde ninguém me conhecesse. Porém, somos quem somos, e somos o lugar para onde vamos. Sabia que o meu destino não era sair dali. Esse sentimento era mais forte do que qualquer outra coisa. O meu destino era ficar. Partir só reforçaria a ideia de Luciana de que havia qualquer coisa de errado com a sua mãe, algo que fazia com que a mãe tivesse de fugir dali. E que ela, Luciana, tinha algo de que se envergonhar. O que não é verdade. E, portanto, fiquei, na esperança de que, ao fazê-lo, estivesse a ensinar uma coisa importante à minha filha.

As mulheres de Blue Crab Island continuavam a recorrer a mim, é claro, desejando que lhes lesse o destino, agora que toda a gente sabia que eu possuía de facto esse dom. Lenora teve de parar de me culpar porque o marido lhe ordenara que dissesse que era óbvio que estava grata por ter tido o filho por um ano, que não falara a sério quando dissera que preferia que ele tivesse morrido à nascença.

Assim, a minha reputação foi restabelecida — e fortalecida. Luciana foi mais uma vez convidada para brincar, para festas de aniversário de outras crianças. Amanda Windemere continuou a desprezá-la e a missão de Luciana na vida, infelizmente, tornou-se conquistar a amizade dela, apesar de tudo o que tentei ensinar-lhe acerca das pessoas, acerca de ser quem ela era, de ser ela mesma, e acerca da auto-estima.

As amigas de Lenora deixaram de frequentar as minhas aulas, é claro, mas continuaram a consultar-me privadamente, para que lhes lesse a sina. E eu continuei a dizer a verdade, o que sabia, e quando sabia ser a atitude certa a tomar.

— Porque não paras de ler a sorte às pessoas — gritou Luciana um dia. — É por isso que toda a gente acha que és uma bruxa.

— Luciana, não sou uma bruxa. Mas tenho o dom de adivinhar certas coisas. Não sei tudo, mas certas coisas sei. E sei que é importante e correcto partilhá-las.

— O que sabes acerca de mim? — inquiriu Luciana, os seus olhos castanho-escuros cheios de esperança. — A Amanda Windemere vai convidar-me para a sua festa de anos?

— Isso não sei com certeza — respondi, habitualmente a resposta certa, sob tantos aspectos.

— Bom, então ainda há esperança — respondeu Luciana.

E isso era, sabia, o que qualquer pessoa desejava, na verdade. Quer estivesse certa ou não. Esperança.

Holly fechou o diário. Havia apenas mais umas poucas entradas no caderno e Holly queria saboreá-las, lê-las quando precisasse de escutar a avó, de aprender com a voz dela.

Sentia-se tão satisfeita por ter telefonado à mãe na semana anterior. Antes de se deitar, telefonar-lhe-ia outra vez. Só para dizer olá, para que a mãe entendesse que ela se esforçava, que se preocupava. Que a amava. As palavras da avó acerca da esperança eram tão verdadeiras.

17

No dia seguinte, Holly deslocara-se a Portland e a algumas cidadezinhas a norte e a sul de Portland para apresentar as suas massas e molhos. Quatro lojas *gourmet* haviam encomendado, à experiência, um fornecimento de dois dias, e uma fizera uma encomenda de uma semana de *penne* com molho de vodca e de esparguete à bolonhesa. As quatro lojas tinham também feito uma encomenda experimental da sua nova salada de massa, *fusilli alla Holly*.

Nessa noite, enquanto observava o menu do curso anterior que a avó ensinara e revia as notas que tomara, achou que estava decididamente na hora de a turma lançar mãos ao *risotto alla milanese*, uma vez que na aula anterior não tinham cozinhado nada. Porém, quando foi buscar o livro de receitas, este não estava no seu local habitual, ao lado da enorme fruteira. Olhou em redor da cozinha em busca dele, em cima da mesa, numa cadeira, num banco que fora empurrado para baixo da ilha da cozinha, mas o dossiê branco de grandes dimensões não se encontrava em parte alguma.

Vasculhou a sala de estar: debaixo do sofá, debaixo das almofadas, por trás das pequenas estantes — não que o espesso dossiê pudesse ter caído naquele apertado espaço. Verificou debaixo da sua cama, debaixo da sua antiga cama, dentro de gavetas, achando que talvez o tivesse guardado em conjunto com o diário, mas não, nada.

Como que é um dossiê daquele tamanho, ofuscantemente branco e com o logótipo da Camilla's Cucinotta, se poderia ter perdido numa casa tão pequena? Não estava na casa de banho, no banco ao lado da banheira, embora Holly tenha encontrado a revista *Cooking Light* que no dia anterior procurara. Não estava no carro, muito embora ela nunca levasse aquele dossiê a parte alguma. Não estava no alpendre, não estava no baloiço da árvore, nem nos armários onde guardava as massas secas, nem no frigorífico, onde o colocara uma vez nas primeiras semanas a seguir à morte da avó, graças a uma combinação de exaustão, medo e pesar.

Uma hora de buscas infrutíferas conduziram Holly a uma conclusão. O dossiê não se encontrava em parte alguma. De alguma fora... desaparecera.

E no dia seguinte tinha dois quilogramas de massa e sete litros de molhos para entregar aos seus novos clientes. E uma aula para ensinar nesse dia à noite.

E nada de livro de receitas.

Por alturas do início da aula, Holly tinha conseguido reunir uma mancheia de receitas com a ajuda de velhas brochuras e de um dos diários da avó, que revelou ter uma dúzia de receitas escritas à mão, nenhuma das quais Holly usara ainda nas aulas. Nem tudo estava perdido.

Pois, sim. Tudo estaria perdido sem aquele dossiê.

Que lhe teria acontecido? Passara horas a rever os seus movimentos naqueles dias, a recordar a última vez que o tivera nas mãos. E de cada vez que acreditava ter achado um último lugar onde ele poderia estar, como o sótão, não o encontrava lá.

Conseguira perder um dossiê bem volumoso com a vida e legado da avó. Tinha de estar algures em casa, algures onde ainda não procurara.

Na biblioteca, fez cópias das receitas de *scallopini* de vitela e espargos fritos que estavam no diário da avó, e que lhe tinham parecido deliciosas, e depois foi buscar os ingredientes ao supermercado do outro lado da ponte.

Às cinco e quarenta e cinco, quando Holly se apercebeu de que Mia não tardaria a irromper pela porta, cheia de histórias acerca do pai e da mãe e de como iam voltar a ficar juntos, saiu e foi sentar-se no baloiço da árvore, de frente para os arbustos, tentando preparar-se. «Gostava mesmo dele», sussurrou para o ar, para as árvores, tentando libertar-se do sentimento, libertar-se *dele*.

Ao escutar passos na estrada, Holly levantou-se, e lá vinha Mia nas suas calças de ganga justas e botas pelos joelhos, camadas de *T-shirt*s cingidas e brincos.

— Holly! Oh, meu Deus, tenho tanto para te contar!

Tinha rímel nas pestanas, percebeu Holly. E os brincos de contas que lhe dera haviam-se transformado em brincos casuais, do dia-a-dia. Mia não se parecia em nada com a menina que Holly conhecera há um mês. Parecia mais uma daquelas sofisticadas estrelas adolescentes no canal Disney. O que estava muito bem, mas apenas não em Mia.

A caminho da cozinha, Mia mal parou para respirar ao mesmo tempo que descrevia o quanto estava feliz de dez maneiras diferentes.

— E é tudo graças a ti, Holly! Foste tu que me ajudaste a livrar da falsa da Jodie e por causa disso o meu pai estava totalmente desimpedido quando a minha mãe regressou. Obrigada, obrigada, obrigada.

Cingiu Holly num apertado abraço na soleira da porta, o preciso local onde conhecera pela primeira vez esta ladra de corações.

— Fico contente que estejas feliz — devolveu Holly, esboçando um sorriso ao mesmo tempo que estendia um avental a Mia.

Simon e Juliet entraram juntos, seguidos de Tamara um momento depois, e Holly ficou aliviada por poder voltar a sua atenção para eles.

— Ora bem, minha gente, estou com um pequeno problema. Na verdade, é um grande problema. O dossiê da minha avó, com centenas das receitas dela, desapareceu. Virei a casa do avesso para o encontrar. Consegui elaborar um menu para hoje e para a próxima semana a partir de algumas receitas manuscritas que encontrei, mas sem aquele dossiê estou tramada.

— Bom, pelo menos temos as cópias das receitas dos pratos que já confeccionámos — salientou Tamara. — E aposto que outras conseguirás recriar tu mesma, apenas de memória. Como o *risotto alla milanese* que fizeste, quê, para aí um cento de vezes?

Era verdade, deu-se Holly conta. Provavelmente, era capaz de fechar os olhos e recriar algumas das receitas dessa maneira. O *risotto*. Os *gnocchi*. O seu esparguete à bolonhesa e o *penne* em molho de vodca. O seu *fusilli alla Holly* e as novas saladas de *rotini* para Corações Partidos e de massa com salsicha.

— E com a ajuda do teu paladar, podes adicionar o que te parece fazer falta à medida que fores confeccionando a receita — acrescentou Juliet.

— Sabem que mais, acho que sou mesmo capaz de fazer isso — disse Holly. — Espectacular. Há apenas dois meses tinha medo de uma tigela de arroz cru.

— É verdade, é extraordinário o que o tempo e a experiência conseguem fazer — acrescentou Simon.

— Isso é mesmo muito verdade — corroborou Mia. — Devido ao tempo que passou e à experiência de estarem longe um do outro e com as pessoas erradas, os meus pais vão agora voltar a juntar-se.

— Isso é maravilhoso, Mia! — exclamou Simon, levantando a mão para um dá-cá-mais-cinco.

— Então, o que há no menu hoje? — apressou-se Tamara a perguntar antes que Mia pudesse dizer mais uma palavra acerca de ex--amores errados.

Holly lançou-lhe um rápido sorriso de gratidão.

— Hoje, vamos fazer uns clássicos *scallopini* de vitela com um acompanhamento que me soa delicioso... espargos fritos.

— Mmmm, até aos meus ouvidos soa bem, e eu não sou grande fã de legumes — comentou Mia.

Holly distribuiu as receitas e dividiram as tarefas, Mia e Juliet, a cargo dos espargos; Holly, Tamara e Juliet, entregues à vitela.

Mia olhou para a receita em cima da ilha e dirigiu-se ao armário para ir buscar uma tigela grande. Depois começou a cortar as pontas dos espargos. Com um caule nas mãos, deteve-se e disse:

— O meu desejo é que o meu pai e a minha mãe se voltem a casar.

Tamara e Juliet olharam de relance para Holly e afadigaram-se a abrir as embalagens de vitela e a pegar em pratos e tigelas. À vez, foram temperando de forma leve a vitela, com sal e pimenta, e passando os escalopes por farinha. Holly esmagava dentes de alho, cada golpe fazendo-a sentir-se ligeiramente melhor. E depois pior.

— Aposto que se casarão — prosseguiu Mia, indo buscar uma panela e enchendo-a de água. Simon acrescentou sal à água e Mia acendeu o bico do fogão. — Escutei a minha mãe dizer qualquer coisa acerca de casamento a noite passada quando acordei a meio da noite e desci para ir buscar um copo de água. Estavam os dois no sofá, todos dengosos e completamente de namorico. E tenho a certeza de que ouvi a palavra «casamento» sair da boca da minha mãe.

«Sem mais nem menos», pensou Holly, o seu coração partindo-se de novo. Num minuto estava a comer uvas das mãos dela e a carregá-la escadas acima e no momento seguinte estava todo juntinho e de namorico com a ex-mulher. E já a falarem de casamento.

Simon foi verificar a água, que ainda não fervia.

— É óptimo que os teus pais estejam de novo juntos. Eu costumava acalentar a esperança de que eu e a minha mulher pudéssemos voltar às boas, mas sei que não é possível. E sei que esse é também o maior desejo da minha filha.

As lágrimas ardiam nos olhos de Holly ao mesmo tempo que dispunha a vitela na frigideira com o alho esmagado, a manteiga e o azeite. Pestanejou para as conter e manteve-se de costas para os alunos, observando os escalopes dourarem.

— Não podes tentar? — perguntou Mia a Simon.

Holly retirou a vitela da frigideira e colocou-a num tabuleiro e Juliet adicionou o vinho e os cogumelos à frigideira. O estômago de Holly começou a roncar. Andara num tal frenesim o dia todo a tentar encontrar o dossiê, a elaborar um menu para a aula daquele dia e a ir comprar os ingredientes, que se esquecera de almoçar. Pelo menos, mantinha o apetite. Era um bom sinal. Quando chegara ao Maine em Setembro, não conseguira comer durante uma semana. Nem sequer os maravilhosos pequenos-almoços da avó.

Simon colocou os espargos na água fervente temperada com sal.

— Há um mês, tentaria se ela estivesse nessa disposição, mas ainda que estivesse, não tenho a certeza se o meu coração estaria em condições para isso. Por vezes, é como se alguém tivesse aplicado um martelo de forja ao nosso coração, e ainda que sintamos alguma coisa pela pessoa, simplesmente já não somos capazes de sentir exactamente o mesmo de antes. A parte inocente desse sentimento desaparece.

Pois. Era assim mesmo que Holly achava que Liam se sentiria em relação à ex-mulher.

Mia juntou as extremidades dos espargos num prato e despejou-as no caixote da compostagem.

— Estou a entender. Seria como se o Daniel acabasse comigo por causa de outra miúda. Não me estou nada a ver aceitá-lo de volta como namorado. Não depois de me ter humilhado. Como o Jack Lourents fez com a Annabelle Martinour. Deu-lhe com os pés no meio da aula de Espanhol e no final saiu da sala de mãos dadas com a Angelina Casper. E depois a Angelina deu-lhe com os pés uns tempos mais tarde e trocou-o por outro, e ele tentou voltar para a Annabelle, e ela vai aceitá-lo de volta.

Tamara verteu cuidadosamente o molho da frigideira por cima da vitela, empurrando os cogumelos com uma espátula e depois colocou o tabuleiro no forno.

— Por vezes as pessoas têm de fazer isso mesmo, tentar perdoar, dar uma segunda oportunidade, porque também de outra forma não conseguem seguir em frente. E talvez resulte ou talvez não, mas pelo menos sabem que tentaram.

Holly acenou com a cabeça em sinal de concordância. Não que isso a fizesse sentir-se melhor.

— E se não quisermos tentar? — questionou Juliet. — E se não conseguirmos perdoar ou esquecer? E se não quisermos conceder uma segunda oportunidade?

Toda a gente se deteve e ficou a olhar para ela por um momento.

— Nesse caso, penso que acabamos amargas e sozinhas como a Madeline Windemere — respondeu Mia —, que se recusou a aceitar o namorado de volta, muito embora ele lho tenha suplicado. E agora que ela o queria, ele está com outra pessoa.

Juliet olhou para Mia.

— Ninguém quer acabar amargo e sozinho.

— Sim, mas há pessoas que acabam — referiu Mia. — Porque não sabem como perdoar.

— Como ficaste tão sábia com apenas doze anos? — perguntou Simon, escoando os espargos. À vez, ele e Mia mergulharam os caules numa mistura de ovo e leite e depois passaram cada um por pão ralado e colocaram-nos numa frigideira de azeite quente.

— Provavelmente, porque o meu coração ainda não foi quebrado em mil pedacinhos — respondeu Mia, farejando apreciativamente os espargos a fritarem. — Ena, isto tem tão bom aspecto. Seja como for, sei que os meus pais vão voltar a casar-se e serão felizes para sempre. E não é tão fixe eu poder ir ao casamento deles? Estou ansiosa por me dedicar a todos os preparativos. Oh meu Deus, Holly, tu podias servir o casamento! — exclamou Mia para Holly antes de começar a virar os espargos na frigideira.

Talvez até fosse bom Holly ter perdido o dossiê das receitas, pois assim haveria uma desculpa para não poder servir o casamento do homem que amava.

Ao longo dos dias que se seguiram, Holly criou um novo dossiê de receitas. Imprimira todas as receitas manuscritas da avó e acrescentara-as, mais as que já distribuíra nas quatro aulas que dera até então. O dossiê parecia ridiculamente fino. Ocorreu-lhe então que podia fazer uma lista de todas as pessoas locais que tinham feito o curso da avó e perguntar-lhes se haviam guardado as receitas, copiando-as então e acrescentando-as ao dossiê. A avó mantinha um registo dos seus alunos que remontava à primeira aula que dera, em 1962.

Holly abriu o livro na primeira página. Lenora Windemere. Annette Peterman. Jacqueline Thibodeaux e Nancy Waggoner. A última página continha vinte e cinco nomes com números de telefone e um carimbo encarnado a dizer pago ao lado dos nomes. Holly reconheceu sete dos nomes. Catherine Mattison e Julia Kentana eram bibliotecárias na minúscula Biblioteca de Blue Crab. Dale Smythe era a senhora reformada que agora trabalhava na mercearia. Margaret Peel geria a livraria e as Coleman eram três gerações de uma família, avó, mãe e filha, proprietárias da padaria e café da cidade. Holly tentou imaginar a sua avó, a mãe e ela mesma a trabalharem lado a lado na cozinha quotidianamente.

Os telefonemas que fez para as pessoas resultaram em boas notícias: toda a gente conservara as suas receitas.

Nessa mesma tarde, Holly passou pela padaria para recolher as receitas das Coleman. Maeve Coleman, a avó, frequentara as aulas sozinha há três anos, há dois anos ela e a filha tinham feito o curso juntas e por fim, no ano anterior, as três mulheres Coleman haviam assistido às aulas em simultâneo, o que resultara em mais de cinquenta receitas do curso de seis semanas.

— Como foi fazerem o curso juntas? — perguntou Holly enquanto Maeve lhe estendia uma caneca de *mochachino* com um coração desenhado a chocolate na espuma.

— Muito revelador — disse Diana Coleman enquanto oferecia a Holly um *scone* de chocolate branco e framboesa que insistiu ser por conta da casa. — Aprendi um pouco mais do que queria acerca da minha mãe e da minha avó. E aprendi a fazer uma excelente lasanha. Porém, não sei fazer *risotto* que me salve a vida.

Holly ficou espantada que a avó tivesse tocado tantas vidas de tantas formas diferentes. Maeve e Diana, sentadas frente a Holly, partilharam com ela uma história sobre a primeira aula da Camilla's Cucinotta que haviam feito juntas, e em que começaram a discutir acerca de um pormenor qualquer e Diana pegara na costeleta crua de vitela que se preparava para temperar e lançara-a contra o peito da mãe com um irado: «Pronto, então faz tudo à *tua* maneira!» Camilla acalmara-as e fizera-as adicionar os respectivos desejos a um novo pedaço de vitela e, no final da aula, mãe e filha aprenderam algo uma sobre a outra. Algo que as colocara no caminho de abrirem a padaria juntas.

— Adoro escutar estas histórias — disse Holly, bebendo o delicioso *mochachino*.

A porta abriu-se e eis que entram Liam e Mia. Holly estacou, olhando de relance para trás deles em busca da mãe de Mia, mas ela não viera.

— Olha, é a Holly! — anunciou Mia, aproximando-se da mesa dela. — Oh, fixe, estás a recolher receitas.

Holly conseguiu esboçar um sorriso. Lançou um rápido olhar a Liam, receosa de ficar com os olhos pregados nele.

— Olá — cumprimentou ele, segurando-lhe o olhar. Como que dando-se conta de que Mia os observava, acrescentou rapidamente: — Viemos pelos deliciosos biscoitos da Coleman.

— Não vos atrapalho mais — disse Holly para Diana e Maeve, recolhendo as folhas de papel e enfiando-as na mala. — Muito obrigada pela vossa ajuda. — Virou-se para Mia, que mirava o expositor dos bolos e biscoitos com os olhos esbugalhados. — Adeus, Mia.

Olhou de relance para Liam, que a olhava intensa e fixamente de novo com aquela expressão que dizia que pensava em dez coisas ao mesmo tempo. Holly podia jurar que uma delas era «tenho saudades tuas» e «desculpa». E «não te esqueci».

Holly apressou-se para a porta e ia já a meio do quarteirão quando ouviu a voz dele a chamá-la. Parou, virou-se e ele caminhou até ela. Mesmo em frente ao bistrô de Avery. Olhou de relance lá para dentro e viu Avery e a sua detestável amiga Georgina, ambas olhando--a fixamente.

«Olhem o que quiserem. Assim como assim, não há nada para ver», pensou, preparando-se para o que quer que ele tivesse para lhe dizer. Mais «lamento muito» e «não era minha intenção magoar-te».

Respirou fundo e ficou à espera de que Liam dissesse o que queria.

— Eu... — ficou a olhar para Holly. — Estás tão bonita.

— Tenho de ir.

— Espera — pediu ele, tocando-lhe no braço. — Como estás?

— Como estou? — repetiu ela, como uma idiota.

Meu Deus, que embaraçoso. Embaraçoso e doloroso, e tinha de sair dali. Naquele instante.

— Vieste atrás de mim apenas para me perguntar como estou, Liam?

«Não, idiota, veio atrás de ti para te pedir em casamento.»

Os olhos azul-escuros dele eram tão intensos.

— Vim atrás de ti porque... é bom ver-te, Holly.

Começara a dizer qualquer coisa, mas depois, pelos vistos, decidira recuar.

Holly ficou a olhá-lo por um momento, depois virou costas e afastou-se, consciente de que ele ficara plantado no mesmo sítio, a vê-la afastar-se.

Começou a chorar quando chegou ao bangaló. Pegou em *Antonio* para ter algo quente para abraçar. Depois afastou as inúteis lágrimas e lançou-se ao trabalho, recriando o *risotto* o melhor que sabia, apontando o que fazia e o que pensava que era suposto fazer. Não ficou nada mau, ainda que o caldo fosse embalado. Comparou o seu trabalho com algumas receitas que havia na Internet e deu-se conta de que se esquecera do vinho branco. Mas não do desejo: que mais uma vez não desapontasse a avó.

No espaço de dias, Holly acrescentara mais de uma centena de receitas ao dossiê.

18

Holly fazia molho bechamel para a famosa lasanha da sua avó, juntando o leite escaldado à mistura de farinha e manteiga, quando escutou de novo barulho na porta. Ouvira-o antes e pensara que era alguém, mas tratava-se apenas do vento de Novembro que soprava da baía e fazia a porta mosquiteira bater contra as ombreiras. Tinha de a mandar arranjar. Dirigiu-se à porta para se certificar de que a mosquiteira não ficara de novo aberta, e deparou-se-lhe Liam do outro lado.

Ficou tão surpreendida por o ver que, por um momento, nem encontrou palavras.

— Posso entrar? — perguntou ele.

— Claro.

Holly deu um passo ao lado e limpou as mãos sujas de farinha ao avental, advertindo-se a si mesma de que olhasse para todo o lado menos para ele.

— Há aqui qualquer coisa que cheira divinalmente — comentou ele quando entrou na cozinha. Contemplou as panelas e tachos no fogão, as tigelas na ilha central, e depois olhou pela janela por um momento antes de se virar para ela.

— Acho que isto me vai sair tudo mal, por isso mais vale dizê-lo de uma vez, e pronto. Nas últimas semanas dei-me conta de uma coisa.

— E que coisa foi essa?

— Que por mais que quisesse tornar o sonho da Mia verdadeiro, não sou capaz. Acho que me deixei convencer pelas declarações grandiosas da Veronica, de querer ficar, que voltássemos a ser uma família, de querer de volta o que tivemos. Penso que caí na conversa dela por várias razões, incluindo o facto de recear o que crescia entre nós.

Holly ficou a olhá-lo, embasbacada.

— Então, tu e a Veronica *não estão* a planear um segundo casamento?

— Não. Já não tenho esses sentimentos por ela, Holly. Dois anos é muito tempo para se estar sozinho, a educar uma filha, e uma filha cheia de ressentimentos e raiva por causa do divórcio e do abandono da mãe. Mudei demasiado. A Veronica tentou com unhas e dentes criar este novo romance entre nós dois, e eu tentei também, mas não a amo, Holly. Não sei se é por não conseguir mesmo perdoar-lhe pela forma como tratou a Mia nestes dois anos ou se porque mudei. Provavelmente são ambas as coisas. Sei é que já não sinto nada por ela. E que sinto algo de muito forte e sério por outra pessoa. Tu.

Holly soltou por fim a respiração que sustinha.

— Liam, isto é tudo muito complicado. De repente estou metida entre ti e a tua ex-mulher, e a Mia está envolvida...

— Não, Holly. Tu não te meteste entre nós. A minha ex-mulher é que se veio meter entre *nós*... por um tempo.

— A Mia já sabe?

Ele abanou a cabeça.

— Acabei de vir do hotel onde a Veronica está hospedada. Disse-lhe tudo o que sentia e depois pensei vir para casa, meter-me na cama e dormir durante dois dias, mas ao invés de virar para minha casa, virei para a tua. É aqui que quero estar, Holly. Se me deres uma segunda oportunidade.

— Não sei, Liam. Não sei se sou capaz de acreditar nisto, se consigo lidar com a confusão em que se tornou.

— Podemos voltar ao início e à decisão de avançar devagarinho? — perguntou ele.

— Não sei, a sério.

— Então, deixa-me dizer-te isto. Quero estar contigo, Holly. E por mais nenhuma outra razão que o facto de ser doido por ti.

«Também sou louca por ti.»

— Preciso de pensar em tudo, está bem?

Ele olhou-a fixamente, os seus olhos cor de mirtilo tão intensos, tão sérios. A vontade de Holly era lançar-se para os braços dele e levá-lo para cima, mas não iria complicar mais a situação. Ele acabara de passar por algo emocionalmente muito pesado e intenso e baralhar mais os sentimentos dele não lhe parecia correcto. Se ao fim de uma semana ou duas os sentimentos dele se mantivessem iguais, se Liam ainda acreditasse no que dissera, então, talvez concedesse ao relacionamento dos dois uma nova oportunidade. Talvez.

Quando Liam se foi embora, Holly deixou-se cair no sofá, mental e fisicamente exausta. *Antonio* pulou e aninhou-se ao lado dela, deitando a cabeça na coxa da dona. Holly permaneceu uma boa meia hora sentada no sofá, insegura e receosa. Depois ligou a Tamara, na esperança de que ela estivesse disponível para uma nova sessão de *tiramisu* e conversa, mas a chamada passou directamente para a caixa de mensagens do telemóvel. Assim que pousou o auscultador, porém, o telefone tocou, mas não era Tamara, era Juliet.

— Holly? Estás ocupada?

— Nem um pouco.

— Posso passar por aí? Estou tão confusa. Gostava muito de conversar contigo.

— Mete-te no carro e vem já — sugeriu Holly. — Fico contente que me tenhas telefonado.

— Eu também.

No espaço de quinze minutos, Juliet estava sentada ao lado de Holly no sofá, um bule de chá de limão, o preferido de Juliet, na mesa à frente delas.

— Fi-lo — anunciou Juliet, os seus bonitos olhos cor de avelã preocupados e tensos. — Telefonei ao Ethan e pedi-lhe que viesse. Mas agora que ele está cá... voltei a fechar-me como uma concha. Provoquei uma briga e ele saiu porta fora, foi para outro hotel e diz que amanhã de manhã se vai meter num avião de volta para casa, que está cansado de começos falsos e que se fartou.

— E o que tu disseste?

— Nada. Deixei-o simplesmente partir.

— E queres mesmo deixá-lo partir, Juliet?

Juliet largou a chorar e Holly abraçou-a. Depois foi à cozinha buscar um pacote de lenços de papel.

— Quando o vi, quando ele apareceu na soleira da porta do meu quarto, o que senti foi alívio. Tipo, ele está aqui, vai ficar tudo bem. Mas depois ele perguntou-me se estava pronta para regressar a casa, e eu disse que não tinha a certeza, e ele aborreceu-se e começou a andar de um lado para o outro a dizer-me que também perdera a nossa filha. E que depois me perdera a mim e que isso não era justo. A conversa transformou-se numa discussão. E no final ele afirmou que ia marcar um quarto e que de manhã regressaria a casa.

— Consegues imaginar a tua vida sem ele? — perguntou Holly.

Juliet fungou e abanou a cabeça.

— Mas não estou pronta para voltar para casa.

— Alguma vez estarás?

— Não vejo como. O Ethan disse que podíamos mudar-nos, comprar uma casa perto do lago, para que a paisagem me lembrasse aqui a ilha, e começarmos do zero. Mas como podemos nós começar do zero? Eu não quero esquecer a Evie.

— Talvez ele ache que uma nova casa, sem o quartinho dela, te ajude a começar a viver de novo.

— Foi isso que ele disse. Que preciso de deixar a memória da Evie tornar-se parte de mim, ao invés de algo que me mantém num luto e numa dor perpétuos.

— Parece-me certo, Juliet. Sei que não é a mesma coisa, mas é parecido com o que a minha avó te disse quando o teu pai morreu. Que a memória dele se tornaria um pedaço de ti e que quando precisasses dele, precisasses de o sentir contigo, poderias fazer o prato preferido dele e a simples confecção do prato, o acto de o comeres, o facto de colocares a memória na comida, te traria consolo.

— E trouxe. Mas isto é diferente.

— Vamos tentar, Juliet. Tentemos fazer o que ela mais gostava de comer. O que era?

— *Cheerios* e ovos mexidos com uma pitada de queijo *Cheddar*.

— Presumo que os *Cheerios* não eram misturados com os ovos?

Juliet sorriu.

— Não. Ela apenas gostava de levar um saquinho de *Cheerios* sempre que saíamos.

— Então, façamos a refeição preferida dela, agora mesmo. Escrevemos a tua receita, exactamente como a fazias, e tu decides o ingrediente especial final.

Juliet respirou fundo, acenou que sim com a cabeça, e seguiu Holly até à cozinha. Nos cinco minutos seguintes só se escutou o partir de ovos, o bater de ovos e o mexer de ovos numa noz de manteiga. E mesmo antes de os ovos estarem prontos, Juliet deteve-se frente à frigideira e disse: «Amo-te, minha querida», e salpicou-os com um pouco de queijo *Cheddar*.

Holly pegou na caneta e escreveu, «salpicar com queijo *Cheddar*». E por baixo acrescentou o ingrediente final:

«Uma afirmação verdadeira».

Comeram os ovos, que estavam deliciosos, e depois de uma fortalecedora chávena do café de Camilla, Juliet, um pouco mais encorajada, pegou na receita e dirigiu-se ao Blue Crab Cove, onde, esperançosamente, bateu à porta do quarto do marido.

Uma afirmação verdadeira. Um ingrediente final perfeito.

Sozinha no bangaló, demasiados pensamentos num turbilhão na sua cabeça, Holly decidiu criar a sua própria receita de lasanha, pois por fim teve de admitir que não gostava de queijo *ricotta* e que durante anos evitara comer lasanha por causa desse queijo. Usaria um tipo diferente de queijo, encontraria o queijo certo, e acrescentaria o ingrediente final de Uma Afirmação Verdadeira, e seria autora de mais uma receita.

Amo o Liam era uma afirmação verdadeira que não queria proferir naquele momento, por isso parou de pensar nele, de pensar em Mia, no facto de ele lhe ter dito que afinal de contas já não ia voltar para a ex-mulher, que Mia não seria dama de honor da mãe.

Guardou a farinha e os ovos e fechou o dossiê das receitas. «Ao invés disso, prefiro perder-me na tua vida, *nonna*», pensou Holly, servindo-se de mais uma chávena de café e acomodando-se no sofá com ela e o diário da avó.

Outubro de 1965

Querido diário,

Durante anos, após a morte do pequeno Richard Windemere, Lenora Windemere tentou ver-se livre de mim. Um representante do Departamento de Saúde bateu-me à porta para se assegurar de que a minha cozinha tinha boas condições de higiene, uma vez que eu vendia alimentos embalados. Um representante da câmara municipal veio discutir comigo se a minha casa estava numa zona adequada a um empreendimento comercial, e tive de me dar a alguns trabalhos para conseguir todas as licenças e papeladas. Mas pelo menos tudo isso está agora em ordem. Tenho oficialmente um negócio aberto.

E depois começaram os rumores. A mãe de Lenora apanhara supostamente uma intoxicação alimentar depois de experimentar os menus que eu começara a vender. Uma das amigas dela quase morreu engasgada com um osso — na vitela parmigiana que me encomendara especialmente. Por sorte, a maior parte das pessoas sabe que os escalopes de vitela não têm ossos.

Mas, ainda assim, fiquei. Esta é a minha casa. É aqui que devo ficar. E ultimamente tenho sido acometida por esta nova sensação de que alguém virá para aqui, regressará, como se esta fosse a sua casa. Não faço ideia do que isto significa. Ou a quem se destina. A uma prima da Itália, talvez? À própria Luciana, quando for mais velha?

Não, não é isso. Luciana terá uma vida feliz longe de Blue Crab Island; sei isso com toda a certeza.

No entanto, alguém virá viver nesta casa depois de mim.

Alguém que me é próximo e querido. Alguém que amará esta terra e esta casa como eu.

— Eu, *nonna* — disse Holly, olhando fixamente para o quadro da oliveira. — Esse alguém sou eu.

Mesmo antes da meia-noite, o telemóvel de Holly tocou. Pegou nele, esperando que fosse Juliet a dizer que não iria à aula na segunda-feira, que partiria de manhã com o marido.

Mas era Liam.

— Olá — cumprimentou ele.

Holly conseguia imaginá-lo sentado no alpendre traseiro com uma cerveja ao lado dele, os cães brincando no quintal com o pequeno alce de borracha. Estaria a contemplar a água com os cotovelos apoiados nos joelhos.

— Olá.

— Queria apenas desejar-te uma boa noite, Holly. E dizer-te que pensava em ti. Não sei bem como fazer isto, se devo dar-te espaço ou o que devo fazer, mas se há algo com que podes contar em relação a mim, Holly, é que sou um homem honesto. Por isso, vou apenas dizer-te honestamente que estou aqui sentado a pensar em ti e a desejar que aqui estivesses. E mais uma coisa. Que lamento muito ter-te magoado.

O coração de Holly ficou apertadinho e sentou-se na cama, puxando os joelhos para o peito.

— Também estou a pensar em ti — devolveu Holly, mas não diria mais nada. Que receava acreditar nas palavras, que queria correr pela Cove Road abaixo e sentar-se ao seu lado, a ver os cães, a contemplar a água, a contemplar as mãos de ambos entrelaçadas. — Fico contente que tenhas telefonado — acrescentou. — Muito contente. — E nada mais disse.

— Bons sonhos — desejou-lhe ele.

— Bons sonhos.

Pousou o telemóvel em cima da mesa-de-cabeceira e tirou as pedras do rio Pó do saquinho branco, segurando-as frente à cara.

— Posso confiar nisto? — perguntou, como se as pedras fossem uma sibila.

«Volta a perguntar mais tarde» foi a resposta que deu a ela mesma antes de apagar a luz do candeeiro e se enroscar debaixo dos lençóis, as pedras na mão.

19

Na manhã seguinte, Holly ocupava-se numa degustação pessoal de queijos, uma selecção de três tipos de queijos azuis, incluindo o rei dos queijos azuis, o *Stilton*, e alguns queijos cremosos, tentando decidir qual resultava melhor como substituto do *ricotta* na lasanha, quando a sineta tocou.

— Está alguém? — chamou uma voz feminina meio enrouquecida, o tipo de voz afectada por uma vida inteira de cigarros.

Holly encaminhou-se para a porta e deparou-se-lhe uma bonita mulher idosa, que cheirava de facto tenuemente a cigarros-de--cravinho, e segurava num saco de tecido preto e branco onde se lia: *Amigos da Biblioteca de Blue Crab Island*. Parecia ter mais ou menos a idade da sua avó, setenta e cinco, talvez até mesmo oitenta anos. E parecia-lhe também vagamente familiar, mas Holly não conseguia localizá-la, até que se lembrou que reparara nela no pouco concorrido funeral da avó. O cabelo da idosa era prateado e luminoso, apanhado num rolo no cimo da cabeça e decorado com dois alfinetes cravados de diamantes. Vestia calças pretas com uma camisola comprida branca e um lenço de seda encarnada transparente ao pescoço.

— O meu nome é Lenora Windemere — apresentou-se a mulher, e Holly quase arquejou. — Conheci a sua avó. Frequentei aqui um curso de culinária há mais de quarenta anos.

A voz dela não evidenciava qualquer emoção, qualquer nostalgia. A visita nada tinha que ver com recordações.

Holly sorriu e estendeu a mão e Lenora segurou-lha com as dela por um momento, e depois largou-a.

Lenora levou uma das mãos ao saco, os seus muitos anéis de pedras preciosas, incluindo um enorme diamante, brilhando nos dedos.

— Encontrei isto na cidade.

Extraiu do saco o dossiê de receitas da Camilla's Cucinotta e estendeu-o a Holly.

Desta vez, Holly arquejou.

— O dossiê das receitas! Oh, graças a Deus! Procurei-o por todo o lado. Onde é que...

— Encontrei-o na cidade — repetiu ela, os seus olhos cor de avelã fixos nos de Holly.

«Encontrou-o no bistrô da sua neta, na cozinha, muito provavelmente, enquanto Avery se preparava para o "segmento italiano" do seu próprio curso de culinária.» Isso Holly sabia com a mesma certeza de Camilla Constantina.

Apertou o dossiê contra o peito, muito aliviada por o ter de volta.

A própria Avery Windemere ou uma amiga roubara o dossiê. E Lenora ou descobrira o sucedido ou deparara-se-lhe o dossiê e viera devolvê-lo. Dizia a Holly que a sua neta não necessitava de recorrer a técnicas criminosas para se livrar da concorrência, ou que Holly não representava qualquer concorrência ou, possivelmente, que o dossiê pertencia a Camilla Constantina e agora à neta desta — e pertencia àquele bangaló. Fosse como fosse, Lenora estava com aquele gesto a querer dizer alguma coisa.

— Obrigada — disse Holly, sem desviar os olhos. — Muito obrigada.

Lenora olhou-a fixamente de volta por um momento, talvez vendo Camilla nas feições da neta, nos seus olhos e cabelo escuros. Olhou depois em redor, detendo-se no quadro negro onde estava o menu das massas do dia. Abriu a boca para falar e, por um momento, Holly achou que ela talvez comprasse uma das massas, mas Lenora limitou-se a olhar para o quadro e foi-se embora.

Assim que Lenora Windemere partiu, Holly dirigiu-se ao centro de cópias em Portland e fez duas cópias do dossiê. A original ficaria sempre na cozinha, onde pertencia, e as cópias seriam guardadas no sótão, para o caso de Avery Windemere ter de novo ideias de roubar um dia as receitas. Era quase cómico pensar em semelhante coisa, mas não colocaria as mãos no fogo por aquelas Windemere. No caminho de regresso, ao passar pelo bistrô de Avery W., pensou entrar com o dossiê e confrontar Avery de alguma forma. Sabia que a ladra fora Avery — e havia apenas uma razão para que Avery se sentisse ameaçada por aquele dossiê. Porque as habilidades de Holly, anteriormente menosprezadas, eram uma concorrência séria afinal de contas. Porém, o facto de Lenora Windemere saber que Avery roubara o dossiê das receitas — quer para usá-lo no seu curso de culinária ou simplesmente para deixar Holly sem receitas, ou *ambas* — era toda a satisfatória justiça de que precisava.

De regresso a casa, quando Holly terminava a lasanha (usara placas de massa compradas), a sineta voltou a tocar. Não iria permitir que o bechamel se transformasse mais uma vez numa pasta espessa e grumosa, por isso gritou apenas «entre».

Duas animadas jovens, uma com um deslumbrante cabelo louro e a outra com uma cascata de caracóis castanho-avermelhados quase até à cintura, avançaram até ao vestíbulo.

— Olá, ouvimos dizer que costuma ministrar um curso básico de cozinha italiana — disse a loura.

Holly terminou de mexer o molho branco, verteu-o sobre as placas e juntou nova camada de molho de carne.

— Sim, é verdade. O meu nome é Holly Maguire e herdei a Camilla's Cucinotta da minha avó, que durante décadas esteve à frente do curso. O curso de Outono já vai a meio, mas o de Inverno começará em Janeiro.

A ruiva disse:

— Ouvimos dizer que lhe chamavam a Deusa do Amor e que tinha o dom da adivinhação. Também lê a sina?

Holly colocou a última camada de massa, salpicou-a com apenas um pouco de parmesão, tendo aprendido às suas custas que, se pusesse demasiado, o resultado ficaria amargo.

— Não, não herdei o dom da adivinhação da minha avó, mas herdei o da culinária.

Ora, ora. Dissera-o com uma cara séria. Sorriu. Era verdade. Herdara de facto o dom da avó. À sua maneira, ao seu estilo. O lugar dela era naquela cozinha.

— Oh, que pena — comentou a loura. — Acabámos as duas de levar com os pés dos nossos namorados. Bom, não tanto dos namorados, mas antes dos palermas com quem saíamos e achávamos serem os nossos namorados. Esperávamos poder aprender a cozinhar o nosso tipo de comida preferida *e* descobrir o que nos estava guardado.

Holly sorriu.

— Lamento em relação a isso. Não há leituras de sinas nas aulas, mas, se lerem a brochura, verão que cada receita exige ingredientes especiais, como um desejo ardente ou uma recordação feliz. Parece que desejar e esperar e sonhar e recordar pode ser ainda mais útil do que saber o que vai acontecer.

As duas raparigas olharam uma para a outra e sorriram.

— Adoro isso. Então, podemos inscrever-nos para o curso? Somos colegas de quarto e finalistas da Universidade do Sul do Maine e estamos fartinhas até às orelhas de encomendar comida chinesa. Adoraríamos aprender a fazer isso, por exemplo. Lasanha? Cheira divinalmente.

— Calha bem, porque estou a planear colocar esta lasanha na aula da primeira semana do curso de Inverno-Primavera, que começará em Janeiro.

— Bestial. Queremos inscrever-nos.

Enquanto as raparigas entregavam cheques de cento e vinte dólares cada uma e escreviam os respectivos nomes e números de telefone no velho livro em que Camilla mantinha o registo dos seus alunos, Holly deu-se conta de que conseguira, inscrevera oficialmente duas completas estranhas para o curso. Ela mesma.

— Se não levam a mal a pergunta, onde ouviram falar do meu curso?

— Almoçávamos no Café DoodleBop's, em Portland, e eu comi uma salada de massa espectacular com salsicha e tomates secos ao sol, e quando gabava a refeição o dono mencionou que fora uma mulher em Blue Crab Island que a fizera. E acrescentara que também dava aulas de cozinha italiana e que os seus contactos constavam do quadro de anúncios e mensagens. E aqui estamos. Hoje tem alguma salada de massa? Adoraria levar uma embalagem para casa.

Holly colocou a lasanha no forno e acompanhou as raparigas à entrada, onde lhes mostrou o menu. Cada uma comprou uma salada de massa.

E conquistara aquelas alunas com os seus próprios cozinhados. Com uma receita feita por ela.

«Obrigada, *nonna*», disse mentalmente.

Liam telefonou nessa noite. E na noite seguinte. De todas as vezes tiveram a mesma conversa, nem mais nem menos. Contudo, a voz dele tornava-se de novo familiar para Holly.

Na terceira noite, olhou para o antiquado despertador na mesa-de-cabeceira, desejando que batesse as dez horas, altura em que ele telefonava, e antecipando o toque do telemóvel, mas ao invés dele foi a campainha da porta que se fez ouvir.

E ali estava ele, no alpendre da frente, de casaco de cabedal e calças de ganga, as mãos enterradas nos bolsos e uma expressão na cara que dizia «preciso de estar contigo».

Holly deu um passo ao lado e ele entrou; depois pegou-lhe pela mão e conduziu-o ao seu quarto.

De pé no meio da divisão, frente a frente de mãos dadas, Holly perguntou:

— Quando é que te transformas em abóbora?

— Só amanhã às três e meia, hora a que o autocarro da Mia vai chegar. Vai passar esta noite no hotel com a mãe. Contei à Mia que a mãe e eu não voltaríamos a ficar juntos, e ela ficou muito transtornada, furiosa e a chorar, e depois a mãe veio buscá-la para lhe assegurar que desta vez planeava mesmo ficar, que, embora nós os dois não fôssemos ficar juntos, ela estava empenhada em ser mãe dela, em viver em Portland. Penso que a Mia não acreditou em nada. Acho que só o casamento a descansaria em relação a esse assunto.

— Compreendo. Pobre Mia. Aos doze anos, deve ser muito difícil e complicado passar por uma situação destas. Mas fico contente que a mãe esteja de facto empenhada nela. Achas que pretende mesmo ficar?

— A casa está comprada. O que é um passo importante. E é um daqueles negócios em que perderá muito dinheiro se voltar atrás. Acho que está nisto a sério.

— Bom, fico muito contente por escutá-lo, pela Mia.

Liam pegou numa das mãos de Holly, levou-a ao rosto e beijou-lhe a palma.

— Tenho sentido saudades tuas, Holly.

— Eu também.

Puxou-a contra o corpo dele, e Holly fechou os olhos, a felicidade inundando-a das pontas dos pés ao cérebro, que outra coisa não dizia àquilo tudo que não fosse «sim». Nem o anjinho admoestador se atrevera a aparecer no seu ombro.

E em menos de um minuto, as roupas de ambos estavam de novo misturadas numa pilha no chão.

Holly acordou às três da manhã, provavelmente porque tinha um braço forte e pesado por cima do seu estômago. Por um momento ficou sobressaltada ao ver Liam ali na cama a seu lado, pareceu-lhe tão inopinado. Contemplou a fila de pestanas escuras contra as maçãs do rosto dele, reparou na forma como o seu cabelo ondulado se emaranhava em determinados remoinhos. Inclinou-se para ele e beijou-lhe a face ligeiramente hirsuta, observando o quanto era bonito.

Tentou voltar a adormecer, mas foi inútil; portanto, ao fim de meia hora a virar-se de um lado e para o outro e a recear acordar Liam, levantou-se e desceu à cozinha a fim de fazer um chá de camomila. Levou a chávena para a sala de estar e pegou no diário da avó.

Maio de 1965

Querido diário,
Tenho um namorado. Oh, soa tão ridículo usar essa palavra. O nome dele é Fredward Miller. Não é italiano. Não é o Armando, nem de longe, mas gosto de colocar o meu batom e perfume e de ser levada a um restaurante aos sábados à noite. Depois de jantar, ele gosta de me levar até à praia, onde caminhamos pela areia, lançando pedras à água e fazendo-as ressaltar. Costuma dizer-me que a vastidão do oceano lhe recorda que é preciso ter grandes sonhos. É vendedor de chocolates e rebuçados, imagine-se. Fornece tabletes de chocolate e chupa-chupas e aquelas bolachas Necco que eu adoro a lojas por toda a área de New England. Já se pode imaginar a quantidade de doces e chocolates que a Luciana tem aqui em casa. Ainda não o conheceu; não sei bem se quero que se conheçam. Por agora, aprecio as minhas noites de sábado e na maioria dos dias de semana ele está fora a vender os seus rebuçados.

O Fredward acha que eu sou exótica, mas não sou. Suponho que para Blue Crab Island serei sempre a italiana com sotaque carregado. Estou tão em casa aqui que nem me sinto muito diferente das restantes pessoas, até, é claro, sentir o olhar de alguém sobre mim, e descobrir Lenora Windemere a olhar-me fixamente do outro lado da rua ou na ponta do corredor da mercearia.

Sei como as coisas acabarão a seu tempo com o Fredward. Sei também que terei muitos outros namorados e que nenhum deles se assemelhará nem um pouco a Armando. Porém, não estou à procura de amor, apenas de companhia. Tenho esta sensação, muito embora a Luciana tenha apenas sete anos, de que ela procurará algo diferente de um grande amor. Procurará companhia, para o resto da vida, e está muito bem. Sei que a Luciana ficará bem. Bem para ela, que é tudo o que importa.

O que eu sei acerca do amor é o seguinte: quando o sentimos, sabemos que o temos.

«Eu sei, *nonna*», pensou Holly, «mas tenho medo desse amor.» E se Liam mudasse de opinião de novo? E se voltasse para Veronica? E se, quando Mia soubesse que o pai e a sua professora de culinária estavam envolvidos, não fosse capaz de a perdoar?

E se, e se, e se?

Holly pousou o diário no sofá e deu uma palmadinha na almofada a seu lado, aliciando *Antonio*, que acabara de entrar na sala de estar. O gato saltou e sentou-se praticamente no colo dela, pousando uma pata e depois o pequeno queixo cinzento na coxa dela.

Holly não fazia ideia de que a avó tivera namorados. Fora algo que Camilla nunca havia discutido. E as poucas vezes em que Holly lhe perguntara se alguma vez pensara em namorar ou em casar-se de novo, Camilla afirmara que tivera o seu grande amor e que nunca haveria outro como Armando e que nunca se contentaria com um amor menor. Embora tivesse enviuvado muito jovem,

Camilla Constantina nunca voltara a casar-se. Mas tivera os seus namorados, companhia, o coração transbordante de memórias do seu Armando.

Era assustador pensar que teria casado com John Reardon e estaria a viver uma vida completamente diferente na Califórnia, tivera ele querido casar com ela, é claro. Não teria conhecido Liam Geller. Na verdade, era provável que tivesse. Viria a Blue Crab Island quando a avó morresse e não seria capaz de vender a casa e perder a Camilla's Cucinotta. Não o faria, quer John Reardon fizesse parte da equação ou não. Não que fizesse alguma ideia de como tudo isso teria funcionado. Fosse como fosse, era uma questão discutível.

E o que sentia por Liam era diferente do que sentira por John, mesmo no início, em que estivera tão loucamente apaixonada que se desenraizara e viajara cinco mil quilómetros para ficar perto dele. Fora louca por John. Porém, Liam estava dentro do seu coração de uma forma diferente, que não conseguia explicar muito bem para si mesma.

— Boa noite, *Antonio* — disse para o gato, afagando-lhe a cabeça.

E subiu as escadas em direcção ao quarto, onde Liam continuava a dormir, o braço por cima da cabeça. Aninhou-se ao lado dele, pegou-lhe no braço, colocou-o de novo por cima da sua barriga e fechou os olhos.

20

No dia seguinte, ao invés de se sentir a flutuar nas nuvens como na vez anterior, Holly sentia os pés firmemente no chão. Houvera algo de muito revelador na noite anterior. E naquela manhã, depois de terem feito amor de novo e tomado duche juntos, embaciando as portas do duche mais do que a água quente, preparou-lhe os ovos mexidos de Juliet, que Liam apelidou de deliciosos, e serviu-lhe duas canecas do café de Camilla, e depois ele partiu para a fim de se preparar para três quartos de um dia de trabalho. Queria estar em casa quando o autocarro de Mia chegasse, pois não fazia qualquer ideia do que a mãe lhe poderia ter dito.

A afirmação verdadeira de Holly para os ovos: «Espero que a Mia fique bem.» Não sabia ao certo se Mia apareceria na aula daquela noite ou se passaria o serão a discutir com o pai.

Às seis horas, Tamara e Simon chegaram — aos risinhos. Na brincadeira, Holly piscou os olhos para ambos e disse:

— Reparei que na semana passada também chegaram juntos. Passa-se alguma coisa que eu deva saber?

— Oh, passa-se, sim, definitivamente — respondeu Simon, pegando na mão de Tamara e beijando-a.

Ora, ora, sim senhor. Holly sorriu.

— Fazem um casal muito bonito.

— Estamos a levar as coisas com calma — acrescentou Tamara. — Não queremos apressar nada.

— Embora eu *tenha sido* convidado para um casamento daqui a três meses — disse Simon, com uma careta.

— As pessoas não chamam a isto A Escola de Culinária da Deusa do Amor por acaso — fez notar Tamara, sorrindo para Holly.

«A minha taça transbordou», pensou ela. Até que Juliet entrou, um homem alto e bem-parecido com um olhar melancólico ao lado dela. O marido. Agora a sua taça tombara de tão cheia.

— Olá, Juliet.

Juliet não vinha vestida de cinzento. Nem de preto. Nem de bege-sujo, como Tamara chamava ao caqui. Trazia uma quase iridescente camisola cor de alfazema sobre as calças de ganga escuras, os pés numas botas de camurça castanhas e não nas habituais sabrinas de lona cinzentas.

— Olá. Holly, apresento-te Ethan Frears, o meu marido. Ethan, Holly Maguire. E estes são Simon March e Tamara Bean.

Depois dos cumprimentos, Juliet perguntou se Ethan podia assistir à aula, uma vez que iam partir no dia seguinte, para casa, para Chicago, e Juliet queria que Ethan conhecesse as pessoas que a haviam ajudado a recuperar a sanidade.

— Oh, Juliet — respondeu Holly, correndo para ela e apertando o esguio corpo de Juliet num abraço. — Fico tão, tão feliz. E é claro que pode assistir à aula — acrescentou para Ethan, que ainda não largara a mão da mulher.

Holly olhou de relance para o relógio. Eram quase seis e um quarto e nada de Mia. Foi buscar as receitas para a aula daquela noite e distribuiu-as.

— Lasanha — comentou Ethan. — Sempre quis saber como fazer lasanha.

— E é a minha receita especial — revelou Holly. — Com uma ajudinha da Juliet no ingrediente final.

Holly reparou que os olhos de Ethan deslizaram pela folha abaixo. Uma afirmação verdadeira. Apertou a mão de Juliet.

Assim, pela terceira vez naquela semana, Holly preparou-se para fazer a sua lasanha. Não teve de rever os passos para fazer a massa; escutou Juliet ensinar ao marido como fazer um buraco na farinha e abrir para aí um ovo. Assim que conseguiu uma bola de massa, Simon, que se juntou à equipa encarregada da massa no seu entusiasmo de ter outro homem por perto, mostrou a Ethan como amassá-la, dobrá-la e enrolá-la até que estivesse elástica.

— Então, vão-se embora amanhã? — perguntou Simon aos Frear.
— Quais são os piores, os invernos de Chicago ou os do Maine?

Juliet sorriu.

— Os de Chicago, por uma esmagadora maioria. Mas não vamos regressar a Chicago para ficar. Vamos arrendar a nossa casa e o Ethan vai pedir à firma de advogados uma licença sem vencimento para podermos viajar pela Europa durante um mês inteiro. Primeira paragem, Milão, Itália.

Holly sorriu.

— Terra de Camilla Constantina. Mandam-me um postal?
— Podes apostar — respondeu Juliet, o mais esperançoso dos sorrisos na cara antes de devolver a sua atenção à massa, que o marido estava a ter muitos problemas em fazer passar pela máquina. Em socorro dele acorreu Simon, por aquela altura já um profissional no manejo da massa.

Tamara preparava o molho bechamel, adicionando o leite a escaldar à mistura de farinha e manteiga, e Holly fazia o molho bolonhesa quando a porta da frente se abriu com estrondo e Mia entrou de rompante, detendo-se a poucos passos da soleira, a cara lavada em lágrimas. Olhou fixamente para Holly.

— Odeio-te. Odeio-te. Odeio-te! Só quero que saibas disso!
— Mia...
— O meu pai contou-me tudo! — gritou ela. — Isto é tudo culpa tua! Como pudeste roubá-lo à minha mãe? — As lágrimas não paravam

de lhe correr pela cara e, por um momento, ficou apenas ali estacada a soluçar. Porém, quando Holly deu um passo em frente, Mia gritou:
— Odeio-te! — E correu porta fora, a porta mosquiteira batendo com toda a força atrás dela.

Holly pediu licença para ir telefonar a Liam e correu escadas acima com o telemóvel, irrompendo em lágrimas assim que entrou no quarto e fechou a porta. Marcou o número dele e Liam atendeu ao primeiro toque.
— Mia?
— É a Holly. Ela acabou de sair. Entrou aqui a chorar e a gritar que a traí e que me odeia, e depois fugiu porta fora. Estava na esperança de que tivesse regressado a casa, mas é óbvio que não.
Liam ficou em silêncio por um momento.
— Eu vou procurá-la. Tu fica aí.
Desta feita, não era a consoladora. Era a Jodie.
— Holly... vai ficar tudo bem. Está bem?
Desfez-se de novo em lágrimas, tentando manter-se em silêncio.
— Está bem — conseguiu dizer.
Afundou-se na cama e respirou fundo, pegando na bolsa de cetim branco. «Por favor, façam com que corra tudo bem», disse para as pedras, pousou o saco em cima da cama e regressou aos seus alunos.
Ao longo da hora que se seguiu, os dois casais limparam cada mancha na cozinha enquanto Holly caminhava de um lado para o outro da sala de estar, regressando de vez em quando a fim de ajudar, mas sendo enxotada para fora com um copo de vinho. Com a enésima afirmação de que estava tudo bem com Mia, Holly acompanhou ambos os casais à porta.
— Prometo manter-me em contacto — asseverou Juliet. — Receberás um postal de Milão.
— É bom que sim — respondeu Holly, abraçando a amiga com força.
E terminadas as despedidas, Juliet, na sua camisola cor de alfazema, e o marido, com o braço por cima dos ombros dela, partiram, seguindo na direcção de Blue Crab Boulevard.

— Está uma noite bonita para um passeio romântico — comentou Holly distraidamente enquanto Tamara e Simon vestiam os casacos, fazendo figas para que Mia estivesse em segurança em casa e não num dos seus quatro lugares de refúgio — três, corrigiu-se Holly, uma vez que o baloiço no seu quintal lateral não iria com certeza ser uma das zonas de segurança dela naquela noite. As lágrimas afloraram-lhe de novo aos olhos e Holly limpou-as.

— Ela vai ficar bem — disse Tamara, afagando as costas de Holly. — Pode demorar algum tempo, mas ela ficará bem.

— Ela acha que eu a traí. E é uma menina de apenas doze anos.

— Uma menina de doze anos que está a experienciar o seu primeiro amor e que há semanas não fala de outra coisa a não ser de traições e rompimentos — fez notar Simon. — Acabará por compreender que não a traíste.

— Espero bem que sim.

Simon colocou a mão no ombro de Holly.

— Se a minha filha consegue dar a volta, qualquer pessoa consegue, acredita em mim. E espera até ela saber que namoro com o génio por detrás do seu quarto espacial.

Holly presenteou-o com um pequeno sorriso e apertou-lhe a mão.

— Obrigada por tudo esta noite, aos dois. E agora, vão. Vão namorar ou assim.

— Ou assim — disse Tamara, um brilho nos olhos ao mesmo tempo que ela e Simon se afastavam, de mãos dadas, em direcção ao carro dele.

Holly acenou quando o carro partiu e depois sentou-se no alpendre, aconchegando-se melhor na camisola e afiando o ouvido na direcção de Cove Road, como se a voz de Mia pudesse chegar dali até ela.

Uma hora mais tarde, nada de telefonema. O que significava que Liam ainda não conseguira encontrar Mia. Telefonaria a sossegar Holly de que Mia estava bem, Holly sabia-o. Impaciente, preparava-se para ligar a Liam, quando o seu telefone tocou. Encontrara Mia na cave por terminar, que usavam como arrecadação e lavandaria. Estava lá deitada no seu saco-cama, que sacudira e estendera ao lado da máquina de secar. Nem sequer ocorrera a Liam ir lá procurá-la, uma vez que Mia tinha medo da cave, mas ao escutar um barulho nas máquinas, descera e encontrara-a lá, encostada à máquina de secar em busca de companhia e calor. Estivera ali o tempo todo.

— Está tão exausta e perturbada que nem se debateu — contou Liam. — Deixou que a abraçasse durante uma boa meia hora sem dizer uma única palavra. E depois peguei-lhe ao colo e levei-a para o quarto e fiquei lá com ela até me parecer que adormecera, mas quando me preparava para sair em bicos dos pés, partiu-me o coração.

Holly preparou-se.

— Que foi que ela disse?

— Sentou-se na cama e disse: «Papá? Lamento muito tudo o que disse. Só queria que as coisas fossem diferentes.» E eu respondi-lhe: «Eu sei, querida.» E depois conversámos durante mais meia hora acerca de como podemos gostar muito de uma pessoa, mas não amá-la como outrora, e ela começou de novo a chorar e confessou que tinha medo de que eu viesse a sentir o mesmo em relação a ela, e eu assegurei-lhe de que as coisas não funcionavam assim entre pais e filhos, e ela lá desabafou tudo finalmente, que o facto de a mãe se ter ausentado durante estes dois anos fizera com que receasse que eu um dia fizesse o mesmo, e que era por isso que nos queria tão desesperadamente juntar de novo, para que pelo menos tivesse um dos pais, caso o outro fizesse as malas e partisse.

— Oh, Mia — sussurrou Holly. — Que fardo para carregar.

— Dá-nos uns quantos dias, está bem? Eu sei que estou sempre a pedir-te isso. Suponho que vou dizer-te isto algumas vezes. Mas não planeio afastar-me, Holly. E se precisares de mim, estou aqui. Está bem?

— Está bem.

Da última vez que precisara de alguns dias, voltara cheio de desculpas e perdões por a ter magoado.

Holly interrogou-se se alguém no estado do Maine sabia fazer *sa cordula*. Bem que podia acabar com as dúvidas de uma vez por todas. Nos sonhos dela, ele provava e gostava e ela ficava a saber que ele era O Tal, o seu grande amor.

Contudo, Holly começava a pensar que isso do Grande Amor não existia. Que talvez existisse apenas o amor. E, tal como a sua avó escrevera, quando o sentíamos, era impossível não sabê-lo.

...

Nessa noite, Holly e *Antonio* enroscaram-se no sofá, ambos contemplando o fogo que Holly se atrevera a fazer na lareira de pedra. Até então, a casa ainda não ardera. Sentindo que o seu coração poderia rebentar a qualquer segundo, Holly esticou o braço para o diário da avó, o último caderno, na esperança de se perder no mundo de Camilla, de encontrar consolo na voz dela.

Junho de 1966

Querido diário,
Sempre soube que tinha o dom da adivinhação. Em criança, às vezes, sem que nada o prenunciasse, vinha-me uma ideia à cabeça, tão forte, como um homem pedindo alguém em casamento; e por vezes a ideia viria acompanhada pela imagem de um homem que não conseguia ver nitidamente, com um joelho no chão, um anel estendido numa caixa de veludo. E depois veria Adrianna, não mental, mas realmente, a irmã mais nova da minha mãe, a correr para o quintal vinda do galinheiro, as faces ruborizadas, os olhos carregados de amor e esperança. E se continuasse a observar, veria Guiseppe, o filho do vizinho, escapulir-se na direcção oposta. E saberia que um pedido de

casamento estaria perto. Por vezes via mais coisas na minha mente, por vezes menos. E outras não via nada. Dei-me conta de que não ver nada também era bom.

Recordo-me de ser acometida por uns flaches quando tinha para aí uns três anos, de ver coisas na minha mente que não tinham acontecido ainda. Como por exemplo o meu pai a regressar da guerra. Como por exemplo o nosso vizinho casado a beijar a nossa outra vizinha casada. Eu era tão jovem e os flaches por vezes tão confusos. Num deles vi-me a apanhar pedras da margem do rio Pó, por isso, quando lá fomos num dos muitos piqueniques em família que fazíamos, escolhi as três que me recordava de ter visto no flache. Estavam simplesmente ali, dispostas num semicírculo na beira da água, à minha espera. Quando lhes peguei, recordo-me de ter sentido um formigueiro na mão. Enfiei-as nos bolsos dos meus calções e estão comigo desde então. Não são a fonte do meu dom, é claro, mas a descoberta delas estava-me destinada por alguma razão. Acredito que realçam o meu dom. Quando as segurava e olhava para alguém ou pensava em alguém, por vezes sentia algo com muita intensidade, coisa que de outra forma não acontecia.

Seja como for, quanto mais começava a ler sinas, mais usava as pedras, pois as pessoas reagiam a elas muito bem, como se fossem bolas de cristal. As pedras faziam as pessoas aceitar melhor o meu dom. Em especial a Luciana. Podia culpar as pedras pela minha «bruxaria», e não a mim mesma.

O que eu sei acerca da Luciana é o seguinte: ela vai ficar bem. Seguirá o caminho dela tal como eu segui o meu, rumo à América com Armando aos vinte e dois anos, dizendo adeus à minha terra natal. A minha filha nunca ultrapassou o facto de ser diferente das outras raparigas do Maine, e isso nunca mudou. Mas todos os flaches que tive acerca da Luciana me mostraram que ela ficará bem. Que se casará com o homem monótono, si. Mas será feliz. E não terá uma filha monótona. Não.

A criança, a minha neta, será minha. Não será óbvio. A criança não terá o meu dom de saber o que vai acontecer. Não será capaz de mexer ovos sem os entornar da tigela. Não terá sangue cem por cento italiano como a mãe e avó e bisavó. Será metade do que eu comecei ao vir para a América. Mas será minha. Haverá entre nós um laço inquebrável que perdurará. Disso tenha a certeza.

O diário deixou Holly com um desejo ardente de rever a colecção de fotografias de Camilla, por isso rumou ao piso de cima e ao bonito roupeiro de mogno no seu quarto, onde se encontravam as pilhas de álbuns fotográficos. Ao longo dos anos, Holly folheara-os muitas vezes. Fotos a preto e branco de Camilla em jovem, o seu cabelo preto e brilhante tão comprido que lhe chegava à cintura. Polaróides de Camilla e Armando a divertirem-se no quintal da casa onde Camilla crescera. Frente a, muito possivelmente, todos os faróis do Maine, uma das missões de fim-de-semana de Armando. Instantâneos de Camilla à espera de bebé, linda nos seus vestidos de grávida. Demasiadas fotografias de *Antonio* a olhar apenas para a máquina com o seu ar entediado. E álbum atrás de álbum de Luciana enquanto crescia, a ler livros na mesma sala de estar onde Holly estivera sentada. A ajudar a mãe na cozinha que mudara a vida de Holly. Um dos álbuns era dedicado a fotografias que Camilla tirara no casamento de Luciana. E havia mais de vinte dedicados a Holly, de visitas a Newton, no Massachusetts. De verões passados em Blue Crab Island. Havia várias fotos de Holly e Juliet de fatos de banho floridos e óculos de sol. Na favorita de Holly, saltavam para o oceano de mãos dadas a partir de uma falésia baixa. Holly digitá-la-ia e enviá-la-ia por *e-mail* a Juliet.

E havia uma última foto, a preferida de Holly, e que contemplara de cada vez que se sentara ao toucador para colocar um pouco de maquilhagem e secar o cabelo. A foto estava presa na moldura de madeira do espelho. Camilla tirara a fotografia com a máquina digital que

Holly lhe oferecera no último aniversário. Segurara-a com o braço completamente esticado e tirara uma fotografia dela e de Holly no alpendre, na noite antes de morrer.

— Tenho saudades tuas, *nonna* — disse para a fotografia, pegando nela e beijando-a e devolvendo-a ao álbum. Preparava-se para arrumar os álbuns quando escutou a campainha da porta. Olhou para o relógio. Quase meia-noite.

Tinha de ser Liam.

Correu escada abaixo, abriu a porta e lá estava ele.

— Precisava apenas de te ver e de te dar isto — declarou Liam, puxando-a para ele e abraçando-a.

Depois beijou-a nos lábios, olhou--a nos olhos e apertou-lhe a mão antes de virar costas e ir-se embora. Do outro lado de Blue Crab Boulevard, parou, virou-se e ergueu a mão, e Holly levantou a dela em resposta.

21

O «dá-nos uns quantos dias» transformou-se numa semana. Não tivera notícias de Liam desde o abraço seguido de beijo na noite da última segunda-feira. Holly entretivera-se a criar mais saladas de massa para os seus clientes *gourmet*, inscrevendo mais três alunos para o curso de Inverno, trabalhando para aperfeiçoar a lasanha, voltando ao queijo *ricotta*, mas usando menos e equilibrando a diferença com *Stilton* e acrescentando mais uma pitada de alho. Recebera também um telefonema de uma velha amiga de liceu de Francesca que planeava um casamento em Portland no Verão seguinte, e marcou uma degustação, ocasião que Holly comemorou levando Tamara e Simon a comer comida mexicana. Andava a comer tanta massa, tanta comida italiana, que quase esquecera de que havia comida de outras etnias. Os três fizeram então um voto de saírem uma vez por mês para jantar, uma cultura diferente de cada vez. A seguinte seria a indiana.

Holly estava tão ocupada — tão ditosamente ocupada, com o seu trabalho, a sua vida — que mal dedicara um pensamento tão-só à sua vida amorosa. Bom, excepto entre uma receita e outra e sempre que estas exigiam um desejo ou uma recordação ou uma afirmação verdadeira. Então, os seus sentimentos pelos dois Geller inundavam-na de novo, por vezes com tal ímpeto que tinha de se sentar por um segundo e respirar fundo. Tinha também sonhos estranhos envolvendo pai e filha. Num, ela e Mia estavam no barco a remos e Madeline Windemere e o Clube M e Daniel Dressler encontravam-se de repente também no barco, e depois lá estava Liam, a nadar no mar, para longe deles. A avó dissera-lhe uma vez que era impossível analisar sonhos e procurar neles sentidos profundos, excepto nos clássicos: que fazemos um exame para o qual nos esquecemos de estudar e que vamos para a escola sem cuecas.

Antes mesmo de a aula começar na segunda-feira ao fim da tarde, Holly viu qualquer coisa deslizar por baixo da porta. Era um dos envelopes com aroma a morango de Mia. Levou-o ao nariz por um momento e apressou-se a abri-lo.

Querida Holly,
Desculpa tudo o que te disse. É claro que não te odeio. Posso ainda assim vir à aula? Se a resposta for sim, basta abrires a porta.
Beijinhos, Mia Geller

O coração de Holly pulou de alegria e abriu de imediato a porta. Ali estava Mia no alpendre, mordendo o lábio, os olhos azul-escuros espelhando preocupação, mas também cheios de esperança. Holly abriu-lhe os braços. O ar de alívio no rosto de Mia era inegável, e correu para Holly, apertando-a com força.

— Estás zangada comigo? — perguntou Mia, levantando a cabeça para olhar para ela.

— Não. Compreendo por que motivo te sentias tão perturbada.

Mia entrou, deixando a porta aberta para Tamara e Simon, que ainda não tinham chegado.

— Eu estou. De que valeram todos aqueles desejos e recordações, se o que eu queria não se realizou?

Holly pegou em ambas as mãos de Mia.

— O que eu aprendi, Mia, e o que a minha avó sempre disse, é que o objectivo é desejar e recordar, não vermos o que desejamos realizar-se ou sofrer com as recordações. Porque quando desejamos alguma coisa, estamos a pedir. E quando pedimos, estamos a tentar. E tudo o que podemos na verdade fazer é tentar, certo?

Mia encolheu ligeiramente os ombros.

— Pois, suponho que sim. Apenas não me importaria de conseguir o que quero.

Holly sorriu.

— O mesmo se aplica a toda a gente.

— Bom, a boa notícia é que o meu pai e eu conversámos muito na última semana, conversa a sério, acerca da minha mãe e do que aconteceu há dois anos, quando ela se foi embora. E sobre o quanto ele mudou como pessoa e enquanto pai, *et cetera, et cetera*, e que desejava poder realizar cada um dos meus sonhos, mas que por vezes isso não será possível, que a vida se intrometerá ou assim, e que tudo o que pode fazer é estar presente, sempre.

— Parece-me muito bom, Mia. Acertado e bom.

Ela acenou que sim com a cabeça.

— Sim. Acho que compreendi. Seja como for, agora sinto-me melhor em relação a tudo. Olha, queres saber quem se revelou um excelente namorado? O Daniel. Muito embora os pais dele sejam casados e felizes, ajudou-me muito a compreender algumas coisas.

Talvez fosse por isso que Daniel Dressler aparecera no sonho de Holly.

— Parece-me que vale a pena mantê-lo.

Mia alegrou-se e seguiu Holly até à cozinha, onde pousou a mochila e colocou o avental.

— Ele é espectacular. Nunca te cheguei a mostrar fotografias do Baile de Outono. Queres ver uma?

— Já estava mortinha de esperar — respondeu Holly, apertando o nariz a Mia.

Mia sorriu e enfiou a mão na bolsa da frente da mochila, extraindo de lá um pequeno álbum fotográfico. Passou algumas fotografias dela sozinha, dela com o pai e algumas dos pais durante as suas duas semanas de... descoberta, acabara Holly por concluir, e por fim Mia retirou uma dela com Daniel frente às árvores que havia à porta de sua casa. Mia estava tão bonita no seu vestido cor de alfazema, o cabelo ligeiramente encaracolado em compridas madeixas, os brincos de contas tremeluzindo com o pôr do Sol. Daniel, um rapazinho muito bem-parecido com cabelo de roqueiro alternativo, vestia fato e gravata e ténis *Converse* pretos.

Holly sorriu.

— Fazem um lindo par.

— A falar de nós? — perguntou Tamara ao mesmo tempo que ela e Simon entravam na cozinha, de mãos dadas e o mesmo sorriso apatetado de apaixonados na cara.

O queixo de Mia tombou.

— Oh, meu Deus, vocês agora são namorados? Isso é tão fixe! Quando é que *isso* aconteceu?

— Bom, na verdade, estávamos ambos no corredor das massas no supermercado, e eu estendi o braço para uma embalagem de *penne* e a Tamara para uma de *fettucine* e demo-nos ambos conta ao mesmo tempo de quem éramos e eu disse qualquer coisa acerca de cozer sempre o *penne* demasiado e a Tamara convidou-me para casa dela, para uma maratona de *penne*-barra-*fettucine*, e blá, blá, blá, começámos a namorar.

— Eu diria que tu blá, blá, blá-ste por cima da melhor parte — comentou Tamara e largaram a rir à gargalhada.

— Mmm, está a escapar-me alguma coisa? — inquiriu Mia, olhando de relance para todos. — Isso tinha por acaso alguma coisa a ver com sexo?

— Uma referência a um episódio da antiga série televisiva *Seinfeld* — explicou Holly, estendendo aventais a Tamara e a Simon.

— Toda a gente com mais de trinta anos é assim estranha? — perguntou Mia.

Como se dançassem o tango, Simon fez Tamara tombar dramaticamente de costas.

— Sim.

— Então, somos apenas nós os quatro — referiu Tamara quando Simon a voltou a colocar na vertical. — Sabias que a Juliet regressou a casa com o marido, Mia?

— Não, mas fico muito contente por sabê-lo. Espero que deixe de andar tão triste.

— Isso aplica-se a dobrar a todos nós — referiu Holly. — Bom, temos osso buco e *risotto alla milanese* para fazer. A cozinha espera-nos.

— Então, tu e o meu pai estão apaixonados, ou quê? — quis saber Mia ao mesmo tempo que desembrulhava as rodelas de chambão de vitela que Holly comprara no seu talho preferido em Portland.

— Estamos a levar a coisa com muita calma — respondeu Holly. — Um dia de cada vez. Queremos conhecer-nos primeiro.

Simon colocou farinha num prato grande.

— Muito sensato da vossa parte.

Tamara consultou a receita e depois temperou a farinha com sal e pimenta e passou cada rodela de carne pela farinha, empilhando-as em seguida num prato limpo.

— Eu adoro o facto de o Simon e eu primeiro nos termos conhecido como amigos, ao invés de começarmos com uma data de encontros embaraçosos. O nosso primeiro beijo foi tão natural, como uma extensão da nossa amizade, mas com fogo-de-artifício e uma banda filarmónica.

— Ouvem mesmo uma banda filarmónica quando se beijam? — perguntou Mia, arqueando uma sobrancelha ao mesmo tempo que esmagava um dente de alho.

Simon inclinou-se e voltou a fazer Tamara mergulhar, desta vez com um beijo, sujando o avental todo de farinha.

— A resposta é sim.

— Mesmo? — quis Mia confirmar, virando-se para Tamara. — Tu também?

— Podes crer — asseverou Tamara.

— E acontece o mesmo com toda a gente? — inquiriu Mia. — Mesmo com adultos habituados a beijarem-se? A primeira vez que o Daniel me beijou... nos lábios... ouvi o bramido do mar. Quase desmaiei. E desde então é como se o meu *iPod* se tivesse ligado de repente e começado a tocar uma canção, ainda que estejamos naquele recanto entre os cacifos e os únicos sons em nosso redor sejam pessoas a conversar e o director da escola a cacarejar anúncios pelo altifalante.

— As pessoas idosas também se apaixonam — fez notar Simon. — Até mesmo, pasme-se, pessoas velhas acima dos trinta anos, como eu. E tenho trinta e quatro.

— Também o meu pai — disse Mia. — Acham que ele também ouve o *iPod* dele?

Tamara colocou as rodelas de vitela no fogão.

— Aposto que sim — respondeu ela, olhando de relance para Holly com um sorriso.

— Os meus avós de oitenta e dois anos também ouvem música quando se beijam — contou Simon. — O amor pode atingir-nos em qualquer idade. E sabes que mais? Quando o nosso coração transborda de amor lamechas e sentimental, as memórias tristes são empurradas bem lá para o fundo. Assim, uma vez que o osso buco pede uma memória triste, a esta frigideira de vitela crepitante acrescento ter sido obrigado a deixar a Tamara ontem à noite porque a minha vizinha me telefonou a dizer que o maluco do gato dela se esgueirara do terraço dela para o meu e a seguir para dentro da minha janela e se recusava a sair, mesmo depois de aliciado por um resto de salmão que ela colocara no terraço. Por isso, tive de ir para casa libertar o gatinho em apuros e adivinhem quem usara a minha sala de estar como casa de banho?

Mia largou a rir.

— Nem todos os gatos podem ser tão fixes como o *Antonio*.

Olharam todos para o gato, sentado no seu poleiro no peitoril da janela a lamber a pata e a esfregar a cara com ela.

Holly sorriu ao mesmo tempo que descascava um limão e colocava a casca no mesmo prato onde tinha já a casca de uma laranja.

— A esta *gremolata* de casca de limão e laranja e alho esmagado adiciono a recordação triste da época em que *Antonio* me detestava, quando me mudei para aqui. Nem se aproximava de mim. Mas agora adora-me. Não adoras, *Tony*? — arrulhou, aproximando-se do poleiro dele e pegando-lhe ao colo para o beijar na cabeça.

E o felino, ao invés de se tentar escapar, como fizera em Setembro e todo o mês de Outubro, roçou-se contra o queixo dela, ronronando.

— A minha memória triste, Senhor Chambão de Vitela — declarou Tamara para a frigideira —, é ver o vestido de dama de honor que a minha irmã quer que eu vista para o casamento dela. — Retirou a vitela da frigideira e colocou-a num prato, acrescentando depois à frigideira os legumes e o vinho, aumentando o lume, e juntando a vitela no final. — A minha perfeita irmãzinha mais nova, que habitualmente tem tão bom gosto, escolheu um vestido de tafetá com um enorme laço no traseiro. Porquê? A única vez que faço figas para que a minha mãe a contradiga e, claro, está totalmente de acordo.

Toda a gente riu e depois admirou e comentou o delicioso aroma do osso buco ao mesmo tempo que se misturava com o alho e o azeite. Mia anunciou que o caldo começara a fervilhar (Holly optara pela versão fácil da receita de *risotto*, que usava caldo pré-preparado), e colocou o azeite e o arroz arbóreo num tacho com manteiga, e quando o arroz começou a frigir, Mia adicionou os filamentos de açafrão, o que conferiu ao arroz um magnífico tom de dourado. Teve o cuidado, tal como a receita exigia, de adicionar lentamente o caldo, mexendo o arroz à medida que absorvia o líquido, adicionando mais, mexendo, adicionando, mexendo, até o arroz atingir a consistência certa, ligeiramente firme, mas ainda assim tenro. Que aluna — aprendiza — Mia se revelara. A receita do *risotto* pedia um desejo e uma memória triste, e Holly interrogou-se o que Mia iria dizer.

— Desejo esquecer a triste recordação de ter dito à Holly que a odiava, porque não é verdade — disse Mia, olhando do tacho para Holly e de volta para o tacho. — Estava tão zangada. Ainda estou um pouco baralhada com o facto de o meu pai ter namoradas, mas se é para gostar de outra mulher que não a minha mãe, fico contente que sejas tu. — Olhou fixamente para Holly por um momento e parecia que queria dizer mais alguma coisa, mas limitou-se a respirar fundo e a sorrir.

Holly envolveu Mia num abraço.

— Obrigada.

Depois, Mia verteu a *gremolata* por cima do osso buco, Simon tapou o *risotto* quase perfeito e sentaram-se para comer, toda a gente declarando que as memórias tristes tinham dado um sabor delicioso ao jantar.

Às dez horas daquela noite, o telemóvel de Holly tocou. Demasiado excitada para dormir, tentava pendurar os novos e elegantes varões para os cortinados de veludo que comprara. O varão parecia ligeiramente mais alto do lado direito. Bolas. Quem diria que precisaria de um carpinteiro — ou talvez de um arquitecto bonzão — para pendurar uma coisa tão simples como um varão de cortinado.

Correu para o telefone. Era Liam, claro.

— Gostaria de te convidar para sairmos, oficialmente, como namorados — disse Liam. — Mas desta vez a saída envolve comida.

Holly sorriu e deslocou-se até à janela, contemplando as estrelas e a Lua quase cheia. Da janela do seu quarto conseguia avistar o topo das árvores que ladeavam Cove Road. Quase conseguia ver a baía, uma nesga dela.

— E envolve remar um barco em pleno mês de Novembro?

— Não. Estás à vontade para te aperaltar, a propósito.

Um encontro com trajo a rigor. Deixou o varão ligeiramente torto, meteu-se debaixo dos lençóis e apagou a luz, interrogando-se se ele planeava levá-la a um restaurante fino ou a um piquenique elegante nos bosques. Aos poucos adormeceu embalada por visões dela mesma em vestido de gala e Liam de *smoking*, rodopiando numa clareira arborizada cheia de flores silvestres.

O vestido mais elegante e vistoso que Holly possuía era uma coleante tira de tecido encarnado que a fazia parecer mais curvilínea do que na verdade era, por isso decidiu-se por ele e por uns sapatos simples, sensuais e pretos, de salto alto. Colocou um pouco de maquilhagem, deu volume ao cabelo e borrifou-se com um pouco do perfume italiano da avó. E quando se olhou ao espelho de corpo inteiro no canto do quarto, a mulher que a contemplava de volta no reflexo não era a mesma mulher destroçada que abandonara a Califórnia com todos os seus pertences num ridículo saco de tecido impermeável.

Holly já raramente pensava em John Reardon, mas lembrava-se muitas vezes de Lizzie. Apenas podia esperar que a assistente administrativa fosse uma pessoa carinhosa e simpática.

Às sete, a campainha tocou e lá estava Liam, deslumbrante num par de calças cinza-escuras e um sobretudo de lã preto. Aonde iriam?

Liam observou-a por um momento.

— Estás linda, Holly.

O coração dela inchou.

— Obrigada. Tu também. Pode saber-se aonde vamos?

— Não. É surpresa. — Pegou-lhe pela mão e conduziu-a ao carro. Partiram em direcção a Portland.

As luzes da cidade entusiasmavam sempre Holly. Portland era uma cidade pequena, mas sofisticada, com um museu de renome mundial, restaurantes cinco estrelas, galerias, teatros e bonitos parques.

— Bom, a única coisa que sei com certeza é que vais levar-me a um local que não é ao ar livre.

Ele virou-se para ela e sorriu.

— Na verdade, é ao ar livre.

Ao ar livre. Em pleno mês de Novembro. É certo que as temperaturas estavam bem acima dos dez graus, bom tempo para os vigorosos habitantes do Maine, mas não estava exactamente tempo de praia.

Recostou-se e decidiu desfrutar apenas da viagem, ao mesmo tempo que Liam seguia por estradas secundárias em direcção à baixa de Portland, ao Bairro das Artes, onde Holly e a avó haviam passado muito tempo ao longo dos anos, nos museus e galerias de arte por onde Camilla adorava passear. Liam estacionou na rua frente ao novo Portland Lights Hotel de trinta andares. Iria ele levá-la para um dos quartos? Estar nu e requisitar o serviço de quartos e fazer amor louca e apaixonadamente toda a noite exigia que se vestissem de gala? «Oh, espera», pensou ela. «O encontro era ao ar livre.»

Holly arqueou uma sobrancelha e ele riu; Liam deu-lhe a mão e conduziu-a ao interior do bonito hotel de inspiração *art déco*, os saltos dela ressoando pelo chão de mármore. Ele acenou ao *concierge*, que acenou de volta, reparou Holly, e pararam frente a um elevador cuja placa dizia JP.

Que estava ele a tramar?

— JP? — inquiriu Holly.

— Já vais ver.

Uma vez que o elevador tinha apenas um destino, o JP, Holly não fazia ideia de para que piso se encaminhavam. Subiram e subiram e subiram, até que finalmente o elevador se deteve e as portas se abriram para um vestíbulo com um enorme quadro renascentista de um homem e de uma mulher, uma mesa de ferro forjado suportando dúzias de rosas encarnadas num jarrão.

Para a esquerda ficava uma porta, e Liam segurou-a aberta para ela, e quando Holly a atravessou, arquejou. Era um jardim panorâmico (daí o JP) com uma mesa para dois elegantemente posta, uma garrafa de champanhe num balde de gelo, dois copos e dois cardápios. Bem acima das cabeças deles, caloríferos de exteriores aqueciam o ambiente, e estava tão quente que Holly despiu o casaco e nem sequer teve frio. Um empregado surgiu então, abriu o champanhe, serviu-o e desapareceu com uma vénia.

Liam ofereceu-lhe um copo, brindaram e beberam um pouco. Depois, ele pousou ambos os copos e puxou-a bem para junto dele.

— Por fim sós — disse Liam, os braços em redor da cintura dela.

Holly entrelaçou as mãos em torno do pescoço dele.

— Isto é muito romântico. E maravilhoso.

— Tal como tu — sussurrou ele. — Fiz-te passar por um mau bocado e queria agradecer-te por não teres desistido de mim e da Mia. Não temos sido propriamente umas pessoas fáceis de gostar.

— É claro que são — argumentou ela.

Liam abraçou-a e Holly fechou os olhos, feliz e arrebatada sob o dossel de estrelas.

Não acreditava que o encontro no barco a remos pudesse ser superado, mas este, num jardim no topo de um hotel, era um sério rival.

22

Na tarde do dia seguinte, enquanto Holly trabalhava numa nova receita de salada de massa, envolvendo três tipos de azeitonas diferentes, para o Fandagos Café, o seu cliente mais assíduo, a sineta da porta fez-se ouvir e Holly encaminhou-se para a entrada, estacando ao chegar. Uma mulher muito magra e elegante, de óculos de sol e lenço de seda na cabeça como se fosse Audrey Hepburn acabada de chegar num descapotável, olhava para as massas e molhos no expositor frigorífico.

— Adoro uma boa bolonhesa — declarou a mulher. — É possível provar? É que sou muito esquisita com a bolonhesa.

Holly agarrou-se ao balcão para não cair para o lado. Ui. Ui. Ui. Reconheceria aquela franja preta de modelo e lábios realçados por colagénio em qualquer lado. Era a mãe de Mia, Veronica.

— Sim... Claro — respondeu Holly. — Deixe-me só ir buscar um prato e uma colher.

— Raios, eu ia fazer de conta de que era uma cliente interessada no molho, para a observar bem, mas o melhor é apresentar-me e deixar-me de coisas. — Tirou os óculos de sol e enfiou-os na enorme carteira. — Sou Veronica Feroux, a mãe da Mia.

Holly apreciou a honestidade dela.

— Reconheço-a das fotografias que a Mia me mostrou. Ela costuma trazer um pequeno álbum na mochila. Sou Holly Maguire. É muito bom conhecê-la.

Holly estendeu a mão.

Veronica aceitou-lha e apertou-a.

— A minha filha diz-me que a Holly é a melhor coisa desde a invenção do pão fatiado e aparentemente o meu ex-marido também gosta de si.

Holly riu. Esta mulher era a mãe de Mia, não havia dúvidas disso. Veronica sorriu.

— Quis apenas entrar para a cumprimentar, para acabar de vez com qualquer embaraço que possa surgir entre nós, uma vez que eu agora vivo por cá, bom, não na ilha, mas em Portland. Assinei hoje a compra da casa, por isso é oficialmente oficial. Vim para ficar.

— Fico muito contente, Veronica. Isso significa imenso para a Mia.

Veronica desviou o olhar por um momento.

— Eu sei. Cometi alguns... muitos erros. Deixar a Mia foi o maior deles. Estou a tentar resolver algumas... questões.

Holly olhou-a fixamente.

— Fico satisfeita por sabê-lo.

— Imagino o que pensará de mim — disse Veronica, olhando para Holly.

Holly olhou-a de volta por um momento, sem desviar o olhar.

— Fico apenas muito contente que tenha regressado à vida da Mia de forma permanente, Veronica. Posso convidá-la para almoçar? Posso aquecer um dos meus famosos esparguetes à bolonhesa. E apetecia-me mesmo uma *bruschetta*.

A expressão de Veronica, meio insegura e frágil, do tipo não sei o que estou a fazer, e meio charmosa e superconfiante, do género eu comando o mundo, deu lugar a um ar de imenso alívio.

— Estou cheia de fome. E não distingo o molho bolonhesa do toscanesa, se é que semelhante coisa existe. Já estive na Toscana, porém. Bom, suponho que nesse caso o molho seria toscano.

— Não me parece que exista um molho chamado toscano, mas devia haver — disse Holly, tirando o molho e a massa do frigorífico e conduzindo Veronica à cozinha, onde lhe estendeu um avental da Camilla's Cucinotta.

Holly verteu a massa e o molho para dois tachos e colocou-os no fogão em lume brando. Depois foi buscar uma beringela, dois tomates e o resto do pão *ciabatta*. Pediu a Veronica que cortasse o pão em fatias e depois o colocasse em cima de papel antiaderente. A seguir, passou-lhe os tomates, para que os cortasse enquanto ela tratava da beringela.

— Ele foi esperto em não cair em tudo o que eu lhe dizia — comentou Veronica, desembaraçando-se muito bem a cortar os tomates aos cubinhos. — Depois de me ter dito que já não me amava daquela forma, dei-me conta de que não era na verdade ele ou o nosso casamento que eu queria de volta. Apenas a segurança, entende? A ideia de uma família. Achei que podia simplesmente regressar ao Maine, uma vez que as coisas entre mim e o meu marido estavam tão tremidas, e ir viver com o Liam e a Mia, e depois mudar-me para uma casa minha quando me sentisse preparada para encontrar a minha alma gémea. Meu Deus, isto soa horrivelmente, não é?

Se soava.

— O que tenho aprendido é que os erros nos podem trazer para onde necessitamos de estar — declarou Holly enquanto mexia a bolonhesa.

Veronica limpou as mãos ao avental.

— Sei que estou onde preciso de estar. Só tenho mesmo é de perceber como agir, *como* ser. Mas fiz uma promessa a mim mesma e à Mia de permanecer na vida dela. De ser a mãe que ela merece. E não digo isto como se estivesse no programa *Doutor Phil* ou assim. Nada disto me faz sentir bem. Mas faz-me sentir que ajo *bem*. Por uma vez, colocar a Mia à frente dos meus interesses parece-me acertado.

— Óptimo — comentou Holly, vertendo o molho por cima do fumegante esparguete. Colocou as luvas para tirar o tabuleiro com as fatias tostadas de pão do forno e explicou a Veronica como pincelar o pão com azeite e depois espalhar o tomate e a beringela, temperar com manjericão picado e uma pitada de parmesão, e por fim levá-lo de novo ao forno a gratinar apenas por uns minutos.

— Obrigada por ser tão simpática comigo — disse Veronica, com um ar de sinceridade nos seus bonitos olhos azuis.

— Obrigada eu por ser tão simpática *comigo* — devolveu Holly.

Lançaram-se ao almoço, Veronica proclamando que tudo estava uma delícia, e conversaram acerca de França, onde Holly nunca estivera, e ao fim de algum tempo Holly já não sentia qualquer estranheza por almoçar com a ex-mulher de Liam.

Quando Veronica partiu, estendendo a Holly um convite para que a fosse visitar sempre que quisesse na sua casa, no bairro perto da universidade, Holly sentou-se no sofá da sala de estar, exausta. Simpatizara com Veronica, mas a ex-mulher de Liam era uma mulher tão carente, tão frágil, por trás de toda aquela fachada de elegância, que Holly sentia que era preciso andar em bicos dos pés e falar baixinho em redor dela. Ficara aliviada ao saber que Veronica encontrara uma boa terapeuta, que consultava duas vezes por semana.

Compreendia agora a facilidade com que Liam fora sugado de volta pelo turbilhão que era Veronica. Ela era completamente desarmante. E sob todo aquele egotismo havia um coração. Veronica era o tipo de pessoa que conseguia levar os outros a fazer o que ela queria e precisava, mas parecia, esperançosamente, ter começado a confiar e a depender de si mesma. Se queria conquistar de volta a confiança de Mia, uma vez que nunca perdera o amor da filha, teria de o fazer. Veronica insistira em lavar a louça e por fim Holly cedera. Estava satisfeita por já não ter isso para fazer. Precisava de sair, de dar um passeio a fim de aclarar as ideias.

Pensou visitar o magnífico farol em Cape Elizabeth ou passear apenas pela zona do porto antigo de Portland, visitando as exóticas lojas e passando pela Whole Foods para comprar alguns legumes menos conhecidos que queria experimentar. Porém, quando se meteu no carro e encetou viagem, deu por ela a rumar ao Deering Oaks Park de Portland, um bonito oásis no meio da cidade com um lago de patos e ponte pedonal, e depois apercebeu-se de que o cemitério onde a avó e o avô estavam sepultados ficava a poucos minutos dali. O seu destino fora esse desde que se metera no carro, mas só naquele momento reconheceu isso.

Passou por uma florista e comprou um ramo de rosas brancas, as flores preferidas da avó, e seguiu para o cemitério. O vento de Novembro sacudia-lhe o cabelo comprido. Estava ainda quente para a época, mas Holly tremia debaixo do seu casaco de lã. Os cemitérios sempre a haviam feito tremer. Seguiu o caminho até ver as placas que apontavam a área onde Camilla e Armando estavam enterrados. Quer fosse Primavera, Verão ou Outono, estavam sempre à sombra das folhas de um faustoso carvalho. Holly gostava da ideia de os ramos da árvore, da vida que estes representavam, se estenderem por sobre as campas, as folhas encarnadas, laranja e amarelas espalhando-se em redor como oferendas. De todas as estações do ano, Camilla sempre tivera uma predilecção pelo Outono.

As duas lápides talhadas estavam bem juntinhas, como a avó sempre quisera. Holly desejou ter podido conhecer o avô, o formidável homem italiano de cabelo cor de manteiga e olhos da cor do mar Adriático. Sentou-se ao lado da lápide de Camilla e colocou as rosas por entre as folhas maravilhosamente matizadas.

CAMILLA CONSTANTINA,
AMADA ESPOSA, MÃE, AVÓ, AMIGA
RIPOSI IN PACE

— Descansa em paz, *nonna* — disse Holly para o céu, e fechou os olhos. E foi de facto paz que Holly sentiu.

A hora que passara no cemitério, contando tudo à avó, sobre ter conseguido fazer o *risotto*, o trabalho de *catering*, o curso, e acerca de Liam e Mia e até sobre o encontro romântico no jardim do último piso do hotel, fê-la desejar passar mais tempo a escutar a avó. Assim, rumou a casa no seu carro e pôs a água a correr para um banho, usando os sais de alfazema da avó. Fez um bule de chá preto, preparou um prato com *biscotti* mergulhados em chocolate, e acomodou-se na água quente e ensaboada com o último dos diários da avó. Preparou-se para a entrada final, datada do dia anterior à morte de Camilla.

Querido diário,

Há muito, muito tempo que não escrevia. Há décadas. Mas a minha querida menina está aqui. A minha Holly. E tenho de escrever acerca do quanto estou feliz, do quanto me sinto abençoada.

Estou a morrer. Sinto o fôlego abandonar o meu corpo nas mais pequenas coisas, das formas mais subtis, só mais uma inspiração para alcançar um tomate, para verter azeite para o tacho. Está finalmente na hora de me juntar ao meu Armando. O meu coração está em paz.

Como estou feliz por a Holly estar aqui, nesta casa, onde sei que ela pertence, onde sei que é o destino dela estar. É claro que não lho posso dizer; não fará qualquer sentido para ela ainda. Mas um dia fará.

Ontem à noite questionou-me acerca do seu destino, do que lhe li quando ela tinha apenas dezasseis anos. Tentei explicar-lhe o melhor que pude. Que a sorte dela não advinha de mim, mas através de mim, que segurava as pedras e fechava os olhos e que a ideia de que o grande amor dela gostaria de sa cordula *era o que saía pela minha boca. Que não era eu que formava as palavras, que elas se limitavam a emergir dos meus lábios, e que não sabia porquê. Não sei que homem poderá gostar de* sa cordula, *em especial quando Armando não gostava, e Armando gostava de tudo, até de timo de vitela.*

A Holly sempre receou que isso significasse que não haveria nenhum grande amor na vida dela, e eu tentei explicar-lhe que não era nada disso. Ela já experienciou amor na vida dela, e cada um deles foi grande, começando com o mais pequeno, a primeira paixoneta na escola primária. Um coração partido não nega a existência de amor, nem o torna menos grande.

— Compreenderás quando chegar a altura, Holly — asseverei. — É a única coisa que sei com toda a certeza.

— Está bem, nonna — disse ela, e segurou-me na mão e levou-a à sua face.

E depois eu puxei ambas as nossas mãos até ao meu coração, onde as mantive até começar a cabecear. Holly ajudou-me a subir ao meu quarto e disse «boa noite, nonna», depois deteve-se à porta, virou-se e voltou para junto de mim, inclinando-se para me beijar na testa. Eu sorri para ela e disse: «Ti amo, nipote.»

Sei que não acordarei de manhã. Mas também sei que permanecerei com Holly para o resto dos dias dela e que ela se encontrará a ela mesma — e mais — neste bangaló cor de damasco nas margens de Blue Crab Island. A Holly regressou a casa.

Com as lágrimas a correrem-lhe pela cara abaixo, Holly virou a página, mas não havia mais nada. Excepto uma receita.

Sa cordula, com o seu ingrediente final: um desejo ardente.

A sina tinha de significar alguma coisa. Holly não sabia ao certo o quê, mas alguma coisa ela queria dizer. Se preparasse *sa cordula* para Liam e ele provasse uma garfada e dissesse educadamente: «Olha, Holly, se quiseres, podes comer tu o resto», não o descartaria como o seu grande amor. Liam podia seguramente ser o seu grande amor. Tripas de borrego estufadas não teriam o poder de decidir tal coisa. Eles os dois decidiriam. A vida decidiria.

Para a última aula do curso de culinária italiana da Camilla's Cucinotta, Holly ia organizar uma refeição comunitária no domingo à tarde. Toda a gente devia levar o seu prato preferido ensinado numa das aulas. E todas as pessoas podiam levar outra. Mia convidou Daniel, uma vez que podia contar que Holly convidaria o seu pai. Simon convidou a filha, e embora não fosse o seu fim-de-semana de ficar com ela, a mãe deu permissão especial para que a menina fosse com o pai.

Não faria *sa cordula* para Liam. Porque quando se tem um grande amor, não há como não sabê-lo.

E será que Holly sabia? Será que alguma vez o sabemos? Acreditara que John Reardon era o seu grande amor. Embora tivesse tido de ignorar meses de sinais admoestadores. E enterrado a cabeça na areia como um avestruz.

Talvez fosse melhor saber, afinal de contas. Mais valia prevenir que remediar, como se dizia.

Holly saiu do banho, vestiu umas calças de ganga e uma camisola, colocou o casaco de lã e dirigiu-se a Portland, a um dos últimos talhos do Velho Mundo.

— Tem intestinos de borrego? — perguntou Holly ao talhante, um homem baixo de cinquenta e poucos anos com uns bicípites surpreendentemente grandes, como se estivesse a pedir chambão.

O homem ficou a olhar para ela.

— Sim... sim, tenho.

Estava destinado.

— Levo o suficiente para preparar um antigo prato italiano para dois.

O homem encolheu os ombros e acenou com a cabeça.

— É a segunda pessoa este mês que me vem comprar tripas de borrego. E olhe que é um pedido muito raro, acredite.

— Este mês? — repetiu Holly.

— Sim, há poucas semanas, na verdade. Foi uma senhora de idade.

— Quer dizer há uns meses? — inquiriu Holly. — É provável que a minha avó fosse uma cliente regular.

— Quem é a sua avó?

— Camilla Constantina.

— Oh, sim! Conheço a Camilla. Conheci, quero dizer. Ouvi dizer que faleceu. Uma senhora muito bonita.

Holly sorriu. Sim, era verdade.

— A mulher que veio comprar a tripa não era a sua avó — informou o talhante. — Tinha uma verruga enorme na cara, como uma bruxa. E tinha cabelo comprido e negro, muito embora tivesse para aí uns setenta anos.

Uma bruxa viera comprar intestinos para fazer *sa cordula*? Talvez Holly não devesse fazer o prato, afinal de contas.

O talhante embrulhou o pedido e estendeu-o a Holly.

— Digo-lhe o mesmo que lhe disse a ela. Lave-os bem. Nem tenho a certeza se deveria vendê-los, mas pronto...

Holly agradeceu e levou as tripas de borrego para casa, sem saber ao certo se confeccionaria *sa cordula* ou não.

23

Holly acordou à meia-noite, incomodada com resquícios de um sonho mau. Liam estava algures no meio de nada, de um qualquer lugar que era apenas ar acinzentado sem tecto, nem chão, nem paredes, e não tinha rosto, embora ela soubesse que era ele. Vestia o seu casaco de cabedal, as mãos enterradas nos bolsos das calças de ganga. E exibia o mesmo sedoso, espesso e sensual cabelo escuro. Mas não tinha cara.

Sentou-se na cama, perturbada, e depois desceu à cozinha para beber um copo de chá fresco. *Antonio* estava no seu poleiro, a observá-la. Holly contemplou a parede de pequenos quadros junto à janela, de *Antonio*, daquela casa, das três pedras do rio Pó, e da avó no seu vestido azul, sentada numa cadeira de ferro forjado junto dos tomateiros, um sorriso de Mona Lisa no seu deslumbrante rosto.

Pegou no dossiê das receitas e procurou a de *sa cordula*, e lá estava, entre a de *pollo alla cacciatore* e a de *cotoletta di pollo*, a mesma receita que Holly encontrara no diário.

Sa cordula
Intestinos de borrego
Ervilhas

Cebola
Manteiga
Azeite
Um desejo ardente

A confecção era bastante simples, sendo apenas uma questão de lavar os intestinos bem lavados, deixá-los secar e depois entrançá-los para que se parecessem menos com tripas e mais com... Holly nem sabia o quê. Mais uma vez pensou que se assemelhavam exactamente ao que eram. Salteou o borrego com as ervilhas e a cebola e colocou tudo num prato.

Experimentou um bocadinho pequenino. Não era assim tão mau, na verdade, se comido em conjunto com as ervilhas e a cebola. Então, afinal de contas, as ervilhas auxiliavam no paladar. Comeu mais um pedacinho. Se não soubesse o que era, até nem desgostaria. Quiçá porque usara o dobro do sal necessário.

Talvez isso fizesse dela o grande amor dela mesma. Teria sido isso que avó lhe quisera dizer?

O grande amor da tua vida será uma das poucas pessoas da Terra a gostar de *sa cordula*.

Seria isto? Que ela precisava de ser o amor da sua própria vida? Talvez a avó tivesse sabido que Holly encontraria um dia o seu caminho de regresso à cozinha dela, de volta a ela mesma. E que nesse processo encontraria o significado de um grande amor.

A *sa cordula* era um mistério, tal como a sua avó fora. E assim permaneceria.

Por isso, pegou no que restava e despejou-o no lixo. Ficou um bocadinho colado ao prato e Holly deixou-o para *Antonio*. O velho gato cinzento pulou do seu poleiro, farejou o pedaço e contorceu a boca como que enojado, virando as costas ao prato e regressando ao peitoril da janela.

Bonito. Nem um gato do Velho Mundo gostava de *sa cordula*.

— *Antonio*, podes não ser o meu grande amor, mas é certo que te adoro. Pronto, é essa a tua sina.

O tempo aguentou-se para a festa: sol e dezasseis gloriosos graus. Holly resolveu mudar a festa para o pátio das traseiras, preparando a enorme mesa de madeira como se fosse um bufete. *Antonio* dormitava ao sol junto dos tomateiros, que começavam a perder o vigor. Holly fez uma nota mental para não se esquecer de consultar o manual de horticultura antes de se deitar. Se era capaz de fazer um maravilhoso *risotto alla milanese*, era capaz de cultivar tomates.

À uma da tarde, colocou os pratos que confeccionara em tabuleiros de aquecimento: o *risotto* de açafrão, os *ravioli* de espinafres e três queijos, duas das suas novas saladas de massa e uma travessa enorme com os *antipasto*.

Mia, o seu adorável namorado e o deslumbrante pai foram os primeiros a chegar. Mia trazia *pollo alla milanese*. Liam fizera o *penne* em molho de vodca de que tanto gostara e Daniel Dressler vinha carregado de *tiramisu* que a mãe fizera de propósito para a ocasião.

Com Liam e Daniel na pequena garagem, ocupados a trazer mais tabuleiros de aquecimento, Mia, esfuziante de alegria, perguntou:

— Não é tão giro?

— Muito — respondeu Holly.

Mia e Daniel faziam um casal muito bonito.

— E sabes que mais? Fiz uma nova amiga, uma possível melhor amiga. Acabou de se mudar para Portland. Mora mesmo do outro lado da ponte, por isso até podemos ir a pé a casa uma da outra. Ela também vive com o pai, como eu. Temos tantas coisas em comum. Até o mesmo gosto no que diz respeito a rapazes. Não que ela alguma vez se lembrasse de ir atrás do Daniel, mas tem uma enorme paixoneta por um rapaz que é assim uma espécie de solitário e que adora música, como o Daniel.

— Eu bem que tinha um pressentimento de que tudo iria ficar bem — disse Holly, enfiando uma azeitona na boca.

O rapaz em questão e Liam regressaram com os braços carregados de travessas de aquecimento, que Liam dispôs em cima da mesa.

Simon e a filha foram os próximos a chegar, com o esparguete com almôndegas que haviam feito em conjunto naquela manhã. E por fim foi a vez de Tamara e Francesca, uma com uma bem-cheirosa *minestrone* e a outra com uma *minestra maritata*.

Holly riu.

— Perfeito.

Depois de todas as apresentações e cumprimentos e de elogiosos comentários aos tabuleiros recheados de comida italiana, que tão bom aspecto tinha e tão bem cheirava, toda a gente se sentou com um prato nas mãos, cheio de um bocadinho disto e de um bocadinho daquilo. Holly adorou o *pollo alla milanese* de Mia. O *penne* de Liam estava demasiado cozido, como o de Holly costumava ficar, mas o molho de vodca não estava nada mal. Na verdade, Holly tinha a sensação de que ele usara uma embalagem de molho que lhe comprara há alguns dias.

— Ah, eu trouxe mais uma coisa — anunciou Mia, levando a mão debaixo do seu banco em busca de um prato coberto com folha de alumínio. Destapou-o.

Holly arquejou. Era *sa cordula*. Pôs-se pé, a cabeça a mil à hora, as pernas cedendo como se fossem de borracha. Voltou a sentar-se. Mas que...

— Pai, prova um bocadinho — pediu Mia, colocando um pedaço num garfo e estendendo-o ao pai. — Não te preocupes se não gostares, não fico ofendida. Não fui eu que fiz. Estou apenas curiosa em saber o que achas disto.

Como que em câmara lenta, na perspectiva de Holly, Liam sorriu e inclinou-se para a frente a fim de aceitar a garfada.

Não. Não. Não. Holly não queria saber.

Liam olhou para o garfo que Mia segurava à frente dele.

— Oh, é aquele prato que me serviste há umas semanas. Como disseste que se chamava?

Mia sorriu para Holly.

— É apenas um prato italiano que a *nonna* da Holly costumava fazer.

Liam levou o garfo à boca. Mastigou. Engoliu.

— Gosto — declarou ele. — Não consigo ainda perceber muito bem o que é, mas gosto. À *nonna* da Holly, então — acrescentou, erguendo a garrafa da cerveja num brinde.

Liam gostara.

Liam Geller gostava de *sa cordula*. Uma das poucas pessoas na Terra.

Holly olhou para ele e depois para Mia. Que acabara de acontecer ali? E como?

Toda a gente ergueu o seu copo e bebeu, e Holly lá conseguiu erguer o dela também, e depois Daniel levantou-se e tomou conta da *dock station* do *iPod*, pondo a tocar uma música da banda de *rock* alternativo Killers. Quando a atenção de Liam foi desviada por Simon, Tamara veio sentar-se entre Mia e Holly.

— Mia — sussurrou Tamara —, correste ali um enorme risco. E se o teu pai não tivesse gostado? A Holly ficaria destroçada.

Mia abanou a cabeça.

— Isso não aconteceria. Já lhe tinha dado aquilo a provar há duas semanas, depois de ele me dizer que não voltaria para a minha mãe e que gostava da Holly. Contratei a senhora italiana da cafetaria da escola para me fazer a *sa cordula*. Tive de lhe dar *cinquenta* dólares. Queria provar que o meu pai estava errado, que não *era* o grande amor da Holly, mas ele provou e gostou. Não fui capaz de lidar com isso.

Holly voltou a arquejar. Nem precisava de perguntar se a senhora da cafetaria tinha uma verruga enorme na cara.

— Foi por isso que fiquei tão transtornada, Holly. O meu pai é o teu grande amor. Tal como a sina que a tua avó te leu dizia. Demorei algum tempo a dizer-to. Bom, a mostrar-to. Ainda bem que mantive a *sa cordula* no congelador, não achas?

— Oh, Mia! — exclamou Holly, colocando um braço em redor dos ombros dela.

— Portanto, isto é a minha forma de te dizer de novo que lamento muito. Por tudo. E a minha maneira de dizer obrigada por me teres ensinado a cozinhar... ainda que não tenha sido eu a fazer isto da *sa cordula*. — Inclinou-se na direcção de Holly. — Por amor da santa, aquilo é de vómitos.

Holly apertou Mia num abraço. Haviam tido alguns maravilhosos altos e outros terríveis baixos pela frente, supôs Holly. Mas todos se tinham acabado por resolver, e no final tudo ficara bem.

De acordo com as sortes que as pedras do rio Pó lhe haviam ditado, Holly encontrara o seu grande amor. Contudo, como a sua avó dissera: «Quando o encontramos, sabemo-lo.» E quando sabemos, não necessitamos de o testar.

Liam regressou ao seu lugar e pegou no prato, tirando mais uma garfada de *sa cordula*.

— Nunca tinha provado uma coisa assim. E as ervilhas até ficam aqui muito bem.

Mia revirou os olhos e abanou a cabeça com um sorriso.

— Deusa do Amor — sussurrou para Holly.

GUIA DE LEITURA

Holly Maguire, de trinta anos, regressa a uma pequena ilha ao largo do Maine depois de herdar a escola de culinária da sua avó italiana. Na orgulhosa senda de Camilla Constantina, famosa tanto pelos seus dons na leitura de sinas quanto pelos seus dotes culinários, Holly dá início a um curso de cozinha. As aulas têm o condão de mudar a vida dos seus participantes: uma mãe de luto, um pai recentemente divorciado, uma mulher cronicamente solteira de trinta e poucos anos, e uma adolescente de doze anos oriunda de um lar desfeito. Conseguirá esta principiante *chef* manter o negócio da avó e quiçá encontrar o grande amor da sua vida?

Questões para discussão

1. Holly chega a Blue Crab Island depois de uma devastadora separação. Duas semanas mais tarde, a sua amada avó acaba por morrer durante o sono. Holly fica encarregada de manter o negócio da avó, apesar de mal saber cozinhar. Houve alguma ocasião na sua vida em que tenha passado por uma adversidade semelhante à da pobre Holly? Como lidou com a situação e o que aprendeu com a experiência?

2. Holly regressa a Blue Crab Island devido ao laço especial que tem com a avó e à segurança e conforto que a ilha representa. Onde fica para si esse local especial de segurança e conforto? O seu refúgio?

3. Porque é que Luciana não partilhava do mesmo entusiasmo e amor pela ilha que a sua filha Holly? De que forma é que ler o diário de Camilla concede a Holly uma imagem mais nítida da vida da mãe na ilha? De que modo é que o relacionamento entre mãe e filha muda ao longo da história?

4. Cada um dos quatro alunos de Holly tenta ultrapassar uma adversidade pessoal: a perda da filha, no caso de Juliet; o recente divórcio de Simon; a pressão familiar que Tamara sente por ser ainda solteira; e Mia, tentando afastar o pai da sua horrível namorada. De que forma é que as aulas de culinária ajudam cada um deles? Cozinhar pode ser terapêutico? Como? Considera que a culinária pode ser uma forma de arte?

5. Encontrar o amor nunca foi fácil para Holly: «Deixara os relacionamentos tomarem-lhe conta do coração, da mente e da alma. Talvez porque nunca havia encontrado o seu nicho, o seu lugar.» (página 38). De que maneira é que a atitude de Holly para com o amor mudou depois do rompimento com John Reardon e da sua chegada ao Maine?

6. Holly pode não possuir o dom da «adivinhação» da avó, mas de que modo é que ela ajuda os alunos a ultrapassarem os seus problemas?

7. Camilla Constantina é conhecida pelas suas habilidades como sibila, e pelo menos «setenta por cento das vezes acerta». Gostaria de possuir um dom assim? Alguma vez lhe leram a sina?

8. O desaparecimento do dossiê branco cheio de receitas foi para si uma surpresa? Concorda com a forma como Holly lidou com a situação? De que modo é que tal a ajudou a crescer como cozinheira por direito próprio?

9. A ex-mulher de Liam, Veronica, aparece inesperadamente e ceifa pela raiz o despontante relacionamento entre Liam e Holly. Acha que Liam lidou com a situação com tacto? E Holly?

10. Que acha do arriscado plano de Mia de preparar *sa cordula* para o pai, com o objectivo de desacreditar a profecia de Camilla?

11. Lenora Windemere apelidou Camilla Constantina de bruxa, o que tornou a vida na pequena comunidade insular muito difícil para uma mulher sozinha com uma filha. De que modo é que Holly enfrenta um comportamento semelhante quando chega à ilha pela primeira vez?

12. Holly pode não ter sido uma «deusa do amor» como a avó, mas, inadvertidamente, acabou por ser a casamenteira de dois dos seus alunos, conseguindo ela própria encontrar também o amor. O final da história agradou-lhe?

13. A escrita de Melissa Senate, em especial as descrições da comida e respectiva preparação, é muito vívida. Sentiu-se inspirada a tentar fazer um *risotto* ou a inscrever-se num curso de culinária?

AGRADECIMENTOS

Gostaria de agradecer à minha agente, Alexis Hurley, cuja perspicácia, principalmente na fase inicial, foi inestimável; à minha editora, Jennifer Heddle, por mais uma brilhante e ponderada revisão; à minha família e amigos (Lee Nichols Naftali, é a ti que me dirijo em especial), pelo seu apoio animado; e ao meu querido filho, Max, que me ajudou a passar de rainha da comida pronta a cozinheira em constante aprendizagem. (Nota: Max é a prova de que as receitas no final do livro também são boas para miúdos.)

Receitas da Camilla's Cucinotta

«Pollo alla milanese»

4 pessoas

4 peitos de frango, sem pele nem osso
1 chávena de polenta instantânea
¾ chávena de queijo parmigiano-reggiano ralado
2 chávenas de farinha
1 ovo grande
1 colher de sopa de azeite
Sumo de 1 limão
Sal e pimenta q.b.
1 desejo

Bata os peitos de frango entre duas folhas de película aderente. Num prato, misture a polenta com metade do queijo. Noutro prato, coloque bastante farinha. Numa tigela, bata o ovo com um pouco de água. Tempere o frango com sal e pimenta. Passe cada peito pela farinha, depois pelo ovo, e por fim pela mistura de polenta e queijo. Adicione um desejo. Aqueça o azeite numa frigideira larga sobre lume médio-alto. Adicione os peitos de frango e deixe cozinhar durante 6 minutos, ou até estarem dourados, virando-os a meio da cozedura.

«Risotto alla milanese» (versão rápida)
4 pessoas

3 chávenas de caldo de galinha
1 chávena de água
1 cebola média, finamente picada
3 colheres de sopa de manteiga sem sal
1 ½ chávena de arroz arbóreo
¼ chávena de queijo parmesão acabado de ralar
¼ colher de chá de filamentos esmagados de açafrão
1 desejo

Num tacho, leve a cebola a refogar em duas colheres de sopa de manteiga sobre lume moderado, mexendo ocasionalmente, até a cebola ficar tenra. Junte o arroz e mexa. Em separado, leve o caldo e a água ao lume até ferver e adicione uma chávena ao arroz, mexendo constantemente até o líquido ser absorvido. Adicione um desejo. Continue a mexer e a adicionar o caldo, ¼ de chávena de cada vez, até este ser absorvido e ir cozinhando o arroz, durante cerca de 20 minutos. O arroz deverá ficar cremoso. Adicione o parmesão, o açafrão e o resto da manteiga e misture. Rectifique os temperos. Leve a lume baixo para aquecer durante uns minutos.

Salada de massa da Holly para um Coração Partido

4 pessoas

3 chávenas de massa rotini seca
500 g de salsicha italiana, cortada em pequenos pedaços
4 dentes de alho fatiados
½ chávena de vinagre balsâmico
1 chávena de cebola aos cubos
Sal e pimenta q.b.
2 latas (cerca de 500 g) de tomate em calda (por escorrer)
½ chávena de queijo parmesão
1 afirmação verdadeira

Cozinhe a massa segundo as instruções da embalagem. Numa frigideira, cozinhe a salsicha em lume médio durante 8 minutos ou até estar bem cozinhada. Retire a salsicha e reserve e à mesma frigideira adicione os tomates com o líquido, o alho, sal e pimenta, a cebola e o vinagre balsâmico. Cozinhe durante 5 minutos ou até a cebola estar tenra. Adicione uma afirmação verdadeira. Escorra a massa. Numa tigela, envolva a salsicha e o molho na massa e salpique o queijo por cima.

«Tiramisu» da Camilla's Cucinotta

4 pessoas

500 g de queijo mascarpone
6 ovos
2 embalagens de palitos la reine (ou os tradicionais saviordi italianos)
3 colheres de sopa de açúcar
2 shots (cerca de 60 ml) de conhaque ou brande
café bem forte
4 colheres de sopa de cacau amargo
1 recordação

Verta o café para um prato fundo. Adicione metade do conhaque, uma colher de chá de cacau e deixe arrefecer até atingir a temperatura ambiente. Separe as gemas das claras. Bata as gemas com o açúcar até obter uma mistura cremosa e esbranquiçada. Acrescente o mascarpone e o resto do conhaque e misture bem. Numa tigela, bata as claras em castelo e envolva-as cuidadosamente na mistura de gemas e mascarpone, até obter um preparado homogéneo. Embeba um palito de cada vez no café e coloque-os no fundo de um tabuleiro de servir, a face açucarada para baixo. Cubra os palitos com uma camada da creme de mascarpone. Adicione uma recordação. Use cerca de ½ da mistura de mascarpone. Mergulhe mais palitos no café e disponha-os por cima do queijo, o lado açucarado para baixo. Espalhe nova camada de creme de mascarpone por cima da segunda de palitos. Use toda a restante mistura de queijo. Peneire o cacau por cima. Leve ao frigorífico durante pelo menos 5 horas antes de servir.

As Minhas Receitas

não esquecer de adicionar uma memória doce e um desejo ardente

As Minhas Receitas

não esquecer de adicionar uma memória doce e um desejo ardente

As Minhas Receitas

não esquecer de adicionar uma memória doce e um desejo ardente